文治
© wénzhì books

更好的阅读

내가
죽인
남자가
돌아왔다

我杀死的男人
回来了

[韩] 黄世鸢 著

尹嘉玄 译

황세연

中国友谊出版公司

将者谷

萧八喜，三十八岁，寡妇
黄恩肇，七岁，萧八喜外甥女

申汉国，四十岁，身亡

于泰雨，四十七岁，里长
韩顿淑，四十二岁，里长夫人

山路

朴达秀，七十五岁，朴光圭父亲
朴光圭，三十八岁，单身汉

杨式连，四十五岁，经营乔殖塘
田秀芝，四十三岁，杨式连妻子
杨东男，二十一岁，杨式连儿子

水泥道路

王周荣，四十五岁，经营餐厅

青阳邑、中川桥、中川里村镇会馆 ➡

洞岩（自杀岩）、扶余、公州

之川

图书在版编目（CIP）数据

我杀死的男人回来了 /（韩）黄世鸢著；尹嘉玄译
. -- 北京 : 中国友谊出版公司，2024.1
ISBN 978-7-5057-5731-8

Ⅰ . ①我… Ⅱ . ①黄… ②尹… Ⅲ . ①推理小说—韩
国—现代 Ⅳ . ① I312.645

中国国家版本馆 CIP 数据核字（2023）第 204639 号

著作权合同登记号　图字：01-2023-1966

本简体中文译稿由高宝书版集团授权使用

书名　我杀死的男人回来了
作者　［韩］黄世鸢
译者　尹嘉玄
出版　中国友谊出版公司
发行　中国友谊出版公司
经销　新华书店
印刷　河北鹏润印刷有限公司
规格　880毫米×1230毫米　32 开
　　　12.25 印张　222千字
版次　2024年1月第1版
印次　2024年1月第1次印刷
书号　ISBN 978-7-5057-5731-8
定价　59.00元
地址　北京市朝阳区西坝河南里17号楼
邮编　100028
电话　（010）64678009

推荐序
本书兼具幽默诙谐、出其不意及类型文学的所有美德

让我回忆一下教保文库故事征选活动的最终评审日当天。

在上百件应征作品当中，成功进入最终评审阶段的作品有十余件，为了选出其中最出色的作品，通常都需要经历一段漫长的会议与讨论，但是唯有那天决定得格外迅速，因为所有评审都毫不犹豫，一致选择了这部作品。

犹记得当时每一位评委的表情都像极了读到精彩小说的读者，而忘了自己评委的身份。

没有任何犯罪记录的村子 —— 中川里。

这个村不仅没有知名特产，就连在外地闯出名堂的人物也没有，唯一值得拿来说的，只有村会馆里展示的那些写着"零犯

罪村"字样的牌匾。全国最安全、零恶性事件、零事故的村镇，为了守住这份荣耀，每一位村民都谨言慎行。然而，就在好不容易要创下全国最长时间零犯罪村纪录的关键时刻，一具尸体的出现顿时使村子陷入了危机。

而且偏偏就在此时，一名原本在邻近村镇上班值勤的流氓刑警恰巧来到了这座村子，他从齐心想保住"零犯罪村"头衔的村民身上嗅到了不寻常的气味，并展开追查。

这具尸体究竟是从哪里来的？村子又在暗地里上演着哪些事情？

被孤立的村镇，好像藏有不可告人的秘密的村民的表情，这些元素乍看之下很像电影中常见的设定，但是通过这部作品，我们可以看见作者如何借由生动写实的人物刻画与对白描写，将这些熟悉的元素重组，使其焕然一新。

本书充满幽默与诙谐，光靠角色人物对白，就能把读者逗得忍不住咯咯笑；还有出其不意的逆转式故事架构，以及永远无法预测的结局，完全具备了类型文学的所有美德。

其实黄世鸢作家很久以前就以其特有的诙谐式写作深得读者青睐，在沉寂了一段时期后犹如浪子回头般重出江湖的此时此刻，竟奉献出了如此精彩绝伦的作品，不免令人好奇过去他究竟度过了一段怎样的时光。

都说作家一定要有才华，我却不这么认为。

才华就如同马拉松选手脚上穿的高性能运动鞋，顶多只能帮助你减轻跑步时脚掌与地面的摩擦和撞击，或者使双脚相对舒服一些，但奔跑时的每一次呼吸换气、肌肉的耐力、全程的持久力、锲而不舍的精神等，还是全靠选手的个人意志。

作者必须每次在全新的跑场上重新确认自己的能力，不论从前创下过多少次的辉煌纪录，那些都只是过去，不能保证目前正在进行的这场比赛的结果。只有依赖自己的双脚拼命向前，直到冲刺终点，最新成绩才会揭晓。

如今，这部作品再度站上了起跑线，正在等待读者翻阅。

不小心说多了。

其实我只是想对读者说：赶快翻开这本书亲自确认吧！

2019 年 7 月 8 日

韩国推理作家　徐美爱

前言

　　夜花香飘散的中川里村镇会馆前，挂着无数个写着"零犯罪村"字样的牌匾，宛如一排成串的黄花鱼，用绳子捆绑吊挂起来。一名年近三十的女巡警已经站在那里好长一段时间，她目不转睛地盯着那些牌匾，自一九八一年至一九九七年，总共有十六块牌匾，独缺一九八七年的。

　　女巡警重新调整好宽松的帽子，朝村镇会馆内走去。

　　会馆内的墙上也张贴着好几张"零犯罪村"的赠匾合影，从一九八二年[1]五月拍摄的首张赠匾合影（一九八一年度零犯罪村），到一九九八年六月拍摄的最后一张赠匾合影（一九九七年度零犯罪村），按年份依序陈列于墙面。

1　一九八二年颁发一九八一年的牌匾，一九九八年颁发一九九七年的牌匾。——本书注释除特殊说明外，均为译者注。

从老旧泛黄的照片里，可以看见随着牌匾数量增加，村民脸上也逐渐留下岁月的痕迹，大家的穿着变化生动地描述着时间的流逝与时代状况。比如在一九八八年的照片中，就有两名村民身穿奥运吉祥物小老虎与印有奥运五环的T恤；在一九九三年的照片里，则有三名村民头戴大田世博会的帽子。

　　然而，在最后一张一九九八年留下的赠匾合影里，大家的表情明显与前几年不同，流露出不知是哭还是笑的微妙表情。

　　一九九八年合影的照片旁，挂着一个相框，相框里是一张放大的黑白照。女警走到相框前，掏出一条白色手帕，将相框玻璃擦拭干净，再端详那张黑白照片里的人物。

　　前排站着四名年龄五六岁至十几岁的孩子；中间那排则站着一名四十多岁、表情沉痛的男子，怀里紧抱着一名笑容灿烂的婴儿，身旁还站有一名貌似他妻子的女子，再过去是一名二十五岁左右的女子，怀里同样抱着一名小婴儿；最后那排则站着三名大人，刚好都站在前排的人头之间，从空隙间露出脸庞。

　　照片里除了两名婴儿和一名幼童面带纯真笑容，其他年纪较大的孩子和大人则是一脸泫然欲泣的神情。

　　女警端详那张黑白照好长一段时间，最后低头用手背拭去了眼角的泪水。

一九九八年，韩国社会正饱受IMF危机[1]折磨之际，颁发第十六个零犯罪村牌匾的前夕，竟发生了一起前所未有的诡异杀人事件。在那张年代久远的黑白照里，事件的真凶正在对着镜头露齿微笑。

---

1 一九九七年亚洲金融危机。——编者注

目录

此生第二糟的一天

案发一年前（一九九七年六月），大田。

"你这王八真够狡猾的！既然最后还是会栽在我手里，让大家工作轻松一点不好吗？"

坐在现代伊兰特汽车副驾驶座的崔顺石直接将椅背向后倾倒，拿出一根THIS牌香烟叼在嘴边。黑社会组织兼地下钱庄成员谢秉蔡铐着手铐坐在后座，被捕时因抵抗而遭到警察一顿毒打，呈现着半死不活的状态。

"哥，在车上抽烟不太好吧，我们家孩子很讨厌烟味……"

开车的金刑警皱着眉头说道。但是崔顺石毫不犹豫地从口袋里掏出Zippo打火机点烟。

"抱歉啊，摇下车窗不就行了。"

崔顺石不带丝毫愧疚地敷衍回去。随后，他便摇下车窗，对着窗外吞云吐雾。这时，亮着路灯的大桥映入了崔顺石的眼帘，几名路人站在桥边，腹部倚靠在水泥栏杆上，弯下身子朝桥底下查看，仿佛桥下有什么东西。

与崔顺石望向同一处的金刑警急忙脚踩刹车，放慢速度。

"他们在看什么？"

这时，一群在看热闹的人当中有一个秃头男掏出手机，对着警示灯不停闪烁的伊兰特汽车高举双手挥舞示意。

金刑警把车子开过秃头男身边，停在紧邻人行道的位置。

"看来是出事了，要不先下车抽根烟？"

然而，崔顺石不为所动，依然坐在车里抽着手上那根香烟。

"喂，你敢再动歪脑筋试试，最好给我安分点！"

金刑警对着坐在后座的谢秉蔡出气，随后便独自一人下了车，朝人群聚集的地方走去。秃头男急忙跑来对金刑警说了些话，指引他前往桥边的栏杆处。

"喂，谢秉蔡！"

崔顺石望着窗外，主动和后座的谢秉蔡搭话。

"是，刑警大人。"

"你这次进去应该就很难出来了吧。"

"拜托警官，饶我一回吧。"

"毕竟是上了电视新闻的案子，我也帮不了你。所以你平时要是乖乖按时上缴，就不会有这些破事了嘛。领导们都已经不爽了，我也无可奈何。"

"只要您能把我放出来，我一定会展现十足诚意，以后也会记得按时上缴的。拜托了，大哥！"

"我才不是你大哥，被人听见又要误会了。"

"抱歉，大哥！"

"欸？怎么又叫我大哥……你最快能准备多少？"

"我先去准备一张大的给您。"

金刑警跟着那些看热闹的人往桥下俯瞰，不久，他便匆匆忙忙地跑了回来。

"知道了，我尽量帮你妥善处理，不过你也要说到做到，不然后果如何，不用我说你应该也很清楚吧？"

"是，大哥！"

正当崔顺石急忙结束这段对话时，金刑警刚好抵达车窗旁，对崔顺石说：

"桥下有人。"

"人？"

"应该是个死人。"

"在哪边？"

"嗯？什么意思？"

"中区还是西区？"

金刑警转过头去，重新打量了一下桥的左右两侧。

"应该是在中间偏我们西区一些。"

崔顺石满脸不耐烦地皱着眉头下车。他把叼着的烟蒂随手往地上一扔，走向了人群聚集的地方。

他俯瞰桥下，发现正下方维登川中央有一名壮汉俯卧在水面，男子身穿的白色T恤已经被血染红。

金刑警连忙回到车里寻找手电筒，再跑回现场照亮桥下的男子。男子的手臂和颈部明显刺着龙文身。

"唉，真是的，赶快想想办法，把那群凑热闹的路人赶走。"

为了到桥下去，崔顺石连忙先走到桥的入口处，再到河堤边抓着桥的栏杆向下跳，他一屁股跌坐在满是小石子的地面，起身后也没脱掉运动鞋就直接走向水中浮尸所在的方向。

在水深及膝的河川中央，一具尸体就漂在那里。崔顺石走到尸体旁停下脚步，抬头仰望桥上的人群。那群看热闹的路人还在俯瞰这具不明尸体与站在旁边的崔顺石。

"金刑警！快想办法赶走他们！"

"是，各位请先离开这里！我们必须保护现场，都请回吧！"

崔顺石将尸体翻面，换成仰躺的姿势，以便清楚查看死者容貌。死者看上去年约三十，浑身散发着浓厚的黑道气息。

拉开T恤一看，胸前刺着龙文身，腹部中了三刀，看起来像是黑道帮派间的械斗事件，从尸斑和尸体僵硬程度来看，推测死者于三四个小时前身亡。

再从维登桥上没有任何血迹来看，他应该是在河岸边或河堤某处中刀，想要横渡河川逃跑，结果不幸身亡，所以尸体才会漂来这里。

"唉，感觉又是一件麻烦事。"

尸体明显位于西区这边，属于西部警察局的管辖范畴。一旦在西部警察局成立联合调查本部，对整起事件展开调查的话，可想而知接下来就不可能睡好觉了。直到逮捕嫌犯为止，警察会被各种人骚扰。最重要的是，假如那些从外部调派过来的搜查官开始大规模扫荡声色场所，那么可能连收缴的贿赂金也会连带受影响，要是更不幸被抓到小辫子……

要是这具尸体可以往中部警察局管辖地区漂流五米左右再被人发现的话该有多好。可惜死者被河床上的一颗大石头卡住，动弹不得。

崔顺石重新抬头仰望桥上，金刑警已经将好奇围观的人群疏散开来，所以他头顶正上方的桥面上已不再有闲杂人等。

"喂，金刑警！"

"怎么了？"

金刑警用腹部抵着栏杆，探头问道。

"你联络局里的人了吗？"

"还没，要联络吗？"

"我来联络吧，你只要帮我看好那些路人，不准他们靠近就好。"

崔顺石从口袋里掏出手机，依序按了三个数字，并按下通话键。

"您好，这里是112犯罪报案中心。"

"喂，那个，我是路过的路人，这里有一具……一具尸体，看起来像是被刀砍死了。"

崔顺石一边对着话筒操着一口不太流利的庆尚道口音，一边拖着死者的脚往中区方向走过去。

"请问您目前所在位置是哪里？"

"这里是维登桥下……不，尸体是在维登桥下偏中区的河水里，三扶公寓这里，中区这边，麻烦赶快联络中部警察局的警察来这里一趟吧！"

为了确认尸体是否交由中部警察局接手调查，崔顺石不时来回张望前后方，确认河川两侧的距离。正当他无意间抬头仰望桥墩上方时，眼前突然闪过一道刺眼的白光。那是相机的闪光灯。

"啊！这是在做什么？"

他的视网膜仿佛被灼伤，有几秒钟时间眼前一片白，看不见任何东西。后来他揉了揉眼睛，重新抬起头，没想到有人再度按动闪光灯。

"喂！金刑警！帮我抓住那个家伙！"

崔顺石对着桥上呐喊完后，松开了原本抓着死者腿部的手，朝河岸边匆忙奔跑而去。

"喂！金刑警！那个拿相机的家伙，拦住他！"

崔顺石一边看着桥上一边奔跑，不小心踩了个空，整个人以跳水的姿势向前倾倒。他全身扑倒在水里，好不容易站起身，狼狈地爬上了河堤边。

"喂！金刑警！"

"怎么了？"

此时，金刑警才从桥上的栏杆处探头出来查看桥下动静。

"帮我抓住那个拿相机的家伙！千万不能让他跑了！"

"拿相机的人？"

为了回到桥上，崔顺石必须先跑一段数十米的河堤，重新回到入口处才行。当他拖着一身湿答答、紧贴在身上的衣服，气喘吁吁地跑回桥上时，发现桥上聚集的人比刚才还多，然而他却始终找不到那个拿相机的家伙。

案发前六个月（一九九八年一月），大田。

赵恩妃三十三年人生中最不堪回首、厌恶至极的那件事，发生在她刚结束试用期、即将转为正式员工的时候。

"截稿时间要到喽！大家赶快发稿吧！"

李部长因下班后还有聚餐活动而满心期待地在办公室里闲晃，不停催促着采访部的记者们。

"你们应该比谁都清楚，比起一本正经的政治经济新闻，聚餐时可以拿来当下酒菜、像烤鱿鱼一样既好吃又耐嚼的八卦新闻更受大众欢迎吧？"

李部长走到办公室最角落里赵恩妃的位子时停了下来。

"欸，赵记者，今天没有什么有趣的八卦新闻吗？"

赵恩妃低头不语，表示今天一无所获。

"不要整天只坐在这里，出去用脚跑新闻啊。你看，像这种新闻多棒啊！"

赵恩妃把头转向李部长手指的方向，那是一则剪贴在办公桌侧边隔板上的报纸新闻，是六个月前的一则报道，标题写着"警察的尸体游记"，下方还刊登着一张崔顺石刑警脸部被打上马赛克，在河川里拖着死者的腿走路的照片。

"我是被你写的这篇新闻打动，才会在上次人事变动时帮你晋升成正式员工的，结果怎么就没动静了？真打算继续这样下去啊？"

明明距离截稿还有一段时间，但看他如此心急的样子，应该是满脑子只想着赶快聚餐这件事。该死的酒鬼，根本就是想喝酒想疯了。

等李部长回他的座位后，赵恩妃低声叹了一口气，她点开邮箱，收到了几封新的报道资料，以及两封民众发来的爆料邮件。然而，那些资料还不足以写成一则可看的新闻。

正当她准备关掉邮箱时，一封写着耸动标题的新邮件叮咚一声送达：

【新闻报道资料】爱国募捐运动，金砖恐已沉大海

瞬间，赵恩妃的眼睛亮了，眼神中充满期待，寄件人的邮箱显示为：

sunsok112@cholian.net

"112？难道是警察寄来的？"

她点开附件，映入眼帘的是一张沉没在汪洋大海上的货船照片。

经釜山海洋警察局洪圣俊局长证实，一艘载有五六吨黄金的大宇海运百吨级高速货船"海洋男孩号"，今日（二十五日）下午于釜山东南方三十三公里海面上发生沉船意外。

船上装载的黄金来自全国民众为了拯救国家IMF危机而进行的泛国民运动——"爱国募捐运动"，市值近八百六十亿韩元，正准备从釜山港运往日本。

釜山海洋警察局表示，海警在二十五日下午四点三十分左右收到了"紧急无线电示位标"（EPIRB）的遇险信号，并迅速掌握到发信海域上有三艘警备舰及海警搜救队可协助救援。下午五点十一分，第一艘警备舰抵达釜山与对马岛之间的事故海域时，发现货船船身几乎已沉入海中，只剩一部分船头露在水面。幸运的是，海警警备舰在附近找到"海洋男孩号"船员乘坐的救生艇，船长与船员总计八人全部获救。

釜山海洋警察局表示，虽有两三名船员供称"船尾处突然传来爆炸声响，船体急速倾斜，船只便开始下沉""看见朝船尾快速涌来的水柱后，就发生了爆炸"，然而，受到邻国或第三国潜艇的鱼雷攻击导致沉船的可能性微乎其微，整起案件目前正从船员供词比对着手，进行调查。

另一方面，政府高层表示，事故海域水温极低、水深极深，若要将沉没的"海洋男孩号"打捞上岸，难度极高，但毕竟是一艘装载了全体国人共克时艰、为克服IMF危机而自发募集数吨黄金的船只，所以会把握黄金救援时间进行打捞作业。

青瓦台[1]则表示，将于明日（二十六日）上午十点针对这起事故召开大国民谈话，谈话文里预计会提到这起事故的缘由始末，并呼吁民众持续参与这场爱国募捐运动。

不难看出，政府积极应对这起零人员伤亡的海上事故，甚至召开国民谈话，应该是为了极力推翻前几日在网络上迅速扩散的阴谋论——借由爱国募捐运动筹得的市值数千亿韩元黄金，都已成为政府的秘密资金。然而，网络上早已出现另一种论调，认为政府其实是为了隐匿不当行为而自导自演，蓄意让这艘根本没有运载黄金的货船失控沉船。

"就是这个！"

李部长要的正是这种能拿来当茶余饭后话题的八卦新闻，内容也非常吸引人，甚至具有做成头条新闻的潜力。

赵恩妃将这封信的内容复制粘贴到新闻稿编辑窗口内，重新细读了一遍，但是读着读着，她越发感到匪夷所思，这与其说是一篇新闻资料，不如说更趋近于一篇编写完成的新闻稿，而且从文中提到的青瓦台即将召开大国民谈话来看，着实不像警察局传来的新闻资料。

赵恩妃感到不解。她开始翻找电话簿，拿起电话拨打。

1　原为韩国总统官邸。——编者注

"喂？请问是釜山海洋警察局吗？这里是大田《大厅日报》，请问那艘在釜山沿海沉没的载送黄金的货船目前状态如何？"

"啊？载送黄金的货船沉没？您是说在釜山这里沉船的吗？"

"我这边接到大宇海运旗下的'海洋男孩号'沉船的消息，据说是在运送黄金的过程中于釜山沿海沉船，船上还装载着爱国募捐运动募得的黄金，正准备送往日本，结果不幸发生沉船意外……"

"您稍等，我去确认一下。"

几分钟后，话筒那边再次传来了对方的回应：

"您好，已经帮您确认过了，今天不只我们辖区，其他辖区也没有发生货船沉船事故。而且大宇海运旗下的货船'海洋男孩号'目前停泊在釜山港口，不在海上。"

赵恩妃顿时备感无力。

"千真万确吗？"

"是，毕竟您是报社的人，我这边也不敢大意，已经确认过两三次了。"

"好，那我了解了，非常感谢。"

赵恩妃谦和有礼地道谢完，便不耐烦地啪的一声用力挂上了电话。

"去你的！到底是哪个该死的垃圾胡诌这种假新闻，还故意发来报社。"

赵恩妃一边谩骂，一边用双手粗鲁地抓乱她的短发，然后重新看了一下发件人的邮箱。

sunsok112@cholian.net

"顺石112？该不会是那个卑鄙无耻的刑警崔顺石吧？"

赵恩妃转头瞅了隔板上的那则新闻报道一眼，然后举起手来狠狠拍了一下照片中打着马赛克的那张脸。

"没错，就是你！爱记仇的小气鬼，竟然想嫁祸于我……真是吃饱撑的没事干。看来就算被降一级赶到乡下去还是本性难移嘛！你以为发这种东西过来就会有人理你啊？"

这家伙肯定也知道记者不会被这种幼稚的假新闻所蒙骗。那么，这封邮件应该就是用来通知并强调自身存在的恐吓信。

"做的事情倒是比长的有意思，真是太有意思了！荒谬至极！"

赵恩妃皱着眉头，正准备把编辑视窗里的新闻资料删除，不过手机却恰巧在这时响起。

"喂？"

"是我。"

赵恩妃突然从座位上起身，电话另一头是她前男友，两人几天前才刚分手，主要是因为她受够了男方到处拈花惹草，于是单方面提了分手，谁承想他偏偏选在这最烦人的节骨眼打电话过来，看来是需要当面好好吵一架了。

赵恩妃拿起手机冲出办公室。这时，李部长也刚好走到办公室，对着记者们喊道：

"截稿时间要到喽！快点把新闻稿送出去吧！"

李部长走到赵恩妃的位子前，停下了脚步。

"人呢？截稿时间都已经迫在眉睫，她不在位子上写稿，到底跑哪儿去了？明明才刚给她转正不久，怎么螺丝就松成这样……"

这时，显示在赵恩妃电脑屏幕上的那则假新闻正好映入李部长眼帘。

"咦？爱国募捐运动，载送黄金的货船沉没……哇，不愧是赵恩妃！明明都已经写好新闻稿了还在那边跟我装蒜。"

李部长看着墙上的时钟，拿起话筒给赵恩妃打电话，然而，电话里却传来对方正在通话中的提醒。

眼看聚餐和截稿时间将至，李部长心急如焚，只好坐在赵恩妃的位子上亲自编辑那则新闻稿。

直至编辑完成，李部长都没能联络上赵恩妃，她也没回办公室。看着时钟，心急如焚的李部长最终只好亲自将稿子送到编辑部，还特别打电话给编辑部金部长，拜托他将这则新闻作为头条，才将电脑关机，收拾好东西从座位上起身。

"来，大家快下班吧！"

李部长对着办公室里的记者同人们大声吆喝，随后便迈着雀跃的步伐匆匆离开了办公室。

赵恩妃刚和分手不久的前男友在电话里大吵完一架，她怒气冲冲地回到了办公室，发现采访部记者早已全体收工，她暗自庆幸着下班前不用看到讨人厌的李部长，着实幸运。

第二天一早。

赵恩妃坐在马桶上，翻开送来的《大厅日报》，她简直不敢相信自己的眼睛。报纸头版就刊登着一艘货船沉没大海的照片，附上斗大的标题及报道内容，在新闻稿的最后还印有"记者采访/赵恩妃"。

"啊 —— 这该死的浑蛋！"

阿姨杀死了九尾狐

一九九八年六月，中川里。

"别喝那么多水，小心尿裤子。"

萧八喜忧心地看着黄恩肇大口喝下一大碗白开水，不停在一旁叮嘱。

"八喜，这炸鸡太咸了，你说是不是？"

"所以才叫你不要蘸那么多盐啊！"

黄恩肇趴在棉被上，翻看着画有恐怖插图的漫画书，萧八喜则开着收音机，躺在恩肇身旁。

收音机里的女歌手正好结束一段演唱，主持人马上要对她进行访谈。

"那我们就继续与药师歌手周宣美来聊聊刚才没说完的话题喽！听说牛奶和药物不能一起服用，请问是为什么呢？"

"国外医疗机构研究指出，如果将药物搭配牛奶服用的话，牛奶里的成分会妨碍人体吸收药物，使药效降低。不论是感冒药还是其他药物，如果不想让药效降低的话，至少要在服用药物的前后三十分钟内尽量避免喝牛奶。"

"噢，原来如此，之前我还以为吃药会伤胃，所以吃完药还特地喝杯牛奶来保护胃，有时也会担心药物造成胃部不适而先喝牛奶，甚至用牛奶代替白开水吃药，难怪以前吃药感觉没那么有效……"

到底睡了多久呢？

黄恩肇根本不记得自己是什么时候睡着的。当她因强烈的便意而从梦中醒来时，萧八喜依然边听着广播，边把晚餐吃剩的炸鸡拿来配烧酒，满脸喜悦地数着钞票。那几沓五千和万元钞，是她白天去洪城牛市场卖掉家里饲养的一头牛所换得的，共计三百二十万韩元。

"五十四、五十五、五十六……"

收音机里开始传来政论节目的声音，此时应该是晚上十一点整，新闻已结束。

"在全社会受困于IMF危机，整体大环境不景气的此时此刻，竟然有政治人物假公济私，只顾着填饱自己的荷包，罔顾经济与一团乱的政治现况，忙着想尽办法互踢皮球，将错误推给他人。当政治人物在逃避责任时，整体经济更是每况愈下，社会到处都是失业、破产人士，甚至越来越多的人想不开，选择走上绝路……"

"八喜，拉屎！"

黄恩肇突然站起身，萧八喜被她突如其来的举动吓了一跳，暂停了数钱动作。

"很急吗？"

"嗯。"

萧八喜放下手中数到一半的钞票，准备带黄恩肇出去上厕所，但她还是不放心那沓纸钞，于是急忙把恩肇本来铺在地上睡的那条棉被拉了过去，小心翼翼地盖住纸钞。

她们家的旱厕位于一片漆黑的院子的角落。

"八……八喜！别走啊！"

"好啦，我能去哪儿啊，会在这里等你出来的。不过话说回来，你都已经几岁了，怎么还不会说敬语啊？敬语有那么难吗？"

黄恩肇因为不会对人说敬语而被村子里的人取了个绰号——"洋妞"，意指西方女子，她以韩国年龄来算今年七岁[1]，但如果以美国年龄来算是五岁。

厕所里亮着一盏宛如小夜灯般昏暗泛黄的五瓦灯泡，恩肇

---

[1] 韩国人算年龄时习惯将怀胎十月也算进去，所以一出生就是一岁。

因为不好意思让阿姨看见自己上大号，所以把厕所门关上了，但又因为实在太害怕一个人在昏暗的厕所里，所以没有完全将门关紧，而是留了十厘米左右的门缝。

明明刚才还有强烈的便意，仿佛下一秒就要拉在裤子里似的，现在便意怎么全部消失了？恩肇感觉旱厕里的黑洞会像她读的那本恐怖漫画书里呈现的那样，从里面伸出一只手，问她："你要蓝色卫生纸，还是红色卫生纸？"

恩肇故意让自己不去看那个收集屎尿的黑洞，她从门缝间看着站在外头的阿姨。霎时间，她隐约看见大门旁的牛舍里有东西在晃动。一开始她还以为只是牛在动，但下一秒便想起阿姨白天才刚带她一起去牛市场把牛卖掉，所以牛舍里现在应该是空的才对，不可能有牛。

恩肇想起了去年和阿姨一起看的恐怖节目——《新传说故乡》。里面有一只九尾狐，把手放进牛的嘴巴里，将其肝脏挖出来吃下肚。她心头一惊，说不定九尾狐根本不知道那头牛已经被卖掉，还特地从后山下来想取走牛的肝脏。

"八……八喜！"

"怎么啦？我在这里啊！"

这时，从牛舍出来的黑影迅速向大门移动。

"八喜！那、那边……！"

萧八喜连忙回头查看，不是因为黄恩肇提醒，而是因为她亲耳听见了未上锁的大门发出了哐啷的声响。

"什么鬼？小……小偷！"

那一瞬间，萧八喜脑海中浮现的并不是要取走牛肝的九尾狐，而是比九尾狐还要可怕的小偷。"早上卖掉牛换来的钱还随意扔在卧室地板上，难道小偷已经把它……？"

萧八喜连忙拿起靠在厕所墙上的粗棍棒，往铁质大门方向冲去。然而，铁门早已紧闭。

"有小偷！"

萧八喜没有直接打开大门冲出去，而是朝大门方向大声喊叫。她很害怕，因为小偷身上很有可能带着凶器。虽然萧八喜吃炸鸡时喝了一瓶烧酒，却并没有胆子冲到外面和小偷正面对决。

"你……你是谁？"

萧八喜看着大门外游移不定的影子喊道。

她蹲下身子，原本打算从大门下方的缝隙查看门外动静，却突然向后退了几步，因为小偷正好也从大门底下的缝隙看向屋内。

"啊——！"

萧八喜吓得后退了好几步，然后重新向前冲去，朝铁门奋力踹了一脚。大门发出砰的一声巨响，瞬间敞开，门后的人被突如其来的铁门撞了个正着，跌坐在地。

"你……你是谁？"

萧八喜再次对着门外厉声大喊，但是跌倒在门外的人并没有回应。

"该死的小偷！"

她犹豫了一会儿，决定拿起棍棒往门外冲。对于比小偷柔弱的女子来说，先发制人绝对是最好的自我防卫方法。假如现在不立刻冲出去压制对方，小偷就很可能闯进来把钱通通抢走，最糟的情况还有可能是反被小偷攻击，自己和恩肇会置身在危险当中。

黄恩肇继续蹲坐在厕所里，连续听到好几声从大门外传来的啪啪声响，那是萧八喜阿姨正在对门外疑似小偷的家伙毫不留情挥打棍棒的声音。

"你这可恶的小偷！看我们两个女孩子好欺负是不是！以为我们很弱吗？"

啪！啪！啪！

击打声停止后，再度传来萧八喜的说话声：

"你到底是谁？"

萧八喜气喘吁吁地问道，然而，对方连个痛苦呻吟声都没有。

外面的静默持续了一阵。萧八喜似乎正在确认被打趴在地的人究竟是谁。

"天啊……申汉国！"

萧八喜的嗓音从害怕转为惊愕。

"喂！哈喽？睁开眼睛啊！血……流血了！"

萧八喜急忙冲回屋内，跑进厨房里拿了一个打火机出来，赶紧奔向大门外。

当萧八喜点燃打火机时，大门外顿时变亮，但是恩肇只能看见火光，其余什么也看不见。

"死、死了……"

恩肇只听见萧八喜用颤抖的嗓音说了这句话，就没再听见任何声响。

"八喜？我拉完啦！"

解完便的恩肇翘着屁股等待阿姨来帮她收拾善后，然而，阿姨没有回应。

"恩肇拉完啦！"

阿姨迟迟没有回来，恩肇只好自己抽了几张卫生纸，大略擦拭一下，便穿起裤子走出厕所，继续呼叫阿姨：

"八喜？八喜？"

其实比起现在外头发生的事情，恩肇更害怕刚刚身处的那间旱厕，尤其是会将自己拉的大便吞噬掉的那个黑洞。

"八喜？八喜？"

恩肇的声音听起来有点哽咽，仿佛下一秒钟就会哭出来。

萧八喜急忙从外头冲回屋内，一把抓住恩肇纤细的手腕，匆匆带她走回房间。

回到房间里，萧八喜先把棉被掀开，确认棉被底下的钞票是否完好如初。虽然因为掀棉被的动作太粗鲁，钞票乱成一团，不过它们还是跟刚才一样原封不动地藏在那里，似乎没有被人动过手脚，甚至根本不用重新确认金额是否正确。因为要是小偷发现了，一定会全数偷走，不可能只拿走一小部分。

萧八喜慌张地用双手将散落一地的五千与万元钞扫在一起。然而，每当她触摸到纸钞时，上面就会沾上鲜红色的血迹。她停下动作，目光移至自己的双手，发现上面沾满了鲜血，包括刚才紧抓的恩肇的手腕上也沾得到处都是。

"血！是血！"

恩肇低头看向自己的手，发出了近似尖叫的声音。

萧八喜急忙把聚集成堆、沾有血迹的钞票用被单包裹起来，胡乱塞进衣橱里其他棉被之间，然后关上衣橱门，六神无主地走到恩肇面前。

"血！血！"

萧八喜取了一条挂在墙上的毛巾，迅速帮眼泪就快溃堤的恩肇擦拭干净。

"这只是失误……不对，是正当防卫！但是我把他打死了……要是我被关进监狱里，那我们恩肇不就……不行！一定要打起精神来，这不是我一个人的问题，我绝对不能坐牢。"

恩肇看着阿姨一边帮她擦拭手上的血迹，一边嘴里念念有词，简直像个疯女人。她对于这样的阿姨感到既陌生又害怕。

"怎么偏偏在这零犯罪村里，而且赠匾活动也快举行了……不行，我一定要振作，我和恩肇绝对不能变成申汉国那样，我和恩肇绝对不会……恩肇，快来这里躺好！"

萧八喜几乎是用半强迫的方式把恩肇拉回被窝里。

"眼睛闭起来，快点睡，阿姨去外面看一下，很快就回来。"

"可是没有八喜，我一个人害怕有九尾狐……"

"放心，没有什么九尾狐。我只是去一下，马上回来。阿姨也想去上大号，上完厕所就回来。"

黄恩肇被独自留在房间内，萧八喜匆匆忙忙地跑了出去。

不一会儿，外头就传来了手推车的轮胎声响，以及大门被打开的声音。显然八喜阿姨并不是去上厕所。

恩肇站起身，打开房门，探出头去四处张望。

"八喜？八喜？我好害怕！快回来啊！"

即便她喊得很大声，阿姨也没做任何回应。恩肇不得已，只好走出房间，穿上鞋子，往传出声响的大门方向跑去。萧八喜正在卖力地将死者搬运到手推车上。

"八喜！八喜！"

"哎哟，我的天！拜托你赶快进去睡觉啦！"

虽然因为天色昏暗而看不清楚阿姨的表情，但是光从声音就能听得出来，她下一秒可能就会情绪崩溃、抱头痛哭。

萧八喜好不容易把申汉国的尸体装进手推车里，再奋力地将手推车推往屋内。她急忙关上大门，拉着黄恩肇的小手走到院子里的接水区，用自来水先将自己沾满血的手洗净，再帮恩肇一并将手清洗干净。

萧八喜拉着黄恩肇走进卧室。

"恩肇，快去躺好！"

"你不会再乱跑了吧？"

"嗯，快睡。"

萧八喜一边轻拍黄恩肇的胸口哄她入睡，一边不停张望电视机上的市内电话以及暂时放着尸体的大门处。

"宝宝睡，快睡……"

恩肇因受到惊吓而难以入眠，但是萧八喜认为再继续这样干等下去也不是办法。

"阿姨出去一下，你先看电视吧！"

萧八喜硬是让黄恩肇坐在电视机前。然而，正当她走到檐廊上时，整个人宛如遭雷劈般，满脸错愕地戳在那里，一动也不动——原本放在院子里装着尸体的手推车竟然不翼而飞了！

萧八喜急忙穿好鞋，往大门外冲了出去，但是周遭一片漆黑，连一只小猫的影子都没见着。

砰！

一声爆炸巨响打破了乡下初夏傍晚的寂寥，原本在做噩梦的黄恩肇突然睁开眼睛。

"八喜？八喜？"

"嘘！"

还没睡的萧八喜俯视恩肇的脸庞，并将食指靠在嘴唇上，示意她别出声。房内一片安静，再也没听到任何声响。

"阿姨去上个厕所，马上回来，你先躺着。"

"八喜！你刚刚不是已经去过厕所了吗？我好害怕……"

萧八喜别无他法，只好帮跟屁虫黄恩肇穿上鞋子。

"啊！"

正当萧八喜紧拉黄恩肇的手准备走出大门时，她吓得突然停下了脚步。那辆消失的手推车竟然又出现在大门外。大约两小时前和申汉国的尸体一起不翼而飞的那辆手推车，居然又离奇出现了。

"怎……怎么会？"

萧八喜惊吓过度，下巴都收不回来。她张着嘴转动头部，观察四周，但依旧只有漆黑一片，连一只小狗的影子都没见着。

"难道是我被鬼遮眼了？"

然而，这一切都不是错觉也不是幻影，因为手推车里明显留有红色血迹。

她没有时间可以犹豫。

萧八喜将大门敞开，迅速地将手推车推进了家门，然后再把它放进空荡荡的牛舍里。她必须先将杀人的关键证据——手推车处理掉，再来思考后续事宜。

萧八喜走到院子里的接水区，正准备拿起水桶，就在那时，她听见村子某处传来了女人的尖叫声：

"啊——！"

萧八喜停下动作，全身上下的神经都集中到耳朵上。她听见村民之间模糊的交头接耳声，感觉情况不妙。

萧八喜用水桶接满水，提到牛舍去冲洗手推车。就这样来来回回了好几趟，最后她从墙上取下一把草叉。

她一手拿着草叉，一手牵着黄恩肇，朝里长家快步奔去。

"啊！"

当萧八喜一脚跨进里长家的院子里时，她停下了脚步，发出近似于尖叫的声音。

原来是于泰雨里长家的小货车撞上了他们家庭院下方的地瓜田里一棵V字形的柿子树，而且小货车与树间还卡着一个人。发生事故的小货车周遭聚集着七八位村民，有人正在用光线微弱的手电筒照着被撞得浑身是血的男子。

"鬼……是鬼啊！怎么会有这种事？一定是被鬼抓走了……"

"鬼你个头！清醒一点！"

原本正在用手电筒查看男子的于泰雨里长，突然把手电筒照向全身发抖的妻子韩顿淑，并对她咆哮。

有人试图打开车门，门却是锁着的，不论多么用力拉扯把手，都打不开。

聚集在小货车周围的居民一个接一个用力将小货车往后推。当小货车开始缓缓移动时，被夹在柿子树与小货车之间的男子也瞬间往一旁倒了下去。有人迅速将浑身是血的男子拖往旁边。

"申……申汉国，对吗？"

原本摇晃不定的微弱灯光再度聚焦到卧倒在地的男子身上。

"没错，是他！"

经营池塘的杨式连家的儿子杨东男看着血迹斑斑的男子脸庞说道。

"申汉国怎么会……？"

在黑暗中听见"申汉国"这个名字的瞬间，黄恩肇抬头看了阿姨一眼，萧八喜全身僵硬地站在原地一动也不动。虽然天色昏暗看不清阿姨的表情，但是可想而知她的脸色一定惨白不堪。

"怎……怎么回事啊？"

"是刹车失灵吗？"

"他死了吗？"

"有没有谁会心肺复苏啊？"

村民们你一言我一语，说话声在黑暗中此起彼落。

"他的身体已经冷掉，脉搏也停止跳动了。"

"冷掉？"

"也没有呼吸。"

"唉，这到底是怎么回事？"

"真麻烦，怎么偏偏在零犯罪村赠匾活动前出这种事……"

"啧啧啧，这该死的酒鬼！就连死都给人添麻烦。"

"要打119叫救护车吗？"

"人都已经死了，叫救护车来还有用吗？要叫警察来才对吧。"

"怎么办啊？"

"什么怎么办，打112叫警察啊！"

"哎哟，我的天！你这人真的是连死都给人添麻烦，要死怎么不自己一个人默默死掉，大半夜跑来别人家里撞车干吗呢……"

"还能怎么办，赶快报警吧。"

"要是报……报警的话，里长会不会被警察抓走？里长明明没做错任何事，会不会无端受到牵连，背上什么过失致死的罪名？"

所有人的视线都因站在后方焦虑不安的萧八喜的这番话而聚焦到里长身上。里长手持灯光微弱的手电筒，六神无主地站在那里。从他那张暗淡无光的面孔上，可以看见流露着恐惧与担忧的神情。

"还真是……一个酗酒的头疼人物搞得大家人仰马翻，还害得泰雨哥莫名其妙惹一身腥。"

池塘养殖户杨式连蹲坐在尸体旁犯着嘀咕。

"怎么会是泰雨哥一个人的问题，这可是我们全村的重大议题，等于零犯罪纪录彻底破碎了，不是吗？"

在镇上经营餐厅的王周荣看着一张张暗沉的面孔说道。

他脚穿褐色皮鞋搭配西装裤，上半身却穿着土黄色的无袖背心，看起来像是刚回到家正准备换衣服，换到一半听见外头有不寻常的动静就连忙冲出来的样子。

"唉，是啊，泡汤了，明年起我们也领不到奖金了。"

"真倒霉！"

微妙的叹息声从村民口中接二连三传出。奇怪的是，那些叹息声听起来反而像是如释重负的声音。恩肇环视着这群大人。

"真是太奇怪了，怎么会在这大半夜被刹车失灵的小货车撞上。"

"爸，这有什么好奇怪的？意外事故本来就不分时间地点，也没什么规律可循。"

"你不觉得奇怪？一辆刹车失灵的小货车，朝着斜坡下方的田里滚去，结果申汉国刚好不偏不倚地站在那里被车撞上，这难道不奇怪？以概率来看的话，就像柿子树上的柿子正好掉进一个张口打哈欠的人的嘴里。"

"人只要够倒霉，就算向后倒都有可能把鼻梁摔断。"

"哎哟，现在是争论这种事情的时候吗？我们应该想想有没有什么方法能把这件事圆满解决才对吧！"

"其实就像池塘户阿姨说的，有没有什么方法可以不让里长无端遭受牵连，让我们这个村也不受影响？"

萧八喜一边看着大家的脸色，一边刻意把话题引导到这个方向去。

"要是这样当然最好，问题是有这种办法吗？"

王周荣摇着头说。

"假如现在在报警，那么我们无辜的，不，善良的里长就会被警察抓走。坦白说我们里长有什么罪？大半夜跑来别人家院子里被车撞死的酒鬼申汉国叔叔才有错吧，真的该死！"

"喂，杨东男！那么激动干吗？就像你妈说的，当务之急，我们应该冷静思考如何处理眼下这个情况。"

"既然是喝醉酒被车撞死的，那是不是可以把他当成失足从自杀岩摔落身亡的呢？"

王周荣说出了一个惊人的提议。

所有人面面相觑，一言不发。

和儿子朴光圭相邻而站、默默听着大家发言的朴达秀老头，突然摇着拐杖站出来说：

"不可能！最近科学搜证技术发达得很，怎么可能蒙混过关？从岩上掉下来摔死和被车撞死，专家一看就知道，搞不好反而会弄巧成拙，把事情变得更复杂。何况抛尸罪多严重啊，光是擅自挖掘坟墓、移动骨骸都会被判刑呢！"

"就说他是从山顶或青阳镇回来的路上不幸被汽车撞死，驾驶人肇事逃逸呢？我们可以把他移到车水马龙的大马路上？"

萧八喜再次小心翼翼地提议。

"肇事逃逸？"

"听起来不错，但是申汉国为什么要在这么晚的时间点出现在那个地方，然后被人撞倒呢？"

餐厅老板王周荣摇着头说道。

"我同意用这个说法，人的死活怎么可能都合乎逻辑、有办法一一解释呢？不是都说人快死的时候往往会做出一些反常的举动吗？申汉国光在这里被小货车撞死已经难以解释了……对了！今天不刚好是青阳镇的赶集日吗？就当作他是去青阳镇喝酒，醉倒在路边不小心睡着，夜里醒来准备回家时遭遇横祸。这样听起来也很合理，不是吗？"

杨式连的妻子田秀芝表示赞同，并做了补充。

"也是，毕竟意外事故往往都来得出其不意、措手不及……"

"是啊，不管怎么想都觉得还是这个说法最好。"

"别闹了，要是弄巧成拙，我们所有人可都是要吃牢饭的！"

朴姓老头的儿子朴光圭也和父亲一样持反对意见。

"那到底要怎么办？你有什么办法吗？难道要让泰雨哥去坐牢？"

王周荣质问朴光圭。

"也不是啦……毕竟车子都有强制险，假如是被判过失致死的话，说不定还能得到缓刑；抛尸的话罪行更重，所以我不明白为什么要这样铤而走险。"

"欸！我看你说这么多都是借口，你只是不想被无端卷入这起事件吧？一脸写着'为什么我要被卷入这种是非'的表情，是不是被我看穿了？哈，你如果不想蹚浑水，现在就退出无所谓，我们就当你从头到尾没出现在这里过。"

"不是啦……我只是担心万一事情出了纰漏……"

朴光圭轮流看着大家，嘴里咕哝着。

"好吧，既然是关乎我们村接下来还能不能继续保持零犯罪村美名的问题，那就是我们全村人的问题，干脆我们就用举手表决的方式，由在场所有人来决定怎么处理好了。认为要如实报警处理的请举手！"

王周荣一问完，朴光圭缓缓举起了右手，并观察其他人的表情。然而，出人意料的是，朴光圭的父亲朴姓老翁碍于要看于泰雨里长的脸色而没有举手，所以最终除了朴光圭，在场没有人举手。

"朴光圭一票！好，那么认为应该将这起发生在泰雨哥家中的不幸事件，由我们这群和家人没两样的左邻右舍直接圆满处理掉的人请举手！"

每个人你看我、我看你，纷纷举起手来。除了朴光圭、朴姓老翁、黄恩肇，所有人都举手赞成。

"一人反对，两人弃权，其余所有人都赞成。"

"不，我们家恩肇还未成年，没有投票权，所以请扣掉她的。"

"不，我也赞成。"

黄恩肇奋力地将她那只小手高举起来。

"那就这样决定了哦！接下来打算怎么处理？"

"就像我们刚才讨论的，以外地人造成的肇事逃逸来处理吧，这样才不会波及村里的任何人。"

"那要是警方搜查肇事逃逸者，然后从我们开始展开调查的话怎么办？而且万一查到里长家的小货车……"

餐厅老板王周荣突然又提出反对意见。

"那到底要怎么处理？我们也没其他办法了啊！"

"是啊，刑警怎么可能大老远跑来乡下展开调查？"

"不然里长家的小货车别送去汽车维修厂维修了，我们自己去买零件回来修理？我以前在汽车公司上过班，只要有零件，这种程度是可以帮忙维修的。里长您觉得如何？怎么处理比较好？"

"这个吗……是啊！我也觉得既然是被车撞死的，那就以肇……肇事逃逸来处理比较好。"

既然于泰雨里长都表示赞成了，王周荣也很难再坚持反对。

"我觉得把尸体移到离这里越远的地方越好。但是我们该如何把申汉国搬过去呢？总不可能用肩膀扛着他一步一步抬过去吧？"

大家听完杨式连这番话以后，纷纷望向王周荣。如今在这个村子里，有车的人只剩下王周荣。

"不……不行，我的现代雅尊汽车是绝对不能运尸体的，那可是刚买不久的新车……"

"你这人真是的！现在新车不新车的是重点吗？我们在你的后备厢先铺好塑料袋，不让血渍沾到不就好了？有新车了不起吗？"

"可是我喝了好多酒，这样开车上路是酒驾。"

"酒驾？你刚才不也是在青阳镇上喝了酒后开车回家的吗？怎么刚才那段路就能酒驾，现在又不行了？"

杨东男用质问的口吻说道。

"那要是被警察拦下来酒精测试的话怎么办？你知道我当初是费了多大工夫才拿到驾照的吗？整整花了两年时间！"

"噢，那你怎么还敢酒驾？"

杨东男质疑道。

"而且哪儿来的酒精测试？我喝酒骑车十多年了，从来没在路上看过一次测试。"

"不……不是！其实……我的车之前出过车祸……不，它最近刚好坏了！"

"坏了？你确定？该不会是临时瞎说的吧？"

"真的！刚才回家的路上，我没注意到河堤上有石头掉下来挡在路中央，回到家才发现，车子的变速箱好像坏了，本来还打算明天叫拖车来处理呢。"

不论这话是否属实，既然车主王周荣这样说了，其他人也拿他没辙。

"对了！申汉国的家里不是有耕耘机吗？可以用它来运啊！"

"喂，喵喵！话说回来，你怎么在这里？"

池塘户老板娘田秀芝这时才发现站在萧八喜身边的黄恩肇，惊讶地问道。

"我才不是什么喵喵，我叫黄恩肇！"

"怎么能让孩子看这么恐怖的画面，快带她回去！"

"是啊，剩下的事情就交给男人做，女人和老人都先回家吧。黄恩肇，赶快和阿姨回家！”

朴光圭轮流看着黄恩肇和萧八喜说道。

"幸好喵喵没朋友，至少不会到处乱说。不过那把草叉又是干吗用的？"

田秀芝看着萧八喜手上的草叉，好奇地问道。

"哦，因为刚才听见了女人的尖叫声，我有点害怕所以才拿着它跑了出来。"

"可能是里长夫人发现尸体时惊吓过度发出的尖叫声吧，不过这也是人之常情，就连我也吓了一跳。你还是先带孩子回去吧。"

"不用帮忙吗？"

"完全不需要担心，我们自己会看着办。"

朴光圭插话道。他轻推黄恩肇的背，示意她们先回去。

虽然萧八喜很想留到最后看看大家处理尸体的过程，但是考虑到年幼的外甥女黄恩肇，只好转身打道回府。

"恩肇，我们回家吧。"

黄恩肇正不停偷瞄着浑身是血的申汉国，手拿草叉的萧八喜一把牵起了黄恩肇的小手。

回家的路上，萧八喜一句话也没说。到家门口时，她牵着恩肇的手，在一堆污泥处停下了脚步。门前有污泥，是因为刚才萧八喜为了清除血迹，泼了一大盆自来水。

"黄恩肇，你看着阿姨的眼睛。今晚的事情，绝对不可以对任何人说，一旦说出去，你就再也不能和阿姨一起生活了。因为我会被关进监狱，而你会被送到孤儿院。"

萧八喜用十分严肃的眼神紧盯着黄恩肇说道。

"嗯，知道了。"

就在萧八喜打算接着开口说话时，一道巨大的闪电突然划破天际。

"啊！"

黄恩肇和萧八喜同时吓了一跳。

轰隆——！

轰隆隆的雷声接踵而至。天空开始下起细雨，随后细雨迅速变成了滂沱大雨。

雨滴掉落在铁皮屋顶上的声音显得格外响亮，宛如巫堂[1]在召唤冤魂时，手拿巫铃不停摇晃的声响。

1　朝鲜半岛传统巫教的司祭者，巫教是朝鲜半岛的本土宗教。

两具意外身亡的尸体

雨越下越大。

身穿雨衣的四名警察人手一支手电筒爬上山。

"秋仁乐先生！秋仁乐先生！"

手持红色对讲机的年轻警察朝一片漆黑的山中喊道。

"哎呀，我的耳朵都要聋了，拜托可以别对着我的耳朵喊这么大声吗？再说了，你觉得一个死人会回应吗？要是有人回话才有鬼！"

"他可能还没死啊！"

"没死的人怎么会在家里留一封遗书，跑来这座山上呢？唉，真不想看一具尸体凄惨地躺在那里……"

"怎么偏偏选在这种日子跑来零犯罪村自杀？真是的，害我没法睡觉。这应该不影响几天后的中川里赠匾活动吧？到时候局长、检察长、道知事[1]都会出席，不知道我们会不会受到波及。"

"既然大家都把这洞岩称作自杀岩，就表示应该有很多人在这里轻生。那么为什么还可以保持零犯罪村纪录？"

大约一个月前从公州市转调来的朴警长向派出所所长问道。

"除自杀难以被列入犯罪范畴的原因以外，外地人来这自杀也和零犯罪村毫无关联。所谓零犯罪村，指的是户籍在这个村里的人一整年都没有任何犯罪记录，外地人来这里犯罪也无所谓，但是本村户籍的人不能到其他村或其他城市犯罪。依宪法来看，就是属人而非属地的意思。"

他们爬了好一会儿，发现了一面高二十米左右的岩石峭壁，岩石正中央有一个洞，洞的形状像极了女性的性器官。

"那就是大家说阴气很重的洞岩吗？"

"没错，你应该听过洞岩的传说吧？"

"什么传说？"

"你不知道洞岩的传说？只要站在那上面许下关于女友或老婆的愿望，然后跳下去，愿望就会实现。没听说过吗？比方说，死前在那里许下希望某某女子幸福的愿望，那么从此她就真的会幸福；要是许下让某某女子不幸的愿望，她就会开始变

1　韩国一级地方行政区的首长。

得不幸。"

"是吗？可是如果为情寻短见的话，应该不大可能许愿让对方幸福吧。"

"是啊，你说得没错。我想不论哪个女人，一旦知道有人在此为自己许愿并跳崖自杀，应该都不可能幸福。而且在往后余生里，每当不如意、不顺遂时，就会自动联想到一定是哪个家伙在这里许了个鬼愿望然后投崖自尽，才导致自己的人生波折不断。"

"换作是我，与其许下这种无聊的愿望再投崖自尽，不如许一个希望下辈子投胎长得酷似某个帅到逆天的明星，然后将女人玩弄于股掌之间这种实际一点的愿望，不是更好吗？"

"哈哈，李巡警的想法倒是很积极。不过会许下那种愿望的人应该还想继续活下去，这种人会自杀吗？"

所长说着说着，突然停下脚步。他皱起了眉头。

"真是的，在那里！"

所长用手电筒照向前方远处躺卧在地的物体，貌似是一个成年男性随意地横躺在洞岩下方的石头间。

所长似乎对要看到触目惊心的场面感到迟疑，但也不能再继续犹豫下去，毕竟要是那个人还留有一线生机，就必须尽快送医抢救。以所长为首，警察们纷纷朝那个人快步奔去。

果然是一名男子，脸部已经血肉模糊，难以分辨长相。应该是从峭壁上坠落时受到猛烈撞击所致。

所长伸出手轻放在浑身是血的男子的颈部，脉搏已经停止跳动。其他警察也伸手抓住男子的手腕，确认脉搏早已停止，他全身冰冷僵硬，推测应该已经死亡一段时间。

必须马上确认身份。所长开始翻找死者的口袋，从裤子后侧口袋掏出一个钱包，钱包内有身份证。

"秋仁乐，没错，唉。"

"既然都在家中留下遗书才出门，应该就不需要多做调查了吧。来，收拾一下现场吧，先打119，钱包另外收好，顺便看看周围有没有其他遗物。"

"是不是也应该上去那边检查一下？"

"嗯，朴警长和李巡警，你们两个一起上去看看吧。"

李巡警接过所长递过来的死者的钱包，发现里面有一张折起来的字条。他用头和上半身遮挡雨滴，试着查看字条上的字。

　　我想向所有人致上最深的歉意。告别式可以免了，只要火化完把骨灰撒在江河或大海里即可。我想彻底抹去曾经在世的所有痕迹，想要消失得无影无踪。

★

黄恩肇从睡梦中醒来时，房间非常明亮，天花板上的灯却是关着的，原来是太阳光穿过门上的窗户纸，照亮了整个房间，宛如冬日午后西斜的阳光映照在窗户上那般明亮刺眼。

"这么快就到早上了？"

然而，整个房间的感觉却不太像早晨。那是她此生第一次见到的光景。

黄恩肇环顾了一下房间，没见到阿姨的身影。

"八喜？八喜？"

她打开房门，走到檐廊上，外头依旧下着雨，明明还是深夜，家门前却异常明亮。原来是位于村子中央的申汉国家那里正燃烧着熊熊烈火，火光直蹿夜空。

恩肇穿上鞋，从檐廊下取出一把伞，她一边撑着伞，不停呼喊着阿姨的名字，一边走出大门。她急忙奔向被大火环绕的申汉国家，寻找趁她睡着时再次消失不见的阿姨。

村民们手提水桶、脸盆等盛水工具，不停地在雨中来回穿梭，他们忙着从附近农田和池塘户家的养殖塘接水，再扛到申汉国家泼洒救火，还有人把喷洒农药用的机器水管放长，用来洒自来水灭火。

然而这样的救援方式根本就是"冻足放尿"[1]，不仅接水的路途遥远、能装来的水不多，而且火势过于猛烈，村民难以靠近，这导致泼洒的水大部分都没能接触到火焰，只是洒在了最外围的院子里。

从天而降的雨水同样起不到太大作用，每次雨滴落在失火的铁皮屋顶上，不是随即蒸发，就是顺着屋檐流到地面。

村口传来了尖锐刺耳的消防车警笛声，几辆消防车正准备入村救援，却因路上堆积着似乎是从山坡上被雨水冲刷下来的石头和被雷劈倒的大树而难以通行。此外，还有一辆耕耘机停放在狭窄的水泥道路上。

消防员清掉石头，用电锯把树锯断，再把挡路的耕耘机挪到一旁后，消防车才得以顺利进入现场。

车一停好，消防员便训练有素地接水管灭火。就在此时，被大火团团包围的房子瞬间倒塌，周围的人也受到惊吓，向后退了好几步。

这是黄恩肇第一次亲眼看见闪烁的火光和鸣笛的消防车。正当她看着眼前的场景浑然忘我之际，她在忙碌奔走的人群中发现了萧八喜的身影——她正拿着脸盆站在那里。恩肇急忙跑了过去。

---

1 韩国俗语，形容只有一时的效果，效力马上就会消失。

"八喜!"

萧八喜紧紧抱住朝她飞奔而来的恩肇，她的身体早已被雨水打湿。

"恩肇! 你怎么从家里出来了?"

萧八喜把歪向一边的雨伞重新拿好，为恩肇撑伞。

"因为……害怕!"

萧八喜一脸为难地环视了一下四周。

"赶快先回家!"

"不……不要! 好可怕……"

萧八喜无可奈何，只好牵起恩肇的小手朝家的方向走去。

"八喜?"

恩肇早上醒来睁开眼睛时，发现阿姨又不在屋里。

打开房门时，外面天已亮。昨夜敲打铁皮屋顶一整晚的雨声宛如一场梦，挂在七甲山山顶上的云雾也逐渐散去。

"八喜?"

想想就知道阿姨去了哪里。

恩肇走下檐廊，穿好放在垫脚石上的运动鞋，急忙奔向昨晚被大火吞没的申汉国家。

整栋房子早已燃烧殆尽，只剩地基上的大梁柱变成烧到一半的焦黑木炭堆在那里，看起来触目惊心，甚至就连铁皮屋顶也被熊熊大火烧到熔化，几乎看不出形状。仅剩的是一间位于房屋十多米外、用水泥砖盖成的厕所。

一只杂种珍岛犬站在那间厕所前，与人群保持着距离，不停来回走动、吠叫。那是申汉国养的狗——阿呆。

整晚不停亮着警示灯的消防车早已撤离现场，村子入口道路旁停放着几辆警车和从未见过的汽车。

一群身穿白衣的人聚集在火场中央，似乎是在灰烬中收拾残局，另外还有几名身穿便服，看起来像刑警的人在周围四处查看。

果然不出黄恩肇所料，萧八喜阿姨就站在火场周围看热闹的路人中间，神情紧张地盯着警察和消防员的一举一动。

"八喜！"

萧八喜抱住了朝她飞奔而来的黄恩肇。

"这么早就醒啦？饿不饿？你等我一下。"

然而，萧八喜的目光一直不离那些外来人，也根本不打算离开。

"起火原因是什么？"

从邻村来看热闹的七十多岁的老人问身旁的于泰雨里长。

"不知道，我怎么可能知道。"

"竟然在雨天失火……雨天房子还能烧成这样，也是奇怪……"

"哎呀，这有什么好奇怪的，就和雨天在灶台下生火是一样的道理啊！难道会因为下雨就烧不起来吗？不是照样能生火？因为有遮风挡雨的屋顶，下雨和火灾就没什么关联。"

"就算如此，为什么屋里的人没能成功逃出来？难道火势猛烈，迅速蔓延，所以根本没时间？"

"谁知道啊，他本来就是个整天泡在酒坛子里的人，可能昨天又喝到不省人事，才遭逢变故的吧。"

"该死的狗，一直叫，吵死了，是不是得找个人去把它拴住啊？"

老人眉头深锁，仿佛被狗叫声吵得难以继续交谈。

"那只狗应该是知道自己的主人离世，所以才难过得到处乱叫吧。"

黄恩肇听完这句话便放开了阿姨的手，朝那只不停徘徊在人群边吠叫的珍岛犬走去。

"喂！阿呆！小声一点！你要是再继续叫，我就要揍你了哦！"

阿呆被黄恩肇训了一顿后便停止了乱叫，跑到恩肇面前轻摇尾巴。恩肇一把搂住阿呆，轻抚着它的头顶。里长见状立刻拿狗链快步走向阿呆，准备把它拴起来。但机灵的阿呆也不是省油的灯，它马上察觉有异逃走了。

在灰烬中不停翻找的那群白衣人，找出了大大小小的白骨，移放至一旁铺在空地上的白色棉布上。

"哈哈，整栋房子烧得精光，只剩一些骨头了。所以都说'人来有先后，人走无先后'，谁会料到申汉国竟然会比我先走呢？"

邻村的老人咂了一下嘴，独自呢喃。

拿着笔记本的刑警向一旁看热闹的人群走去。

手臂缠着撕下的白色衣料的男子、跛脚的青年、头发被烫到烧焦的女子，以及不停用手敲打后背的男人跻身人群当中。

"请问你的手臂为什么会受伤？"

刑警向右手和右手臂被层层包裹的朴光圭问道。朴光圭一脸惊愕，迅速将手藏到身后，然后又像此地无银三百两的小偷似的缓缓将手伸了出来。

"这、这个吗？昨晚在帮忙救火时不小心被烫伤了。"

"不用去医院吗？"

"哎呀，不用啦，才这么一点伤，又不是骨折……"

"你的脚又怎么了？"

刑警转而问向走起路来一瘸一拐的杨式连的儿子杨东男。

"没什么，昨晚帮忙灭火时被狗咬了一口……狗可能误以为我要攻击它吧，突然就朝我扑了过来。该死的狗！"

杨东男用手指向依然在人群周围徘徊的阿呆。

"阿姨你的头发怎么回事？"

里长夫人韩顿淑的那头鬈发看上去凌乱不堪。

"我也是昨晚太……太认真救火，不小心被燎到了……"

刑警又看了看村民，似乎觉得其他伤者应该也是在昨晚救火时受伤的。他没再多盘问，便将手中的笔记本合上了。

"起火时间是昨晚几点？"

"几……几点啊？大概昨晚十一点吧，我也没看时间，所以不太清楚……"

里长歪了一下头回答。

"不是吧，应该是十二点或凌晨一点左右哦！"

站在一旁的路人插话说道。

"才不是呢，应该是凌晨两点！"

"对啊，我也记得是两点左右。"

"不是不是，我记得是一点左右。"

"对，我也记得明明是一点。"

不知为何，每个人说的起火时间都不一样。刑警歪了歪头，直接在笔记本上写下起火时间为凌晨一点。

"那么，是谁第一个发现这里起火的？"

"不知道，我到这里时已经有很多人在忙着救火了。"

"我到这里的时候也是。"

"不是里长第一个发现的吗？"

"不是啦！我跑来的时候也已经有人在帮忙了。"

"那是谁第一个报警的？"

"是我。因为好一阵子都没等到消防车来，我觉得有些奇怪，所以保险起见，就用手机打电话确认了一下。"

里长神情紧张地回答。

"所以，其实是火灾发生后隔了很长一段时间才报警的。为什么其他人都没有先报警呢？"

"其他人可能也和我一样，觉得应该有人已经报警了，所以就没打电话吧。"

"火是从哪里开始烧起来的？"

"不是厨房吗？我到这儿的时候看到厨房的火势最为猛烈。"

"应该不是，我昨晚看见火是从卧室里蹿出来的。"

"才不是咧，我也是看到厨房那边的火烧得最大。"

"应该是厨房堆着柴火的缘故吧。"

"火光和烟雾又是什么颜色呢？"

所有人再度面面相觑。

里长眼看没人出面回答，于是又站出来说话了：

"不知道欸……火光自然是烧得红通通的，至于烟雾嘛……昨晚天色实在太昏暗，所以……"

"当时有闻到汽油味或发现什么异状吗？"

"汽油味？我没闻到什么味道啊……"

"我也是，没闻到汽油味。"

"其他人呢？没有察觉到任何奇怪的地方吗？"

所有人摇了摇头。

"或者有没有看见什么可疑人物？"

刑警转变了提问方向。

"可……可疑人物？"

"比方说，火灾发生前后有无陌生人来访，或者有没有人在房子周围徘徊？"

"不、不知道欸……"

"对了！说到陌生人，还真有一个陌生人！昨天早上我看到一个年轻男人站在村子入口处。对了，喵喵，你昨天早上是不是和他说过话？那个人是谁？"

里长妻子韩顿淑话一说完，所有人的目光同时转向了黄恩肇。

"唉，到底要我说几次，我是黄恩肇，不是什么喵喵。英文名叫Eun Jo Hwang，有些洋鬼子也会叫我En Jo Hwang，怎么会笨到连个人名都记不住。"

"哎哟，好啦好啦，我知道了，没大没小的黄恩肇，你昨天早上是不是和一个人说过话？"

"说过啊。"

"那个人是谁？"

"你不认识啦，就是个陌生人向我问路，问我怎么去洞岩。"

"然后呢？"

"然后我就告诉他洞岩在那边啦。我还跟他说那里阴气很重，很多男人在那里跳崖自杀，所以男的去那儿尤其要小心。"

"什么？阴气？你这小丫头知道这个词是什么意思吗？"

被刑警这么一问，黄恩肇转身望向萧八喜，露出了"阴气是什么"的表情。

"在那之后还有人见过这个男人吗？"

没有任何人回答。

"昨晚都没听见狗叫声吗？"

这次大家也是摇摇头，纷纷表示没听到。

"那只狗，是死者申汉国生前养的狗，对吧？它一直都没被拴着吗？"

"不知道欸……"

所有人再度面面相觑。

"你说你的脚是被狗咬伤的，对吧？当时它被绳子拴着吗？"

刑警向杨东男问道。

"啊？这个嘛……"

"哦！你和这只狗很熟，对吧？那问你，你应该比较清楚。那只狗一直都是这样没拴绳的吗？"

刑警在黄恩肇面前蹲了下来，向她问道。

"不是，它一直都是被拴住的，被拴在狗屋旁边。"

"狗屋？"

刑警转头看了一下被火烧毁的房子，却不见狗屋的痕迹。

"狗屋本来在哪里？"

"那边，厨房前面。"

小狗明显是被人故意松开绳索的。在火场周围徘徊的杂种珍岛犬颈部只剩下项圈，如果是起火后狗自己挣脱掉的，那么绳子应该和项圈连在一起才对，如今却不见绳子的踪影。

"起火原因是什么？"

刑警眼神紧盯村民。

"不知道，我们怎么会知道……"

所有人再度交换了下眼神。

"也许是从炉灶那里烧起来的？"

餐厅老板王周荣歪头不解地猜测。

"可是明明不是寒冷天气，为什么要在炉灶里生火呢？"

"哎哟，昨晚不是下雨嘛，有可能是因为太潮湿所以生火啊；不然就是想做个下酒菜，结果弄巧成拙，酿成火灾；再不然，也有可能是他已经喝蒙了，为做下酒菜而打开煤气炉，却忘记关火就回房睡觉了。"

"所以你认为申汉国是在卧室里睡着的状态下，不幸遭逢变故而死的？"

面对刑警的提问，王周荣露出了非常吃惊的表情。

"啊？找出白骨的地方难道不是卧室吗？我只是看位置很像卧室才这么推测的，不然我怎么可能知道他是在哪里怎么死的？"

这时，杨式连的儿子杨东男插话说道：

"说不定起火原因是闪电啊，毕竟起火前下了一场大雨，也出现过许多次闪电和打雷。"

"对，如果不是被雷劈到，那就是漏电，因为每逢下雨天，这个村就会时不时停电，你们说是不是？也不知道电力公司在干吗，明明大家收一样的电费，为什么偏偏我们这里就经常停电，难道是看我们乡下人好欺负？"

"那申汉国生前有没有和谁结仇？"

"结仇？在这种乡下地方种田的人能和谁结下梁子呢……"

"我调了一下申汉国的资料，发现他有一项前科记录。他之前是因为什么坐牢的？"

刑警的提问直捣核心，所有人霎时间露出了惴惴不安的神情，纷纷交换起眼神。

最年长的朴达秀老人看大家都不出声，只好站出来解释：

"是因为当年的一场大洪水……当时也和昨晚一样下着大雨，申汉国竟然毫无预警地把七甲山上的水库——天庄湖水门打开，导致整个村子发大水。而且当时正值准备秋收的时节，那场洪水使河旁的村镇、我们这里，以及鹊川里、之川里、龙头里等多处村子的农作物都受到波及，损失惨重。"

"申汉国为什么要把水库里的水放出来？"

"那年秋天台风频发，带来了丰沛的雨水。天晴后，申汉国为了摘蘑菇跑去了七甲山。在那里，他发现前一晚下的暴雨已经使水库接近满水位，要是再不放水，水很快就会漫出水坝，所以他就擅自决定打开水门，避免水坝坍塌。毕竟要是水库溃堤，灾害绝对只会更大，甚至超乎想象，所以他声称，自己也是不得已才把水门打开的。"

"如果当时没有打开水门，水坝就一定会坍塌吗？"

"这就不得而知了！可能不会发生任何事，也可能引发更大的灾难，没人能说得准。"

"总而言之，他擅自打开水库水门，导致农民损失惨重，所以遭到起诉？"

"是啊，但真正的问题还在后头。"

"啊？"

"自从那次事件之后，我们村就被从'零犯罪村'除名了，没能领到政府发的奖金。你看这个村子，一面是高山，另外三面像半岛，完全被河水环绕。当时村子前方还没设河堤，每到下雨天就会淹水，大小灾害不断。那年原本计划要用奖金来建河堤的，这样村子就不用再饱受淹水之苦了，但是因为申汉国犯下那起事件，我们没能顺利领到奖金，也没能开启河堤建设工程。就在隔年夏天，梅雨时节下了特大暴雨，我们村又被淹了，损失惨重，庄稼不是泡在水里就是被水冲走，家畜全部遭殃，甚至死了好几个村民。"

"原来发生了这些事。"

"喂，王周荣！当时你老婆不就是被水冲走去世的吗？"

"是啊，哈哈，她可是创下了潜水纪录呢，到现在都没浮出水面……"

"后来呢？"

"哪有什么后来，事情就那样结束了。其实大家内心都希望假释出狱的申汉国能重新进去，然而，申汉国的过错也不是村子隔年大淹水、损失惨重的直接原因，所以大家只能气在心里，自认倒霉。毕竟有太多人因为没能如期修河堤而被洪水摧毁了家园，受到巨大的财产损失，有些人的家人甚至被活活冲走，失去生命，却没有一个人为此负责或受惩，就如同一直以来受害者都需要一个怨恨对象，大家都想找个人泄愤，怨天不能，申汉国却近在眼前，于是申汉国就成了全村公敌。"

"所以村民对他进行报复了吗？"

"哪有什么报复……虽然当时有人喝醉后会去找申汉国理论，抓着他的衣领高喊着'无法和仇人同在一片天空下''不是你死就是我亡'，但顶多只是排挤他，没对他做过什么事。"

"当时有哪些人家受灾呢？"

"房子盖在河边的，或者家里有农田的。将者谷这边有养牛的于泰雨家、池塘户杨式连家，以及餐厅老板王周荣家；安顿村则有赵庆辉家、韩宗燮家、金玉环家、黄在顺家、江熙国家……多到根本数不清。除了五年前从外地搬来住在最上面的那户，村里的其他住户应该或多或少受到了洪水影响。"

朴达秀老人口中的"最上面的那户"，其实就是指住在村子地势最高处的黄恩肇和萧八喜家。

"如果要在这些人当中选出谁是最大受害者，应该就是痛失妻子的王周荣吧？是不是？"

朴达秀话一说完，餐厅老板王周荣便不停挥着双手说：

"不不不！反正当时我和我老婆整天吵架，更何况申汉国是出于好意，为了救全村而打开水门，我没理由怨恨他。其实……当时我的确对他有些埋怨，但那都是很久以前的事了，现在早就没任何怨恨，真的对他一点负面情绪都没有，我绝对是清白的！"

"申汉国昨天都做了什么？"

面对刑警的提问，王周荣吓了一跳。

"什么？我……我当然是从早到晚都在镇上的餐厅里做生意，晚上和朋友们小酌了几杯……"

"不，我是在问申汉国，他昨天白天都干了什么，有人知道吗？"

没有人回答。

朴达秀再度出面说话：

"自从捅了那个大娄子后，他一直都是过着独居的、被村民排挤冷落的生活。不对，换个角度看，是他自己选择孤僻的。从那次事之后，他除了白天要下田或有事要处理才会出门，其他时间几乎足不出户。对了，有一段时间他到处向人借钱，开始盖温室，准备东山再起，但是最后也不了了之，反而欠了一屁股债。从那以后就酒精成瘾，整天在家酗酒，昨天可能也在家里喝了一整天的酒吧。有人看见他走出家门吗？"

村民们面面相觑，都选择闷不吭声。

"昨天有人见到申汉国吗？"

刑警轮流看向众人重新询问。黄恩肇奋力地举起了她的小手。虽然萧八喜极力拉住她的手臂试图制止，却为时已晚。

"我看到了！昨天看到的。"

"你看到了？昨天什么时候看到的？"

"昨天去市场卖牛的时候在镇上遇到了他，昨晚拿炸鸡骨头给阿呆的时候也看到他在喝酒。"

"喝酒？他一个人在喝酒吗？"

"嗯，他一个人。哦！对了，他还打了电话，跟对方在谈钱的事情。"

"谈钱？"

"他说他连想自杀的钱都没有。"

"自杀的钱？"

"嗯，听起来好像是要先拿到一笔钱才能去死。他一直对着电话骂'随便啦'。"

"到底是怎么回事？金刑警，你去调阅一下死者的通话记录，顺便查查有无债务问题，保险关系也查清楚。"

拿着笔记本的刑警向一旁较为年轻的刑警交代完要处理的事项之后，便将视线重新聚焦到黄恩肇身上。

"不过你这小家伙怎么说话这么没大没小？"

"你是真不知道还是假不知道？太笨了吧！我刚好是不大不小的年纪，所以说话也没大没小啊。"

正当刑警感到无语时，里长的手机刚好响起电话铃声。

接完电话，里长急忙跑向了肩上别有三朵木槿花、身穿正式套装制服的警察官。

"科长！七甲山天庄湖已经达到满水位，天气预报也说台风快要来了，所以水库马上就要进行预防性放水了。"

警察官一脸茫然地看向里长。

"一旦天庄湖开始放水，二十分钟内水就会流到这里，到时桥梁会被淹没，村子也会被孤立，在这种情况下要离开村子，就必须走险峻的山路翻越好几座山，而且车辆不能通行。所以趁还没封桥，想出村的人要抓紧时间撤离。"

科长一脸明白了的表情，转身对那些还在火灾现场的勘验员呼喊：

"还要多久结束？天庄湖水库要预防性放水了，这里将与外界断联，大家动作要快！"

里长向外地人传达完水库放水的消息后，便转身面向河川，掏出手机拨打电话。

不久，村镇后山的喇叭有警示音响起。

十秒左右的警示音播完后，又传出说话的声音：

"喂，喂，这里是中川里广播室，本人将代替里长向各位村民报告。由于昨夜持续大雨，天庄湖水库即将到达满水位，预计于今日上午九点整进行预防性放水，因此，中川桥会在九点前实施管制，需要出村的民众请把握时间，于九点前撤离。住在河边的民众，也请迅速躲避至地势较高的地方。中川里广播室再次向各位村民报告……"

天庄湖放水广播刚结束，一辆红色大宇Tico车便驶进了村子，停在火灾现场前方的路边。随即，一个手持相机的短发女人开门走下车，正是记者赵恩妃。

六个月前，赵恩妃被卑鄙的刑警崔顺石发来的那条假新闻素材摆了一道，发布了一篇史上最严重的错误报道——"爱国捐黄金运动，黄金恐随赴日货船沉入大海"，被报社炒了鱿鱼；

同时她也因"史上最严重的错误报道记者"的标签，连想要换家报社找工作都处处碰壁。最后不得已，她回到了父亲的故乡忠清南道青阳郡，在叔叔经营的《青阳新闻》报社打杂。

"赵记者，请留步！"

赵恩妃正试图越过写着"禁止进入"字样的封锁线走进现场，一名看起来十分面熟、身着正式套装的青阳警察局警察官急忙挡住了她的去路。

"我只进去拍几张照就好。"

"哎哟，现在不行啦，等那些人都走了以后才能让你拍。"

警察官一脸为难，似乎是因外地来的那些人而不便通融。

赵恩妃面露无奈，只好退出封锁线。

这时，一辆黑色老旧吉普车从村子入口处驶来，停靠在路边整排汽车的最后一格，也就是赵恩妃的红色Tico后方。

"哦？那个人是……他怎么会来这里？"

赵恩妃看着男人从吉普车走下来，嘴上还叼着一根烟，用Zippo打火机点烟，朝她迎面而来。她有点不知所措，口中还念叨着：

"果然不是冤家不聚头。"

对方正是当年因赵恩妃的一篇报道而被降级贬职到洪城警察局的刑警，也是害赵恩妃丢了饭碗，来到这农村乡下当小记者的崔顺石。

赵恩妃从远处一眼就认出了崔顺石，她的表情明显不悦，宛如闪避肮脏的粪土般，迅速藏身在一旁看热闹的人群当中。

紧接着，警察和消防员将那些被火烧过的白骨包好，带离了现场。大家要趁道路封锁前，赶紧解散撤离。

和仇人一起受困零犯罪村

　　崔顺石站在申汉国失火的院子里吞云吐雾，茫然若失地看着烧到焦黑的炭堆，他抬起头仰望天空，突然张口谩骂：

　　"去他的！"

　　这时，口袋里的手机响起。

　　"死缠烂打的家伙！"

　　绝对是谢秉蔡打来的，虽然他内心实在不愿接，却又不能挂掉。这一年来，崔顺石的境况出现了诸多变化。

　　"喂？"

　　"怎么回事？为什么不接我电话？"

　　才刚接起，听筒内就传来了谢秉蔡的咆哮谩骂。

　　"啧，我耳朵都要聋了。因为这里是乡下啊，信号不好，现在也只有一格。"

　　"到底怎么样了？"

"昨天晚上死了……因为一场火……"

"什么？死了？那个叫申汉国的死了？为什么这么突然？"

"可能是意外，也可能是自杀。不过我们也不需要知道死因吧，可以确定的是他已经被火烧到只剩几根骨头了。"

"那我还能拿到钱吗？"

"都说他人已经死了，我怎么跟他要钱？连可变卖的尸体都没有，只剩下几块骨头。"

"去他的，你怎么好意思说这种话？申汉国可是要还我们整整五千万韩元啊！"

"哎呀，你又不是一毛钱没拿到！你借给他一千万，光利息就拿了两千多万，那就够了！怎么可能找死人讨债，还要他连本带利还你钱？难道要我追到地狱讨债啊？"

"你这家伙，当我是在做慈善？没有其他方法能拿到钱吗？"

"有的话他就不用跟我们借钱了！我看他连房子、土地都已经拿去银行抵押了，家里的东西也都被火烧光……"

"再找找看，说不定能找出一些东西啊！"

"你这狗杂种！"

"什么？你这狗东西，刚才跟我说什么？"

"啊，抱歉，我不是在骂你，我是说申汉国仅剩的财产就只有那只杂种狗了。欸？耕耘机也是申汉国的吗？这儿还有一辆耕耘机，要是把狗和耕耘机一起卖掉，说不定还能添点油钱。"

崔顺石一边打电话，一边朝停在申汉国家门前的那辆耕耘机走去。

电话那头传来了男子凄厉的惨叫声，以及挥打棍棒的声音。看来他们是把借钱未还的人抓去办公室，正在教训对方最好乖乖把钱吐出来。

"喂！我打电话的时候你们能不能安静一点！"

谢秉蔡对着那些正殴打债务人的小弟喊道。

"欸，总之你自己想办法凑五千万给我，要是凑不出来，我就找你还钱。"

"这也太过分了吧？我连自己的债都没还完，要怎么帮别人还债？"

"所以啊，你要是不想帮别人还钱，就想尽办法凑五千万给我。还有，吊唁宾客的丧事白包也记得通通交出来，别想歪脑筋动那些现金。申汉国有父母或兄弟姐妹吗？"

"没有。"

"那总有远房亲戚吧？不论是谁，找出来威胁或者恐吓一顿，都要让他们吐点钱出来。你要是两手空空地回来，那就做好肾被摘走卖掉的心理准备吧。"

"你难道不知我只剩一个肾吗？早就卖过一个了。"

电话硬生生断掉，谢秉蔡直接挂了电话。

"我去你的！"

崔顺石瞪了手机一眼，再把它塞进裤子后口袋。他重新取出一根烟叼在嘴边，望着停放在申汉国住处前、位于路边的那辆耕耘机。那是一辆有着岁月痕迹的耕耘机，车头和拖车上还有最近发生过车祸的痕迹，能不能换到三十万都难说。

村民们纷纷靠近正在观察耕耘机的崔顺石。

"你是……？"

走在人群最前面率先提问的人是池塘户老板杨式连。

"请问你是……？为什么在这里？"

"哦！崔顺石刑警！"

跟着村民一起走来的赵恩妃直接代替崔顺石做了回答。既然躲不掉就正面对决——这可是赵恩妃的人生信条。

"崔刑警，你怎么会在这里？"

当村民听见正在观察耕耘机的男子是刑警时，所有人顿时变得神情紧张、戒备恐惧，开始缓缓向后退。

崔顺石一见到赵恩妃，脸就瞬间垮了下来。

"看来你一眼就认出了我，不过你在这里干什么？难道又被降职到这个村里了？"

崔顺石巧妙避开了赵恩妃充满挑衅意味的眼神，没做回应。

"对了，上次那件事实在抱歉，我怎么可能有什么私人恩怨想要嫁祸于你，害你降级、转调乡下呢？大家不都只是为了工作、为了交差嘛……啊！还有那封充满怨恨与报复的信我收到了，也多亏你那封信，我被公司炒了，如今才有机会来到这空气新鲜的地方，过着如此惬意的生活。"

崔顺石皱着眉头，重新取了一根烟抽。

"所以就当作咱俩扯平了吧，一来一往，互不相欠。不对，我就大人不计小人过吧！反正我从很久以前就把那件事当成被疯狗咬了一口，早就忘得一干二净了。"

"去你的。"

面对赵恩妃那老油条的说话态度，崔顺石更显不耐，不停用牙齿咬着烟嘴。

"咦？两位为什么没走呢？"

里长从村子下方走了上来，他刚去视察完村镇前方因天庄湖水库放水而导致淹水的之川，回来的路上正巧看见有两个外地人站在这里，急忙赶来询问。

"走？什么意思？"

赵恩妃瞪大眼睛，一脸不知情的样子，她反问里长。里长用手指向村镇前方，从他手指的方向望去，能看见正在滚滚流淌的黄色泥水。

"咦？那条河什么时候变成那样了？"

"因为水库放水，刚刚还有广播提醒过大家呢。"

"广播？我没听到。"

"哦，那你应该是在放水那一刻进来的，现在桥梁都淹水了，已经出不去了。哎呀！你们怎么都戳在那里，也不叫这两个人赶快离开？"

于泰雨里长看着村民，语带责怪地说着。

"我还以为他们是警察局或消防队特别指派留守在这里的人，说不定要留守现场啊！"

在镇上经营餐厅的王周荣连忙辩解。

"话说回来，你怎么也没走？要开门做生意的话不是应该去镇上吗？"

"我身……身体不太好，就趁此机会当作休假吧，打算让餐厅停业个两三天，好好在家里休息。"

"所以目前村里的人都出不去吗？什么时候才能出去呢？"

赵恩妃满脸为难地问道。

"至少要等上两天桥梁才会恢复通行。"

"这可怎么办？"

赵恩妃皱起了眉头。

"是啊，怎么办才好？我们这个村连个旅馆、民宿都没有……"

里长看着村里的居民，摆出了一脸苦恼的表情。

"真的没有离开的方法吗？"

"如果非要离开，就得先越过好几座像屏风一样绵延环绕的险峻高山，然后再走一段悬崖边上的小路，但是现在那些路应该也都不能走了。自从有了桥，汽车都直接走桥，几乎没人再走悬崖边上的那条小路了。"

"是啊，就算有认路的年轻人带领你们走也很危险，更别说在没有人指引的情况下，外地人自己离开这个村。这几乎是不可能的，尤其女生单独走更是难上加难……沿途还要穿过几条溪流，但是因为接连降雨，山里的溪水应该也暴涨了。那边有座陡峭的山，叫碑岩山，到时还要经过那座山。听说山里有许多毒蛇和岩栖蝮，所以才被命名为碑岩山。"

"不能搭船过河吗？"

"除非是有引擎的船。划船是绝对不可能的。"

"那游泳可以吗？"

原本闭口不语的崔顺石突然提问：

"两位是游泳健将吗？"

"不不不！我不仅不会游泳，还怕水，小时候有差点溺死的经历……其实因为怕水，我到现在都无法坐小船，除非是非常大的邮轮才不会那么害怕。"

赵恩妃的表情充满失望。

"不管你多擅长游泳，在那种滚滚泥水里都难逃死劫。之前住在那上面的完奎他爸很擅长游泳，大家都叫他'海狗'。有一次他坚持要游过那条河，为住在龙头里的叔叔庆祝六十大寿，结果硬生生被水冲走。尸体一路沿着锦江而下，最后漂到锦江下游出海口，时隔大半个月才找到。

"看来你们只能在这里住几天，等水慢慢退去了。谁家有空房间可以让这两位借住几晚？我们家的空房堆放着大酱，气味比较浓，不太方便。孤男寡女应该也不能共住一室，至少要有两间空房才行，对吧？"

里长问在场所有人，但是居民们只是互相看着，没有人愿意挺身而出。

"没有人能收留他们吗？这还真难办。"

当里长再次询问时，一直牵着黄恩肇的手、观察村民脸色的萧八喜突然站了出来。

"那个……我们家有两间空房，不过……没什么饭菜可以提供。"

"那太好了，两位就去她们家住，吃饭的话可以来我们家吃，虽然我们家也没什么可口饭菜能招待两位。"

里长话一说完，妻子韩顿淑便用手用力戳了一下他的侧腰。但于泰雨只是微微皱了一下眉头，完全不理会妻子的暗示。

"好啦，那就把东西拿上，带去最上面那户吧。那边应该没地方停车，所以车子停在这里就好。该准备吃午饭了吧？两位有手机吗？等我们把午饭准备好就打电话叫你们。"

赵恩妃和崔顺石将手机号码告诉了里长。

"对了，请问申汉国生前买保险了吗？"

原本跟随在萧八喜身后的崔顺石仿佛忘了某件重要的东西

似的，突然走回去问村民。

"保险？我从来没听说过他买了保险。"

"我也是，乡下人买什么保险？你打电话去保险公司问一问不就马上知道了？"

"说的也是……"

韩顿淑看着崔顺石和赵恩妃跟着萧八喜一起朝她们家走去的背影，再次用手狠狠戳了一下丈夫的侧腰。

"哎哟！干什么？"

"我说你啊，我们家哪有什么饭菜能招待客人？搞得这么麻烦，更何况他还是刑警。"

"哎呀，我自有考虑。"

"考虑？什么考虑？"

于泰雨小心翼翼地观察其他村民，一把抓起韩顿淑的手，往他们家方向拉了过去。

在家门口停下脚步的韩顿淑，再次用力地戳了于泰雨的侧腰。

"到底是什么考虑？"

"既然他是专程来调查这起案件的刑警，那就应该把他放在身边，随时随地监视他的调查进度啊，不是吗？"

韩顿淑听完，似乎觉得丈夫说得颇有道理，默默点了点头。

"其实要是我们家有空房，我甚至想直接包吃包住，在一旁彻底监视他的一举一动。可惜没有空房，只好让他去别人家睡，但至少要来我们家吃饭，才方便掌握侦查方向，不是吗？"

"对欸！是我没想到。趁他们在这里，一定要好好看紧他们，不能让他们找到任何线索，也让村民们管好自己的嘴巴。"

"是啊，你终于动脑子了，要是出了什么差错，咱俩就得一起吃牢饭。"

"尸体都已经被火烧毁，只剩下几根骨头了，怎么可能还查得出死因？"

"很难说，现在不是有科学搜查吗？总之，我们一定要严防他找到任何线索，阻碍他进行调查。"

"没错！这是必须的。"

秋仁乐的父母和哥哥跟随在两名便衣警察身后，走进了青阳殡仪馆的安置中心。五十多岁的母亲哭得老泪纵横，她痛失年轻爱子的哭声听起来格外悲恸，所幸她丈夫在一旁搀扶，不然她应该早就哭倒在地了。

"呜呜……仁乐啊！呜呜呜，我的宝贝！哎哟喂呀……这可怎么办啊……"

"各位请先稳定一下情绪，我们先来确认死者身上的遗物。"

一名年轻刑警递了一个装有钱包的塑料袋给家属。皮革制的钱包呈现出被雨淋湿的状态。

"我们在钱包里找到了身份证和一封遗书。"

秋仁乐的哥哥从塑料袋里取出钱包，确认了身份证以后，再小心谨慎地打开遗书阅读。

年纪较长的四十多岁刑警朝管理人员点了点头，管理人员便打开存放尸体的冷柜门，拉出了男子的尸体。

死者的哥哥比了一个手势，示意父母先待在原地，独自走向尸体。他似乎是担心母亲看见变形扭曲的可怕尸体再度受到打击而打算让父母暂时不要靠近。

尸体的头部和脸部都严重受损，难以一眼分辨出容貌。

哥哥端详着死者的面部，露出了满脸疑惑的表情。

"这好像不是仁乐……"

"什么？"

秋仁乐的父母急忙凑了上来，母亲的哭声戛然而止，她同样露出了和哥哥一样觉得不太对劲的表情。

"不是仁乐，对吧？"

"不是，这不是仁乐。这个人和我们家仁乐的头型、身高、体形都差不多，但绝对不是仁乐。"

两名刑警面面相觑，露出了不可思议的表情。明明从死者的钱包里找到了身份证……

"那封遗书的笔迹呢？"

年长的刑警对着手拿秋仁乐钱包和遗书的哥哥问道。

秋仁乐的哥哥重新摊开遗书，与父母一同确认。三个人仔细看了许久。

"这和他留在家里的那封遗书内容一样，笔迹好像也一样……哎哟喂呀……怎么办啊……"

秋仁乐的母亲再度准备放声大哭，但是由于不清楚眼下情况到底该不该哭，这次哭声没有刚才那般洪亮。

"你确认一下他的胸口，有没有一颗痣？"

父亲刚对儿子说完，管理人员便撩起了死者身穿的上衣。

"天啊……"

"这是什么？"

管理人员和年轻刑警同时发出了惊愕的声音。

尸体的腹部有一个非常明显的红黑色胎痕，仿佛被汽车轮胎碾压过。

"这是胎痕没错吧？"

"看起来是……"

"到底是怎么回事？从悬崖上跳下来的人，身上怎么会有胎痕？"

"老婆，这个人没有痣！胸口上没有痣！"

不同于忙着查看尸体腹部胎痕的刑警，秋仁乐的母亲急忙查看尸体的胸口，她露出了哭笑不得的表情，看着老公说道：

"这真的不是我们家仁乐！"

"对啊，爸，这个人绝对不是弟弟。"

年纪较长的刑警急忙从裤子口袋里掏出手机：

"这不是自杀，是他杀！"

简直活见鬼了

忠清南道青阳郡长坪面中川里，是由将者谷、安顿、高武来峰、加里庭等四个小村子组成的村落，其中将者谷是位于中川里东边的独立小镇。

三十八岁的寡妇萧八喜与外甥女黄恩肇居住的房子，位于将者谷入口处沿着斜坡道路往上走一百米左右的地方。如果站在里屋的檐廊上，可以俯瞰围墙外邻居家的屋顶。她们家后方是一片竹林，刚好代替围栏，再后方则是高山群峰，犹如屏风般矗立。

萧八喜家是一栋屋龄五十年左右的韩屋，除去大门旁的牛舍，里屋和别间是以L形连在一起的，崔顺石和赵恩妃就暂住在别间的两个房间。

"你们可以用这两个房间。"

萧八喜依序将别间里的两扇房门敞开，一间房里摆放着画具，还有几幅西洋画倚靠在墙面，另一间房中央则放着一张矮书桌，还有一片摆满书的书墙，看起来是书房。画室和书房，与乡下农家格格不入。

"您是画家？"

赵恩妃问萧八喜。

"不，我丈夫是画家，他以前是画西洋画的。我本来想尝试写诗，但是现在已经停笔了。"

"那你的丈夫……？"

"死了。我们本来住在首尔，自从我丈夫患上癌症后，我们就开始寻找空气好、人友善的宜居之地。后来来到零犯罪村，彻底被这里的环境吸引，所以就搬来了。但是好景不长，就在搬来的隔年，我丈夫还是……"

"哦……原来如此。"

赵恩妃露出了惋惜的表情。而崔顺石则像个冷血无情的人一样，面不改色。

"我原本也想过，既然丈夫离开人世了，不如重回首尔生活，但是这种乡下房子卖掉的话又能卖多少钱呢？不仅付不起首尔的全租¹，就连一年的月租应该都拿不出来，怎么可能重回都

1　韩国一种房屋租赁模式。租客只需向房东一次性支付当前房产市场价值50%～80%的保证金即可，房东需在合约期满后退还所有押金，但租赁期间房东可将押金用于投资，获得收入。——编者注

市生活。其实这里除了村民会对外地人展现过度关心，其他各方面都还不错，所以我们就留了下来。"

"那你怎么不写诗了？"

"毕竟诗这种东西完全赚不了钱，不如说是一种奢侈的活动……所以画室和书房，两位分别选哪间？"

就在那一刻，原本要走进画室的崔顺石直接掉头，快步走向赵恩妃还在四处观望的书房门口，直接脱掉鞋子，准备走进去。

"等等，是我先选了这间……"

但是崔顺石没有理会，直接走了进去。

"喷！崔刑警！这里是我先选的！"

赵恩妃扯高嗓门喊道。

"哎哟，两位别争了。"

萧八喜眼看两人要为争夺房间起冲突，急忙上前阻止。

"这间画室是我丈夫身体还健康时用的，后来状况恶化改睡书房，最后则是在医院去世的。"

"啊？"

两人对于她如此直白的说法感到有点震惊，几乎是同时露出了错愕的表情。

"你们不是因为怕染上病或者感到忌讳才抢着选书房的吗？"

"不是啦，没有这个意思。我只是觉得那间房里收藏着许多珍贵画作，要格外小心。既然崔刑警已经决定选书房，那我只好选画室喽。"

赵恩妃一边替自己辩解，一边准备走进画室，但是萧八喜挥了挥手，先将她挽留住了。

"你先别进去，那间太久没用，有很多灰尘。我先去擦地板，你可以在檐廊上等我一下。"

"那我的房间就由我自己打扫吧，麻烦给我一块抹布就好。"

"那怎么行，你是客人啊。"

萧八喜将两人安置在檐廊上，拿了一块抹布沾水浸湿后便走进了画室。

"小朋友，你好可爱哟，几岁啦？"

赵恩妃向站在几米外、眼神充满警戒的黄恩肇问道。

"七岁。你呢？"

"我？哈哈，你说话好直接啊，我三十三岁。"

"你呢？"

黄恩肇用娇小的食指指着崔顺石问道。然而，崔顺石似乎认为小家伙说话太没礼貌，瞥了她一眼便转过头去。

"我在问你几岁呢！耳聋啦？"

这到底是跟谁学的说话口气？

崔顺石依然不予理会，于是黄恩肇迈着小碎步迅速移动至崔顺石的视线范围内，斜眼怒视着崔顺石。

"啧，快点回答！"

然而，崔顺石依然闭口不语，只用双眼直瞪黄恩肇。

"我帮他回答？这位叔叔呢，可别看他长得一副凶神恶煞又显老的样子，其实他和我一样，才三十三岁哦！"

崔顺石瞅了赵恩妃一眼，一副"你怎么知道"的表情。

"啊，难道你以为我不会去查那个发给我垃圾邮件、害我被公司炒鱿鱼的人究竟是谁吗？俗话说：'知彼知己，百战不殆。'"

"……"

"你们家还有牛舍啊？养牛了？"

赵恩妃试图转移话题。

"嗯，养牛。"

"什么时候养的？"

就在这时，萧八喜突然把半开的画室门完全敞开，大声喊道：

"黄恩肇！快过来！不要老是去烦客人。"

"不会、不会，一点也不烦，她说话的口气好有趣。恩肇啊，你是从什么时候开始住在这里的？和其他村民熟吗？"

"黄恩肇！都叫你不要去烦客人了，快点给我过来！"

萧八喜再次板着脸大吼，小女孩只好赶紧又迈着小碎步跑到了阿姨面前。

赵恩妃看着萧八喜因为孩子和客人讲话而发火的举动，不禁收起了笑容。

丁零零 —— 丁零零 ——

赵恩妃的相机包里发出了喧闹的手机铃声。

她从檐廊上站起身，边接起手机边往前院方向走去。

"你到底跑到哪里去了？怎么还不回来？"

来电的是青阳报社老板兼总编，也是赵恩妃的叔叔赵国发。

"叔叔，正想打给你呢。我为了拍几张照来了中川里火灾现场，但是因为天庄湖水库临时放水，我现在被困在村里没法出去。听说至少要等两天才可能恢复通行。"

"长坪面中川里？"

"嗯。"

"那就好，算是不幸中的万幸。"

"不幸中的万幸？"

崔顺石和萧八喜一听到"不幸中的万幸"这句话，同时转头望向赵恩妃。

"昨晚，在中川里的洞岩 —— 大家称之为自杀岩的地方坠崖身亡的那个人有点诡异，就是啊……警方原以为只是单纯的自杀，所以就把尸体直接送到了青阳殡仪馆，结果他住在大田的家人赶去确认，发现这具尸体竟然不是他们那个留下一封遗书后离家出走的儿子。遗书上表明：想要彻底抹去曾经在世的所有痕迹，请帮我把尸体火化，并将骨灰撒入江河。"

"是吗？所以投崖自尽的另有其人？"

"这不是重点，重点是在洞岩下方发现的那具尸体身上竟然有被车撞过和被车轮碾过的痕迹。"

"什么？所以不是自杀，是他杀？"

一边偷听一边擦地板的萧八喜听见赵恩妃说出"他杀"两个字时，突然全身僵硬，停下了所有动作。

"当然是他杀！一看就知道，他是发生了车祸，然后再被人从洞岩上推下去，伪装成自杀的。也有可能是蓄意谋杀再佯装成自杀的杀人案，谁知道呢。"

"杀人案！"

赵恩妃再度用激动的声音说着。

"青阳警察局现在被这件事搞得人仰马翻。为了查出死者是谁，紧急进行了指纹鉴定，听说还打算将尸体送往大田进行检验，然后再解剖。"

"已经成立搜查本部[1]了吗？"

"还没，可能要等专家检验完才有办法拟定侦查方向。一旦认为有他杀的嫌疑，应该就会立刻成立搜查本部。"

"那也会有刑警来这里喽？"

---

1 针对重大犯罪案件临时成立的调查小组，并负责坐镇指挥。

“应该是吧。”

“可是这里因为水库放水，目前车辆无法通行，怎么办？难道要搭直升机过来？太好了！那我到时候要跟着他们一起出去。”

“青阳警察局哪有什么直升机，你想太多了。”

“如果是杀人案的话，应该会有忠清南道地方警察厅或本厅[1]支援吧？”

“是啊，但是现在连搜查本部都还没成立。”

“哎哟！所以我还是只能被困在这里两天喽？要是后面的台风没往日本去，而是转向来这里的话，我看我这辈子都出不去了。”

“喂，少在那里念叨。要是能去洞岩一趟就拍几张照回来，或者找几位村民采访一下也好。如果真的是杀人事件，我们《青阳新闻》就发了！应该可以用这起杀人事件做个特报，持续追踪一个星期，不，一个月都没问题。你想想看，过去什么时候发生过青阳人关心的杀人案？这会是报纸销量暴增的绝佳机会。我可以承诺一个月不催你去找讣告，所以好好把握机会写一篇独家报道回来，明白我的意思吧？”

“洞岩就是自杀岩啊，光听名字就令人毛骨悚然……”

1　中央办公室。

"原来你也会害怕啊？我以为你只怕水。"

"这个村现在四周都是水，而且还淹水。总之，我知道了，叔叔，先挂了！"

挂了电话以后，赵恩妃整个人宛如中大奖般，一边傻笑一边走回檐廊边，挨着崔顺石坐下。

"怎么了？有什么有趣的事吗？"

萧八喜拿着抹布从房间里走出来问道。

"可不是什么有趣的事，是很可怕的事情！"

萧八喜的表情因一股不祥预感而更显僵硬。

"什么意思？"

"在告诉你之前，我需要先和崔刑警达成一项协议。"

崔顺石用充满好奇的眼神注视着赵恩妃。

"其实我也不是很想和崔刑警商量。不过评判一个人够不够专业，就要看能否公私分明。听完我的话以后，崔刑警应该会和我志同道合。崔刑警，你现在是在洪城警察局对吧？"

"什么？"

萧八喜睁大双眼问道。

"哦，当初是我害他降级的，还被降级到乡下。从大田调到洪城警察局也一年多了，窝在天下太平的乡下角落这么长时间，现在肯定闲得发慌，对吧？以前可能不喜欢有大事发生，现在则是期盼着最好能发生大事，这样才能亲自处理、立下大功，才有机会重返大田。可惜隔壁洪城郡和这里青阳郡一样，都是零犯罪村，所以能有什么大事呢，不是吗？哈哈哈。"

赵恩妃似乎觉得很有趣，对着神情凝重的两人独自咯咯大笑。黄恩肇跟着赵恩妃哈哈笑了几声。

"言归正传，我现在掌握到一份最新情报，崔刑警想不想知道？就算管辖范围不同，只要你能帮忙解决，我猜应该就会对升官转调很有帮助！"

然而，崔顺石依旧摆出一副没兴趣的表情。

"所以到底是什么情报呢？我好好奇哦，赶快说说看吧。"

萧八喜不停催促。

"崔刑警，不如这样吧，我把这份最新情报告诉你，你把后面调查出来的内容告诉我，让我们报社拿到第一手调查进度，写成新闻，你能承诺吗？"

"我承诺你这种事干吗？要是我真的好奇到底有什么内幕，打电话给青阳警察局不就好了？"

"喂！你偷听我打电话？"

"哪有偷听，我可是光明正大用我的耳朵全盘接收你打电话的内容。"

"可恶……"

"到底是什么啦？"

眼看赵恩妃已经明显不耐烦，这次换黄恩肇用大人的口气质问她。

"请问洞岩在哪里？"

赵恩妃向萧八喜问道。

"洞岩？"

"对，昨晚一名男子从洞岩坠落身亡，警方原以为他就是那位留下遗书离家出走的大田男子，但是后来发现竟然不是同一个人。该名死者似乎是被车或某种交通工具撞死的，而且听说死者身上有一个很明显的胎痕，很可能是杀人案。"

"啊？"

萧八喜发出了近似尖叫的声音。

"是不是很吓人？我刚才也吓了一跳，在如此纯朴的乡下竟然会发生杀人事件……假如凶手没有离开村子，而是藏身在这周遭怎么办？最糟的情况是，说不定凶手正是村民之一。这也不无可能，不是吗？"

萧八喜拿抹布的手轻微地颤抖。

"很可怕吧？我听了也觉得可怕，现在还因为封桥出不去。不过，值得庆幸的是，在大田以擅长抓凶手闻名的重案组资深刑警正好就在这里，假如凶手还在村里，他就是瓮中之鳖、釜中之鱼，不是吗，崔刑警？"

崔顺石以皱眉代替了回答，因为赵恩妃说的这番话极具讽刺意味，然而，不知晓崔顺石过去有过哪些丰功伟业的萧八喜，却把赵恩妃说的话照单全收，信以为真。

"还……还真是不幸中的万幸。"

萧八喜在她那尴尬不自然的表情上硬是挤出一抹微笑，独自呢喃。

崔顺石和赵恩妃接到里长打来告知午餐已备妥的电话，于是由黄恩肇带路，一同前往里长家用餐。

里长家位于中川里将者谷西侧，处于地势不高也不低的中间位置，住宅后方有一间养奶牛的畜舍，因此牛粪味特别浓。

家门口有一片宽阔的院子，院子下方原本是一片坡田，田里种着地瓜，但有一部分地瓜根部明显受损，看起来像是被人踩躏所致；再下方有一棵V字形的柿子树，一边的树干涂着黄土。从干燥程度来看，应该刚涂没多久。

里长站在大门口迎接两人到来，看见崔顺石在观察他们家的地瓜田，于是连忙开口解释：

"明明不是缺乏食物的季节，那些山猪竟然跑来村里找吃的，把我们家地瓜田搞成了那副德行。为了偷地瓜吃，不仅把地瓜根踩得稀巴烂，还用牙齿把柿子树的皮都磨掉了。"

"看来咱们村也因山猪而损失惨重，是吗？"

赵恩妃问里长。

"是啊，其他地方应该也差不多吧。毕竟山猪数量与日俱增。要是在以前吃不起肉的年代，大家早就设一堆陷阱把它们抓来吃了。"

"我先走啦！"

黄恩肇像是有急事似的直接打断了里长的话。

"喂！喵喵！怎么不顺便进来吃顿饭再走啊？"

"哎呀，不了！我要回家。"

黄恩肇走进院子就一直注视着地瓜田。此刻她的样子有点像落荒而逃，急忙掉头回家。

"那个丫头怎么了？"

赵恩妃觉得黄恩肇的举止有些怪异，不禁向里长问道。

"不知道欸，她平时可是个绝对不会错过免费饭菜的孩子，可能是赶着回家大便吧。"

为了逃避只剩他们两人的尴尬气氛，赵恩妃和崔顺石刻意抬头张望挂在于泰雨卧室墙上的家族合照，这时于泰雨和妻子韩顿淑正好一人端着一边，一起端出了摆满饭菜的饭桌。

"儿子现在是大田牧园大学的大学生，女儿是忠南女高的高中生。"

韩顿淑放下餐桌，介绍了一下照片中的儿女。

餐桌上摆有米饭、辣炒猪肉、生菜、香菇大酱汤、凉拌蔬菜、凉拌香菇、酱腌紫苏叶、腌蒜头等，这些菜色光看就让人很有食欲。神奇的是，桌上没看见水杯，取而代之的是几个装着牛奶的小碗。

"这是刚挤出来的新鲜牛奶，已经煮过了，也是因为刚好我们家养奶牛，不然你们应该很少有机会喝到这么新鲜的牛奶，就当作体验农村生活，喝喝看吧。准备的菜不多，你们尽量多吃一点啊。"

"不不，已经很丰盛了。这些蘑菇好好吃，放在大酱汤里的应该是香菇，对吧？这又是什么菇呢？"

赵恩妃用筷子夹起用辣椒酱凉拌的蘑菇问道。

"那是丛枝瑚菌，几天前孩子他爸亲自摘回来的。"

"其实还不到季节它们就已经长了出来。这种蘑菇在乡下很常见，但在城里应该是很稀罕的东西。有时候不知道的人还会把它和粉红枝瑚菌、黄枝瑚菌搞混，误食下肚而中毒身亡。"

"那要很小心呢。"

"是啊，哈哈哈，光是想想就觉得很好笑。"

韩顿淑突然用手遮住塞满食物的嘴巴笑了出来。

"哈哈哈，去年，在零犯罪村赠匾仪式庆功宴上，这人竟然误把狂笑菇当作可食用的蘑菇，顺手采了回来，结果我把它放进汤里一起煮了。那天真的差点害死所有人，幸好我没放很多……哈哈哈。"

"狂笑菇？"

"对啊，就像它的名字一样，吃下肚以后人会开始变得疯狂，有人像嗑了药似的欢乐，有人则开始疯狂傻笑，还有人产生幻觉，也有人嚷嚷着眼睛突然瞎了、看不见了，或者行为举止突然像喝醉酒的人一样发酒疯，各种各样的反应都有。有人还拿着镰刀不停挥舞，吵着要把外星人赶尽杀绝，还有人不停呼喊着自己被已逝的奶奶掐住了脖子……哈哈哈。这个不知道能不能说，但是每次想到都很想笑，住最高处的那个女人甚至还脱光了衣服，活像个酒店小姐一样大闹现场，哈哈哈，看起来真的很像豁出去的酒店小姐。"

"豁出去的酒店小姐？"

"哎呀，怎么能怪我呢？还不都是因为池塘户杨式连说什么吃了会对男人身体好，所以才摘回来想让大家也见识见识啊。

"总之那次实在太有趣，不过也是因为过去很久了，才能像现在这样笑着回忆当初。"

"是啊，的确是很有趣的回忆。住最高处的那个女人，不仅长得不错，身材也出乎意料地好得不得了，哈哈哈，那个皮肤真是……"

"里长！"

赵恩妃突然喊了一声，瞥了于泰雨一眼，示意要他打住。韩顿淑看了一下赵恩妃的脸色，急忙补了一句：

"是啊，管好你那张嘴，要是被其他人听见怎么办？这可是性骚扰！"

"哎哟，知道了！这样也算性骚扰？真是的，我又没说什么，反正只要聊到那个女人你就会变得特别敏感，是不是因为她长得比你漂亮所以吃醋了？"

"吃醋？谁？我吗？我看你这人是眼睛有问题。你去青阳市集上走一趟看看，她那种货色满大街都是！是因为你这辈子都住在乡下，所以从来不知道什么叫漂亮女人！你是根本分不清漂亮和年轻吧！至少要像这位记者这样的才算得上漂亮，是不是啊，刑警大人？"

然而，崔顺石只是瞥了赵恩妃一眼，没发表任何评论。

"哈哈哈，我看阿姨年轻时一定才是真正的大美女。"

赵恩妃客气地附和着。

"是吧？我在你这个年纪的时候也听过许多人说我漂亮，可惜后来在太阳底下干农活干多了，皮肤才会变成这样。"

"好啦好啦，这个镇上你最美，所以你才会嫁给最帅的我啊！"

"哼，算了，别提了。不过话说回来，不知道今年还能不能顺利举办零犯罪村庆功宴呢……"

"你说这话什么意思？"

因为妻子的一句话，原本还有说有笑的里长突然变得神色凝重。

"啊，没有啦，你对这种话还真敏感。我是因为看到雨下这么大、淹水这么严重才会这么说的，毕竟要等水都退了、桥也开放通行，外地人才能进来不是吗？你不是说今年是零犯罪村新纪录，所以警察局局长、检察长和道知事都会来吗？"

"少在那里乌鸦嘴，小心一语成谶，衰鬼缠身！而且不是新纪录，是平纪录，和江原道的那个零犯罪村领到的牌匾数一样，要是到明年还能保持零犯罪村纪录，那才真的是新纪录。要是申汉国那年没犯罪，我们今年早就创下新纪录了。"

"唉，吃饭干吗讲到已经过世的人啊。"

"啊，抱歉。对了，今年应该恳请一下那些高官，与其发奖金，不如好好修一座像样的桥。你们看这什么烂桥，每逢下雨必淹，哪里都去不了。也不知道修一座桥要花多少钱。"

此时，赵恩妃的手机铃声突然响起，打断了里长的发言。

丁零零——丁零零——丁零零——

赵恩妃从相机背包里拿出手机，走到了檐廊上，接起电话。

"什么？在洞岩下发现的那个人和大田那位不是同一个人，是中川里的申汉国？是不是哪里搞错了？这里的申汉国是在家里被火烧死的啊！"

赵恩妃的说话声使所有人同时停下了用餐动作，每个人都在专注聆听门外传来的对话声。由于是在宁静的乡下，手机通话音量也调到了最大声，所以电话那头的说话内容能听得一清二楚。

"指纹鉴定结果就是这样啊！"

"到底怎么回事？那在申汉国家找到的烧焦白骨是什么？难道是动物的骨头？"

"这我就不知道了，他们好像打算把那些骨头拿去国立科学搜查研究院做基因检测，但是应该不容易查出结果。毕竟骨头在高温下被长时间炙烤过，可能已经验不出基因了。至少要验出基因才有办法确认是兽骨还是人骨，以及骨头的主人。总之，我只能说，一定会有大事发生，绝对是我们这二十年传统《青阳新闻》史上前所未见的诡异事件。你被困在那里绝对不是偶然，是必然，是命运给了你东山再起的机会，你要好好把握，趁洪水退去、大批刑警抵达之前最好先找出一些线索。"

"要我找什么啊，吓都吓死了。解剖结果如何？"

"尸体确定不是大田那名离家自杀的男子，是其他人，所以应该很快就会申请搜查证展开调查。"

"那检验呢？"

"检验的话，就算没有搜查证和死者家属在场也能进行，你觉得警察局里的人会坐以待毙吗？不对，还是说会移交到国立科学搜查研究院进行？这样的话可能就要花比较长时间。"

"好吧，我知道了。我也有预感会有大事发生，不过我现在和洪城警察局的一个卑鄙、幼稚、脾气差的刑警一起困在这里，我再试着拉拢他看看，先找出一些蛛丝马迹再说。叔叔，如果有其他消息，一定要第一时间通知我哦！"

也许是为了避免房间里的人听见她说话，赵恩妃在讲最后一句时，刻意压低了音量。然而，就连最后那句话在房间里也清晰可闻。

"到底怎么回事？"

赵恩妃一挂上电话，房间里的三个人便立刻敞开房门冲了出去。

"哦，申汉国的尸体现在被放在青阳殡仪馆的安置中心，原来他不是被火烧死，而是从自杀岩上坠落身亡的。"

"什么？"

于泰雨与韩顿淑同时发出了近乎尖叫的声音。

"确定是申汉国吗？"

"已经比对过指纹，应该不会有错吧。"

"怎么会有这种事？"

于泰雨与韩顿淑满脸吃惊，露出了不可置信的表情。

"难道他有双胞胎兄弟？"

于泰雨双眼发愣地看着韩顿淑说道。他还是想不通怎么可能发生这种事情。

"不对啊，就算是双胞胎指纹也不一样，对不对，崔刑警？"

赵恩妃向崔顺石问道。崔顺石一言不发，默默点了点头。

"那申汉国怎么会……？"

"请问申汉国是有什么隐情，不能从悬崖上坠落而死吗？"

赵恩妃看着反应过度的两人觉得事有蹊跷，或许他们有什么隐瞒。

"没……没有啦！谁说农村人就只能喝农药自尽呢，是不是？也没有人规定乡下人就不能从公寓一样高的悬崖上跳下来寻短见啊。"

"可是听说是自杀的概率很低，马上就会有专家进行相验了，到时候应该可以知道更详细的内容。从死者身上被车撞过的痕迹来看……"

"什么？被车撞过的痕迹？"

"对，听说有这样的痕迹。"

"相验是什么？"

"就是由法医或检验员将尸体身上的衣物通通脱去，再用肉眼仔细检验有无外伤，看看有没有哪里受伤、瘀血等。至于解剖的话，则是剖开身体检查死者体内脏器等，进而推论出死亡原因。我说得没错吧，崔刑警？"

崔顺石看着面露惊恐的于泰雨与韩顿淑，点了一下头。

赵恩妃则是一脸捡到头条新闻的表情，难掩喜悦。

"感觉这会是一起比我想象中还要大的事件。不论申汉国是不是自杀，最终都是从自杀岩上摔落致死的，然后他被警方找到，被救护车送往医院，他家才开始起火燃烧，对吧？所以这表示那栋房子并非因申汉国人为纵火或不小心失火。究竟为何会起火呢？难道是为了毁掉证据……？"

不同于格外激动的赵恩妃，崔顺石则是一脸"我怎么知道"的表情，歪了一下头。

"啊！还有，在申汉国家里捡到的那些烧焦的骨头，又是怎么回事？"

"谁知道啊？"

崔顺石依然摆出一副不感兴趣的表情，重回房间坐到餐桌前。

"唉，算了，问他也是白搭。"

Zippo 打火机

两人在里长家用餐完毕，走到院子里停下脚步。崔顺石掏出香烟和 Zippo 打火机，对赵恩妃说道：

"你先回去吧，我抽根烟再走。"

赵恩妃没有多做回应，默默走出了里长家的院子。

崔顺石站在院子里，乍看之下只是在抽饭后烟，其实他的视线一直紧盯着被山猪毁坏过的那片地瓜田，以及地瓜田边涂抹着橘黄色黄土的那棵柿子树。

崔顺石花了好长一段时间才抽完那根烟。他走出于里长家，朝一百米外被烧至焦黑的申汉国家走去。

赵恩妃先到一步，她正在用相机认真地拍摄现场每个角落。

崔顺石查看完房屋周遭以后，拾起一根树枝，翻动着被烧至焦黑的梁柱木炭。

他四处翻找，仿佛在寻找宝物似的手没停过，后来他在一堆木炭里挖出了一只打火机，因为长时间暴露在高温环境下，表面镀层已经变色脱落，不过幸好那是一只铁盒打火机，形体仍完好如初。

"是一只打火机欸，这不是Zippo打火机吗？"

赵恩妃小碎步跑来，目不转睛地盯着打火机看。

崔顺石徒手捡起打火机，吹掉上面的灰烬，再用上衣擦拭干净，然后用拇指推开盖子。喀嚓！随着清脆响亮的金属摩擦声，打火机的盖子弹了开来，棉芯和燧石早已被火烧尽。

"这是正版吗？如果是的话，应该挺贵的！"

崔顺石仔细检查打火机的底部等各处细节，再从口袋里掏出了另一只Zippo打火机，将两个放在一起做比对。

"两个都是正版吗？"

"不，我的是用两千韩元在路边摊买的山寨版，这个才是正版。"

崔顺石又从口袋里取出一根香烟，用山寨版Zippo点燃烟头。不喜欢烟味的赵恩妃连忙向后退，对着崔顺石按下了相机快门。

咔嚓！

崔顺石一手遮脸，香烟的烟雾似乎熏进了他的眼睛里，他皱起眉。

"哎哟！我怎么可能拍你！我是在拍那个被火烧过的Zippo

打火机！它大概值多少钱？"

崔顺石重新看了一下打火机上的字。

"一九九三年，哈雷摩托九十周年纪念版，应该接近十万韩元吧。"

"一个农夫用十万的打火机？"

赵恩妃歪头表示狐疑。

崔顺石重新拾起刚才放在地上的树枝，继续翻找各个角落的木炭堆。后来他又翻出一个不锈钢碗，接着又找出了几颗扁平的小石子。

他用树枝敲打那些扁平的石头，试图将上面的灰烬和异物拍掉，随后他发现原来那些东西并不是小石子，而是熔化的玻璃碎片，看起来像是从玻璃瓶上熔化的，有些泛着蓝绿色的色泽，有两块则呈深褐色，也许是烧酒瓶和啤酒瓶。

赵恩妃推测，如果这些碎片真的来自烧酒瓶和啤酒瓶，那就表示申汉国死前很可能不是独自饮酒，因为通常一个人喝酒都只会选择一种喜欢的酒来喝，很少会混喝各式各样的酒。

只要找出酒瓶周围有几副筷子或汤匙，就能知道申汉国生前最后一刻到底是独自饮酒还是与人共饮。但这也要由专家来查才知道，一般人或普通刑警不可能查得出来。

"这些玻璃碎片，看起来是不是很像烧酒瓶和啤酒瓶熔化的？"

赵恩妃想确认自己的推理是否正确，主动向崔顺石搭话。可是，正在用树枝不停翻找木炭堆的崔顺石没说话，只是歪了一下头。

"歪头是表示他也不知道，还是认为这些碎片并不是烧酒瓶和啤酒瓶啊？"

后来崔顺石在推测是厨房的地方又陆陆续续找出了被火烧焦的煤气炉、菜刀、汤匙、筷子、白瓷碗等物品。随后，他离开了木炭堆，朝没有着火的厕所方向走去。

"那只喜欢到处乱叫的狗怎么不见了？我记得好像是叫阿呆吧？主人不在，应该也没人喂它吃饭。"

"那就看谁先把没有主人的狗抓来吃，那个人就是主人啦！"

"你说什么？"

赵恩妃停下脚步，一脸荒谬地怒视崔顺石的背影。

独立在正屋外的小建筑物是用水泥砖建成的，没有受到火情影响；建筑物上有两扇门，从一扇门进去是厕所，从另一扇门进去则是仓库。

崔顺石打开仓库门，一眼就看见了散落一地的铲子、十字镐、电锯、割草机和农药喷洒机等农具。

他站在门外看了内部一会儿，走进仓库，打开割草机的汽油桶盖，再用鼻子嗅了一下气味，很快赵恩妃也闻到了浓浓的汽油味。

"你在做什么？"

崔顺石没有吭声，只是蹲坐在割草机旁，用几乎趴在地上的姿势观察着水泥地上的痕迹——从周围灰尘累积的痕迹来看，原本那里应该有一个长期放着的四方形桶。

"你是不是觉得需要用到汽油的机器总共有三台，这里却没看到任何汽油桶，很不寻常？如果是人为纵火，按照现场没有发现任何铁桶来看，桶是塑料材质的可能性很大。"

崔顺石依然保持沉默，继续观察挂在墙上的层板，层板上放着几个深褐色的农药瓶，有除草剂、杀虫剂、杀菌剂……

"哦？农药瓶和啤酒瓶一样是深褐色的。所以我们在推测是卧室的地方发现的那些深褐色玻璃碎片，也有可能不是啤酒瓶喽？"

"你觉得和烧酒瓶放在一起的是啤酒瓶的概率比较高，还是农药瓶？"

"但还是要用开放的态度去设想所有可能性嘛。"

"总之，原本放在这里的两瓶农药似乎也是最近不见的，但正值农忙时节……"

崔顺石用手指向摆放多瓶农药的层板中央的空缺处，又指了没有灰尘的圆形瓶底痕迹。赵恩妃连忙按下相机快门。

两人从厕所旁的仓库走出来，看见几个村民宛如集体散步般悠悠走来，似乎是想看看两个外地人在火灾现场做什么。

"苍蝇们又来凑热闹了。"

崔顺石将那根沾有黑色木炭和灰烬的树枝随手往地上扔，一副该检查的地方都已经检查完毕的样子，拍了拍手，甩掉手上的灰尘。

"那个……要不要和我去一趟自杀岩？"

"他们不是说那里阴气重，男人去的话容易冲动自杀吗？想去的话你自己去吧，我要回去睡午觉了。"

"可是我连自杀岩在哪里都不知道……"

"管他什么自杀岩还是洞岩，我也一样不清楚。那边那些正在走过来的人，应该都无所事事，不然你问问他们。"

"我才不要，谁知道这会不会是杀人案。"

"所以你认为村民中有人是杀人犯？"

"也不一定。你难道对这起案件不感兴趣吗？不会为了想要破案而想到浑身发痒、坐立难安吗？"

"完全不会。"

崔顺石斩钉截铁地说完，便朝萧八喜家走去。他边走边拿着火灾现场发现的那只打火机把玩，不停将盖子开开关关。

喔唥，喔唥，喔唥……

"既然那是在火灾现场发现的，应该属于重要线索吧？像你这样徒手把玩证据可以吗？"

崔顺石这次完全没有理会赵恩妃。

两人一走进萧八喜家大门，原本在吃饭的珍岛犬便抬起头对他们呼噜低吼。那是申汉国生前养的狗——阿呆。

"喂！阿呆！嘘！"

黄恩肇一凶，它便乖乖垂下尾巴，停止低吼。

"没事啦，他们不是坏人，是客人。快吃饭吧。"

杂种珍岛犬一边偷瞄着两位陌生人，一边低头继续吃饭。它吃的不是饲料，而是用开水泡的白米饭。

崔顺石并没睡午觉，而是坐在檐廊上，面无表情地一边看着和阿呆嬉闹的黄恩肇，一边把玩从木炭堆里找到的打火机，将盖子开开关关，发出清脆的哐啷声响，也许他是看黄恩肇从小被不是亲生父母的阿姨带大，却依旧无忧无虑、天真烂漫，想起了自己的童年往事。

萧八喜从厨房里出来，默默走到赵恩妃身旁。

"几天后就要举行零犯罪村庆功宴了，我需要去一趟村会馆，今天刚好还有会议要参加，能否托你照顾一下恩肇？这孩子坐不住，实在不方便带她去开会。"

"好啊，没问题。"

"恩肇，不要调皮，乖乖在这里和阿呆一起玩哦！"

萧八喜一走出大门，崔顺石便起身去找黄恩肇搭话。

"喂，喵喵！"

原本在和阿呆一起玩的黄恩肇抬头瞪了崔顺石一眼。

"我都说我不是喵喵了！连别人名字都记不住的笨蛋！"

"哈，抱歉啦，没大没小的黄恩肇。你昨天白天或晚上见到过申汉国叔叔吗？"

"见到过啊。"

"在哪里？"

"白天在镇上的市集里，然后晚上也看到他了。"

"是吗？可不可以再说得仔细一点？"

"不要。"

"为什么？"

"因为你叫我喵喵！"

"这孩子还真会记仇。那这样吧，你要是能说得再仔细一点，我就给你一千块。"

崔顺石从钱包里掏出一张一千韩元，拿着钞票作势摇了一下。

"天啊，你这样教小孩是对的吗？凡事都是用这种方法处理吗？"

赵恩妃在一旁不停念叨，但崔顺石根本没听进耳里。

"好哦！"

黄恩肇咧嘴笑了，她一把抢走崔顺石手中的钞票，并拿起来端详，仿佛在辨别真伪。

"来吧，既然都收下了巨额贿款，该向我透露一些信息了。"

"昨天我们用车子拉金顺去市场，把它卖了。"

"金顺？"

"金顺是我们家养的黄牛，大门旁那间就是金顺的家。"

黄恩肇用手指向整洁干净、空无一物的牛舍。

★

把家畜卖掉终究不是什么令人愉悦的事情。

当萧八喜因为急用钱而打算将苦心饲养了三年的金顺载去市场卖掉时，黄恩肇把装着数十枚十元和百元硬币的小猪存钱罐递给了阿姨。阿姨会心一笑，默默将恩肇拥入怀中。

和黄恩肇一同前往洪城牛市场准备把牛卖掉的路上，以及成功卖出后回来的路上，萧八喜的表情都不带一丝笑容——那是亲手把已经有了感情的牛置于死地带来的后遗症。也许过几天，才刚满三岁的黄牛金顺就会面临任人宰割的命运。

萧八喜和恩肇搭着前往牛市场时乘坐的运牛小货车回到青阳镇上。

她们一抵达青阳五日市场，萧八喜便问恩肇想不想吃点东西。恩肇的神情顿时开朗，她没有顾及阿姨的心情，天真地说想吃炸鸡。

"其实今天这种日子，我实在不想再杀生……"

然而，看着娇小的身躯还在发育的黄恩肇，也不得不给她吃点肉补一补，而且她们还难得来镇上一趟……

萧八喜牵着恩肇的手走向市场里的炸鸡店。虽然附近也有其他炸鸡店，但是他们给的分量都比较少，价格也略贵。

"请问有事先已经杀好的鸡吗？"

萧八喜一边偷瞄笼子里的鸡，一边问炸鸡店老板。老板摇摇头说：

"现在的客人都只吃新鲜现宰的鸡，怎么了？"

萧八喜不得已，只好从笼子里选了一只鸡。

等她拿到现宰现炸的全鸡以后，便与恩肇一起走进一家位于市场里的大型超市。

"欢迎光临！"

萧八喜和黄恩肇把装着酒、零食、饮料等物品的购物篮放在结账柜台上，正准备结账时，突然听见后方有人主动问好，原来是申汉国。他看上去小酌了几杯，眼神有点涣散，说话时口中还散发着浓浓酒气。

申汉国左手提着装满烧酒的购物篮，右手提着一打六瓶1.5升装的可乐。

先结完账的萧八喜站在柜台旁，刻意留下来等申汉国结账。

"今晚推荐的那款新彩票，上个月才刚推出、头奖三亿韩元的那款，啊，对！世足赛体育彩票，现在还在卖吗？"

申汉国趁结账时顺便问收银员。

"在卖。请问要几张？"

"先给我十张吧。黄恩肇，你也要一张吗？"

"算了吧，小朋友玩什么彩票……"

虽然萧八喜出面制止，但申汉国还是多买了一张，递给了黄恩肇。恩肇一脸茫然地接过彩票，心想：又不是现金，要这个做什么？

"你要坐这趟公交车吗？"

"要坐，不然错过这班就要再等两个钟头了。"

三人在公交车站牌前等了三十分钟左右才搭上车。当天是赶集日，幸亏提早排队等公交车，三人才得以并肩坐在最后一排的位子上。

然而，很快就有一名陌生的老人走了过来，正当萧八喜准备起身让座时，申汉国说道：

"黄恩肇，把位子让给爷爷坐，你坐我腿上吧，好不好？"

恩肇从位子上起身让座，申汉国一把抱起恩肇，将她放在自己的膝盖上。恩肇坐着并没有不舒服，但是申汉国身上的酒气太重，她很难不皱起眉。

认识申汉国的人遇见他，通常只是礼节性问好，不会主动搭话；唯一会向他搭话、交谈的人，只有几年前从外地搬来这里的萧八喜。有些村民甚至看见萧八喜想要上前搭话，却因为她身旁有申汉国而折返。

"你今天怎么会来这里？"申汉国问道。

"我去了洪城牛市场一趟，把我们家的牛卖了。"

"谈到了好价格吗？"

"哪有什么好价格，只拿到了三百万韩元，扣除当初买小牛的费用、饲料费，感觉一毛钱都没赚。就为了这区区几毛钱，竟然把已经有感情的家畜送去屠宰场，心里还是很难受的……我甚至动了去城里找个餐厅端茶倒水的念头。"

"人生总是如此，人人都为钱所困。只要有钱就能少看到一些不堪入目的东西。"

"你为什么要买这么多可乐？"

"打算靠它少喝点酒。你要一瓶吗？"

"不，不要啦。"

这段对话结束后，两人维持了一段静默。

当恩肇在申汉国怀里开始打瞌睡时，原本在看窗外景色的萧八喜说要告诉恩肇一个可怕的故事。然而，萧八喜讲的故事对于年幼的恩肇来说还太难理解，也许她是故意要说给申汉国听的，又或是讲给自己听的吧。

"从前，村里来了一位新娘。但是新娘才来没多久，她的老公就过世了。婆婆一口咬定儿子一定是被儿媳害死的，所以不再给她吃东西，但会按时喂食物给他们家养的小狗，因为想要把狗养大以后宰来吃。于是媳妇为了活命，只能靠偷狗食来充饥。有一天，长期把饭让给儿媳吃的狗说：'今天是三伏天，一直以来，我都是用自己的饭养活你的，所以我今天要吃掉你。'话一说完，这只狗就把儿媳吃下肚了。"

听完这个故事，恩肇感到气愤难平，过去不论是在电视上看到的动画片还是听阿姨读的童话故事，都是善有善报、恶有恶报，惩恶扬善的故事。然而，这只狗居然不抓恶毒的婆婆吃，反而把可怜的儿媳吃下肚……

萧八喜看着黄恩肇露出愤愤不平的表情，继续说道：

"恩肇，你觉得这个故事怎么样？婆婆更坏，还是儿媳更坏？"

"婆婆。"

"那如果你是那只狗，你会觉得谁更坏呢？"

"应该是……抢它食物吃的儿媳吧。"

"那么，你认同那只狗因为把自己的食物给儿媳吃，没让她饿死，所以可以吃掉儿媳吗？"

"不行，这样坏坏！"

"那么，大家养狗、养牛，喂它们吃东西，再把它们杀掉吃了，可以吗？"

"不行，坏坏！"

"那如果是直接去山上、草原、江河、大海里捕捉那些根本没给它们饭吃也没养过的动物来吃的话呢？"

"那样更坏！"

"哈！是啊，你说得对。"

萧八喜叹了一口长气，应该是因为刚才把金顺载去市场卖了。

"不过为了生存，本来就是要靠吃其他生物才能延续生命，怎么能有善恶之分呢。"

即便听了那个可怕的故事，恩肇回到家也还是照样把打包回来的炸鸡吃个精光。

虽然萧八喜极力劝阻，说鸡骨头是不能给狗吃的，但恩肇还是偷装了一袋，拎去了申汉国家，一心想把好吃的东西分享给平日很听她话的阿呆。

恩肇推开申汉国家的大门，走进屋内。申汉国激动的嗓音掺杂着收音机播放的音乐传了出来：

"哎呀！来找我也没用，我连买农药自杀的钱都没有！"

申汉国独自坐在房门敞开的卧室里一边喝着烧酒，一边打电话。虽然透过敞开的房门瞥见了一声不响就闯进他家的恩肇，但也只用仿佛见到邻居家的猫恰巧路过的眼神看了恩肇一眼，没有多做理会。可见电话里一定是在谈很严肃的事情。

被拴在厨房前的阿呆一看见恩肇，就不停摇尾巴，原地旋转。

"阿呆！快吃好吃的炸鸡。八喜今天赚了好多钱，特地买给我吃的！我为了拿给你吃，故意没把骨头啃干净，多留了一些肉给你，是不是很感谢我啊？"

阿呆仿佛在向恩肇道谢似的，更奋力地摇晃起尾巴。

当恩肇把塑料袋里的鸡骨头通通倒进阿呆的饭碗里时，阿呆直接冲上前，开始嘎吱嘎吱地啃起来。

"去他的，随便啦！要杀要剐、要肾脏、要眼珠都可以，通通拿去！"

申汉国骂完对方后，气呼呼地听对方说了好一阵子，最后终于忍不住啪地用力挂上电话。

"寄生虫一样的王八蛋！"

电话铃声再次响起，但申汉国没接，只是不停往自己的酒杯里倒满烧酒。

★

"没别的了，差不多就是这样啦！后来我看阿呆吃得津津有味，看得我越来越想睡觉，就赶快跑回来了。"

黄恩肇一边摸着崔顺石给她的钞票，一边说道。

"你知道这个村里谁和申汉国叔叔关系最差吗？"

"关系不好？"

"对啊，比如说，最近他有没有和谁吵过架？"

"吵架？这我就不知道了。"

黄恩肇一脸正经地回答了崔顺石的提问。

"那你知道谁最有可能杀害他吗？"

"杀害？"

"哎哟，真是的，你问孩子这种问题干吗？"

赵恩妃一脸无语，斜眼打量了一下崔顺石。她走到黄恩肇面前蹲下，刻意和她保持一样的视线高度。

"恩肇，昨天不是有个陌生人来向你问路吗？那个人是谁呢？"

"我不认识的人。"

"第一次见到他？"

"嗯。"

"长什么样子呢？"

"是个大人。"

"你再说仔细一点嘛，什么时候、在哪里、做了什么、怎么做的？你不会用这种方式回答吗？"

黄恩肇一脸茫然，这次换了崔顺石用"你也好不到哪去"的眼神打量了赵恩妃一番。

"好吧，对不起。那个人是男的还是女的呢？"

"男的。"

"大概是几点问你的？吃完晚饭后，还是晚饭前？"

"晚饭前，他从我们在青阳镇上的时候就一路跟着我们了。"

"是吗？"

"嗯，从我们搭上公交车开始到下公交车，他一直都跟着我们。"

"那他是在哪里向你问路的？"

"在河边。"

"河边？"

"嗯。"

"他问什么？"

"问我怎么去洞岩。"

"然后呢？"

"然后我就告诉他啦，让他往那个方向走。我也跟他说，那边阴气比较重，很多男人都死掉了，所以去那里要格外小心。"

"后来，那个人就往洞岩方向走了吗？"

"嗯，没错。"

"是吗？那他到底跑去哪里了？既然亲属特地从大田跑来确认尸体了，应该就表示他还没有回家……"

赵恩妃自言自语，仿佛在故意说给崔顺石听。

"昨天申汉国家失火时，你看到大家在救火吗？"

面对崔顺石的提问，黄恩肇犹豫了几秒钟才回答：

"没有，我什么都没看到。"

"你当时在睡觉吗？"

"嗯。"

"可是消防车来来回回应该很吵吧？"

"但我还是没看见，什么都没看见。"

"那你看见谁拿着这种打火机了吗？昨天向你问路的那位叔叔有没有用这种打火机点烟？"

崔顺石拿出了被火烫到表面的Zippo打火机，黄恩肇瞥了打火机一眼。

"不知道欸。"

"你再仔细看看，像这样把盖子掀开，然后点火，再这样点烟。"

崔顺石从口袋里掏出自己的山寨版Zippo打火机和香烟，将一根烟叼在嘴上，点燃香烟。

"啧啧啧，你看看你这人，竟然在孩子面前示范抽烟，唉。"

黄恩肇用老奶奶一样的语气说着，最后还长叹了一口气。

"哦不，这位叔叔再怎么没教养，也绝对不可能在孩子面前真的抽烟，他只是想要示范给你看如何点烟而已。"

赵恩妃一边解释，一边斜眼瞪崔顺石，示意他停止，于是崔顺石急忙深吸了一大口烟，然后将烟蒂扔在院子里的地板上，用脚踩灭。

"去他的，这里又没地方买烟……"

后面他还有两天要抽，可是现在烟盒里只剩不到十根烟了。

"去他的！啊，我不是在骂你，所以你到底有没有看到过拿这种打火机的人？"

"有。"

"是吗？谁？"

"朴光圭。"

"朴光圭？"

"和老爷爷一起住在那边的那户人，那位老爷爷就是朴光圭的爸爸。"

听完黄恩肇的话，崔顺石马上想到早上看见了一位年约七十五岁的老人，旁边站着一个右手和手臂缠着绷带的男子，年纪四十岁上下。

"那个打火机，朴光圭和我炫耀过，说是谁送他的礼物。"

"谁送给他的呢？"

"一开始他还说是秘密，后来又改口说是天使送给他的珍贵礼物。"

"天使？什么时候的事？"

赵恩妃突然插进来问道。

"大概是十天前，不，更久以前，一百天前。"

黄恩肇一边用手指数数，一边把钞票轮流换手拿着。

"朴光圭的打火机……"

赵恩妃正想要开口继续提问时，萧八喜恰巧从村镇会馆回来，打开大门走了进来。

"你们在聊什么呢？这么严肃？"

"哦！这么快就回来啦。"

赵恩妃一脸做贼心虚的表情，挤出了尴尬的笑容，不再继续追问黄恩肇。

"怎么会有钱？"

"他给我的。"

黄恩肇用手指向崔顺石。

萧八喜用一脸"为什么要给孩子钱"的表情看着崔顺石。

"我只是看她可爱，所以给她钱去买点糖吃。"

崔顺石在狡辩。这明显不是他的作风。

"你们今天开会都讨论了什么事情呢？"

赵恩妃见缝插针，赶紧转移萧八喜的注意力。

"也没特别说什么，只说了一些诸如'大家要齐心协力，共同把零犯罪村的赠匾活动和庆功宴办好'的话。至于孤苦伶仃、没半个亲人的申汉国的告别式，就等颁奖仪式结束后由村里的人一起张罗主办。大概就是这些事吧。"

"申汉国连远亲都没有吗？"

崔顺石好奇地问道。

"听说是没有。"

"那财产处理怎么办？"

"他哪有什么财产，房子和土地应该也都抵押给银行了。"

崔顺石满脸失望地走回檐廊边坐下。他望向远处的山，拿出在火灾现场找到的那个打火机，像是习惯性地重复开合打火机盖。咔嘟，咔嘟，咔嘟……

"那是什么？"

萧八喜走向崔顺石，特别留意了一下被火烧过表面的Zippo打火机。

"这是在申汉国的住处发现的。"

崔顺石递出手里的打火机给萧八喜看。

"您有没有看过谁用这个打火机？"

"这……不知道欸。不，应该说我没见过，毕竟这对乡下人来说是挺贵的打火机。"

"看来您还挺了解Zippo打火机的行情嘛。您也抽烟吗？"

"没有，我没抽烟，只是以前抽过……我老公被医生宣判罹患癌症的那天，也是我老公下定决心戒烟的那一天，刚好是他的生日，然而我竟然不知道这些事，偏偏在那天送了他一个和这款类似的Zippo打火机……把打火机交给他时，他露出了不知是笑还是哭的微妙表情，告诉我那是他一直梦寐以求的打火机。但是紧接着下一句话就是告诉我他得了癌症，从今以后不能再抽烟了……"

"啊……"

赵恩妃微微张嘴，露出深感同情的眼神，但崔顺石的表情依旧冷漠。

"请问您现在还留着那个打火机吗？"

崔顺石再次开合打火机盖向萧八喜问道。

"没……没有了。那个打火机我老公从来没用过，是全新的，但是应该已经在他过世后整理遗物时被我扔掉了。"

"您会扔掉如此贵重的打火机吗？"

"对于抽烟的人来说很贵重吧，但是对于不抽烟的人来说就只是破铜烂铁而已。"

"当时您已经住在这个村子里了，对吧？"

"是啊，但是我扔掉的打火机不可能是这个，因为光从外表看就很不一样。这打火机和申汉国家的火灾有关联吗？"

"难说，毕竟是在火灾现场找到的，可能有关，也可能无关。"

锁定完美犯罪

萧八喜目不转睛地看着正在睡午觉的黄恩肇，她将门开了个小缝，偷偷观察外面的动静。不知道赵恩妃和崔顺石是不是在房间里睡午觉，两个人都毫无动静，就连原本在院子里独自玩耍的阿呆也不见踪影。

萧八喜打开放在电视机旁的收音机，收音机里传来法国世界杯足球赛和IMF危机的新闻报道。如果是平日，光听见"IMF"的"I"，她就会感到厌烦，急着换台，但是现在她最需要的就是这种有人在说话的声音。萧八喜缓慢地转动着收音机的音量钮，一点一点提高音量。当恩肇因收音机声响而翻动身体时，她又缓缓将音量调低了一些。

萧八喜拿起放在电视机上的电话听筒，鬼鬼祟祟地按下数字键。另一边马上就有人接起了电话。

"喂？"

是朴光圭的声音。

"是我。"

"八喜小姐！"

朴光圭的嗓音充满欢喜。

"我现在讲话不能太大声，你可能会听见一些收音机的声音，有点吵。"

"怎么了？"

朴光圭似乎察觉到萧八喜的不寻常，也跟着她窃窃私语。

"我几个月前送你的Zippo打火机还在吗？"

"那个……"

"不在了？"

"嗯。"

"弄丢了？"

"嗯。"

"在哪里弄丢的？申汉国家里吗？"

"嗯，你怎么知道？"

从朴光圭回答的嗓音可以听出他有些错愕。

"那申汉国家里失火和那个打火机有关吗？"

萧八喜一边查看门外，一边打着电话，她的嗓音变得更小了。

"嗯……算有吧。"

"哎哟！现在住在我们家的刑警在火灾现场发现了那个打火机，一直在打听有谁见过打火机的主人。而且我们家恩肇还告诉他，看到光圭叔叔拿过那个打火机。"

"什么？真的吗？"

"刑警到时候一定会去找你，要求你拿出打火机。该怎么办才好？"

"不……不知道啊。"

"你能不能先向谁借一个类似的打火机？"

"如果可以去村外的话还比较有可能借到，但是现在我们都被困在村里，要向谁借呢？"

"真是的，要是你拿不出打火机，那位刑警一定会怀疑你。不过话说回来，你为什么要放火烧掉申汉国家？"

"我也是不得已，当时的情况只能将汽油淋在申汉国的尸体和房子上，然后点火。"

"可不是说那具烧焦的尸体是别人，不是申汉国吗？我听说申汉国的尸体是在洞岩下找到的，现在正放在青阳殡仪馆安置中心，不对，现在应该已经被送去国立科学搜查研究院了。"

"是啊，这消息我也从里长那边听说了。坦白说，我也实在搞不清楚究竟是怎么回事，真的是活见鬼了。现在刑警和记者人在哪里？"

萧八喜将话筒拿离耳朵，偷偷查看了一下门外。

"在隔壁房间……"

"详细的内容等之后再聊吧。"

"好，我现在也不能聊太久，当务之急，你还是赶快先想想办法吧。"

"嗯，好，谢谢你特地打电话给我，还为我担心。其实昨晚大家在讨论汉国哥的尸体处理时，我之所以会反对，就是担心无辜的你因为在现场而受到牵连，结果还真的如我所料，最终还是给你添麻烦了。要是昨晚在火场里我没有不小心把你送我的打火机弄丢，就不会让你操心了……实在很抱歉，八喜小姐。"

"不不，完全不需要对我感到抱歉。反正这是我们村的事，我也是这个村的一员，既然大多数人都决定这么做，那就只能跟着大家照做。我们之后再见面吧。"

结束通话以后，萧八喜战战兢兢地放下话筒，再次查看门外的情况，并将收音机的音量缓缓调低。她紧张得原本拿着电话听筒的那只手，整个手心都是汗。

"明明杀人凶手就是我，光圭先生却对我说抱歉……"

还真讽刺。

不过，话说回来，真的是活见鬼了。难道申汉国成了冤魂？被失手打死的男人突然离奇消失，过了好一阵子又出现在里长家被小货车撞，然后明明已经被火烧焦，竟然又完好地躺在殡仪馆安置中心里……

"难道是村里的人联合起来要我？不，不可能，他们绝对不是这么坏的人。"

萧八喜用力摇晃头部，仿佛甩掉头上的昆虫似的，想要抛开对村民的怀疑。

假如申汉国家失火时，他的尸体彻底被火烧毁，所有杀人证据应该就会荡然无存，可惜事与愿违。一旦国立科学搜查研究院解剖了尸体，就会马上查出申汉国的死因并非车祸，也会发现尸体到处都有被棍棒殴打、被铁门撞击等不同于车祸的其他外伤。毕竟死前与死后留下的伤痕截然不同。被车撞击的伤痕是在他死后才搞出来的，头部的外伤与全身上下的棍棒殴打痕迹则是在他生前被萧八喜打的，也是导致申汉国死亡的致命伤。

"要是我进了监狱，恩肇怎么办？"

要是她进了监狱，恩肇能去的地方就只剩下孤儿院了。可怜的恩肇……

萧八喜凝视着像天使一样无忧无虑睡着午觉的黄恩肇，不禁红了眼眶。

"我怎么会失手杀人？而且对方还是平时关系很要好的邻居……"

萧八喜心想，自己死后一定会下地狱。但是就算之后要下地狱，只要自己需要照顾黄恩肇一天，就绝对不能去坐牢。虽然她很想大哭一场，但是毕竟自己带回来的记者和刑警就在隔壁房间，她不敢轻易流泪。

"好吧，如果要守护恩肇，就必须打起精神、重新振作才行。我应该把所有相关证据销毁。想想看哪些是与杀人有关、足以成为铁证的东西？铁门和棍棒，还有搬运尸体时用的手推车……"

铁门和手推车已经用自来水清洗过很多次，棍棒则已经被火烧毁，原本沾有血迹的大门口前的地面也洒过多次水，甚至还下过雨。

然而，这样做真的就能抹去所有血迹吗？萧八喜不禁开始担心，门缝间要是有血迹没清理干净该怎么办。

"要是能把整片铁门拆下来销毁就好了。"

不过这只是个不切实际的想法，根本不可能这么做。

"好吧，那就先来想想可以做哪些事好了。"

把装过尸体的手推车扔掉不难，到时候看有没有机会，把它推进都是泥沙的滚滚河水里，彻底销毁即可。

"啊！对了，沾有申汉国血迹的那堆钱！"

卖掉牛之后拿到的那沓明显有血手印的纸币，都还原封不动地被收在衣橱里，那才是百口莫辩的关键证据。

"你要出去吗？"

萧八喜听见崔顺石从房间里走出来的声响，急忙从卧室快步走到檐廊上追问。

"太闷了，想出去走走，您找我有什么事吗？"

"啊？没……没有！"

听见两人对话的赵恩妃突然敞开房门，探头出来张望。她刚刚似乎是睡了午觉，一头短发看上去有些凌乱。

"崔刑警，等等！等我一下！"

赵恩妃轮流看向萧八喜和崔顺石，突然拿起相机包从房间里急急忙忙跑了出来。

"你也要去散步吗？"

萧八喜问记者。

"嗯，哈哈。"

"那个……口水在嘴角……"

赵恩妃用手背擦拭了一下嘴角，便急忙向着已经走出大门的崔顺石追了上去。

萧八喜也紧跟在他们身后。她跑到大门外，看着两人已走远的背影，连忙重新回到屋内，用手不停拍打生锈已久、难以上锁的大门门锁，试图将大门锁上。

"八喜，为什么要锁门？"

黄恩肇睡眼惺忪地走出房间问萧八喜，因为她从未见过阿姨将大门锁上。

"恩肇！来，你站在檐廊上，帮我看着那位刑警叔叔和记者阿姨有没有回来，知道吗？"

"为什么？"

"没那么多为什么。阿姨先去洗衣服。总之，你帮我看好了，他们一回来就马上告诉我，好吗？"

萧八喜连黄恩肇的回答都没听完就直奔卧室。她打开衣橱，连忙将那沓用被单包裹、藏在棉被之间的纸币拿了出来，白色被单已经沾上了红褐色的血迹。

她将被单再紧紧卷了一圈，抱在怀里，往院子里的接水区走去。

她观察周遭，小心翼翼地摊开被单，纸币上到处沾着手指和手掌形状的血印，杂乱无章地被包裹在被单里。这沓纸币虽然总额是三百二十万韩元，但是因为其中混杂着五千元钞，所以总共有将近五百张。看来趁家里没人的时候，一张一张用肥皂和自来水清洗干净是有难度的。

萧八喜家的洗衣机就放在接水区旁不会淋到雨的地方。她将洗衣机盖板打开，把被单里的纸币通通放进了洗衣机里，接着，拿起洗衣粉，直接倒入比平时还要多三匙的量——共五匙洗衣粉，最后还觉得不够，又多放了两匙才按下启动键。

马达抽取上来的地下水仿佛成了可以洗净罪过的圣水，开始朝血迹斑斑的纸币倾泻而下。

萧八喜盖上洗衣机盖板，重新将暂放在一旁、沾满血迹的被单卷成一团，抱着它快步奔向厨房，塞进锅炉的灶炉底下，推到深处，然后走出厨房奔回洗衣机那里。

"八喜，为什么要把钱放进洗衣机里？"

"呃，因……因为钱很脏啊，我是为了让钱变干净，所以洗了它。"

"哦！洗钱！"

恩肇曾在电视里听过"洗钱"这个词语。

"没……没错！就是在洗钱。"

萧八喜紧挨着洗衣机，频频望向大门，并掀开洗衣机盖板确认"洗钱"进度。

这时，趴在院子一隅的阿呆突然站了起来，奔向大门，朝门外不停吼叫。

"八喜！有人来了。"

黄恩肇话才刚说完，就有人转动大门的把手，但是因为已经上锁，自然是打不开的。

"这门是坏了吗？"

是于泰雨里长的声音。

里长弯下身子，从大门下方的缝隙窥探房子内部，却什么也看不见。于是他又踮起脚尖，从大门上方窥探屋内，恰巧与黄恩肇四目相交。

"喂！喵喵！你们家大门坏啦？"

既然已经被发现黄恩肇在家里了，萧八喜只好上前帮忙开门。她走到大门前，使劲地摇晃着已经生锈的门闩，打开大门。

阿呆龇牙咧嘴，对着于泰雨发出了低吼声。

"这该死的臭狗！滚开！"

于泰雨作势要踹阿呆，试图威胁它离开。

"阿呆！安静！"

黄恩肇喊了一声，阿呆马上跑回来，钻进黄恩肇站着的檐廊下。

"你们打算收养申汉国的狗吗？"

"没办法啊，喂它吃饭的主人都不在了。"

"如果觉得养它有负担的话，要不要考虑在零犯罪村庆功宴时帮它抹点大酱[1]？"

"不行！抹大酱会很臭！"

黄恩肇站在檐廊上喊道。

"好啦好啦，我只是开个玩笑而已，玩笑！不过，你们大白天的为什么要把大门锁上啊？"

---

1 韩国乡下人的隐喻说法，意思是把狗宰来吃，因为在煮狗肉时通常会涂抹大酱去腥。

"洗……洗澡！我本来打算洗澡。"

萧八喜一边偷瞄着发出嗒嗒声响的洗衣机，一边回答。

里长的目光也随着嗒嗒声转向了洗衣机的方向。洗衣机盖板缝隙间已经冒出了大量的泡泡，都是因为萧八喜刚才放了太多洗衣粉。

"你们家洗衣机怎么了？坏了吗？"

"啊？"

于泰雨准备去查看洗衣机，却被萧八喜抢先一步跑向洗衣机，阻挡他靠近。

"怎么了？"

"内衣，我在洗内衣……所以不太方便……"

"哦，我还打算帮你检查看看是不是坏了呢，那就下次再看吧。"

这时，洗衣机滚筒正好停止旋转，从排水管里排出了粉红色的肥皂水，从院子里的接水区流了出来。

"您来我们家有什么事吗？"

"没什么，只是想来打听看看那两位有没有什么动静。"

"他们刚才往之川方向走去了。"

"嗯，我看到了。他们是去朴光圭那里，不是去之川，所以我就赶紧先跑了过来。怎么样？他们发现什么没？"

"他们在申汉国家发现了朴光圭用过的打火机。"

"刚才从朴光圭那里听说了，我让他无论如何都要矢口否认。唉，当时为什么会把打火机遗落在那里，真是的……哦？那是什么？怎么会有钱在那里？"

一张万元纸币从洗衣机排水口流出，卡在接水区的排水孔，被排水孔滤网挡住，使粉红色肥皂水无法顺利流入排水孔。

于泰雨大步走向接水区，把手直接伸进肥皂水里，捡起那张纸币。

"看来你是忘记衣服里有钱就直接洗了。欸？可是不对啊，怎么会直接从洗衣机里流出来？难道是哪里有破洞吗？"

萧八喜还来不及阻拦，于泰雨就已经伸手将洗衣机盖板掀了开来。洗衣机底部满是被水浸湿的五千元和万元钞。

"这是怎么回事？为什么要洗纸币？"

"这个嘛……"

"那是八喜在洗钱！"

站在檐廊上的黄恩肇喊道。

"因为钱上沾到了血，所以在洗钱！"

"什么？血？"

"恩肇！大人在说话，不许插嘴！"

萧八喜已经紧张到脸色发白，她趁黄恩肇还没说出更多惊人之语前，急忙用怒吼来制止。

"昨晚恩肇这孩子又流鼻血，不小心沾到了钱上。"

恩肇看着萧八喜惊慌失措的样子，意识到自己一定是说错话了，于是露出了难过自责的表情。

"就算这样也不能把钱放洗衣机里洗啊，很容易损坏欸……"

"但是沾染到血的纸币也无法使用，收钱的人应该会很介意，说不定还会产生不必要的误会。"

"也是，不过我听说沾到血的纸币就算用肥皂清洗，血迹也不会完全消失，警察还是查得出来。"

"啊？"

萧八喜的声音有点激动。

"没事，没什么。可能是我最近看《警察厅的人们》看太多……"

这次换里长话说得吞吞吐吐。在那瞬间，萧八喜不禁怀疑于泰雨是不是知道一些实情，怎么会说得仿佛知道她的真正目的似的直捣核心？难道刚才他偷看到她把那些沾着血手印的纸币放进洗衣机里了？还是只是偶然？

"请问您有什么话想说吗？"

萧八喜小心翼翼地问道。

"没有啦，我只是……上个星期在电视节目《警察厅的人们》里看到，杀人凶手很认真地清洗了沾有血渍的钱，但是专家最后还是从洗过的纸币纤维里发现残留的细微血迹，并进行比对分析，最终检查结果就成了逮捕嫌犯的铁证。我是看你在'洗钱'，所以想起了那个片段。"

"哦，原来如此……"

"唉，申汉国那家伙为什么要死掉，害我们村招惹了这么多麻烦，真是的……"

萧八喜再次强烈感受到里长一定是知道什么内幕。她告诉自己，越是这种时候就越要表现得沉着冷静。

萧八喜认为，就算里长知道她的秘密也无所谓，只要故意再拿他的弱点来强调一下，就能让他转移注意力。

"话说回来，您那辆闯下死亡车祸的小货车打算怎么处理呢？"

"死亡车祸？"

"不是刹车失灵导致车子失控撞上申汉国的吗？车头都出现了严重凹陷。"

"是没错啦……"

就在这时，躲在檐廊下的阿呆突然朝大门方向冲了过去，不停咆哮，打断了萧八喜和里长之间的谈话。

"阿呆！小声一点！"

黄恩肇一喊完，池塘户老板杨式连正好打开大门走了进来。

"哥，原来你在这里啊。"

"怎么？是来找我的吗？"

"不是啦，只是刚好路过听见哥的声音，所以进来看看。你们在聊什么？那么严肃。"

"没有啦，也没特别聊什么。"

"该不会是……专属于两人的小秘密？"

杨式连开着两人的玩笑。

"才……才没有！您说什么呢……"

萧八喜急忙摇晃双手，夸张地矢口否认。

"那你们到底在聊什么？"

"其实刚才是在讨论我那辆发生车祸的小货车该如何处理。"

"对了，那辆车要赶快处理才行。你现在把它停放在哪里了呢？要是被记者和刑警看见，可就真的没戏了！"

"我把它藏在畜舍里了，用布盖住，再用稻草层层覆盖。"

"可是如果是那样的状态下被人发现，岂不是更欲盖弥彰。要是看见藏匿的小货车车头还有凹陷，肯定觉得事有蹊跷，接着展开调查的话，就会查出上面沾有申汉国的血迹……"

"我也是每天都提心吊胆的，所以才要随时随地监视崔刑警和赵记者的一举一动啊。"

"要是被刑警发现那辆小货车，就真的百口莫辩了。更何况现在还封桥，也无法出去买零件回来修理，或者拖去村外处理掉，真是无计可施。现在到处都淹了水，要不干脆把它推进河里？就说是开车技术不够熟练，发生意外落水，随便糊弄一下含糊带过？至于车头凹陷的地方，就说是掉入水中时撞到了石头，反正现在连吊车都开不进来，正好可以让车子泡在泥水里久一点，说不定连隐藏在缝隙里的血迹都能被冲洗干净，不是吗？"

"可是这样的话，那辆小货车就要报废处理了，我只买了强制险……绝对不能报废！"

"都已经这个节骨眼了，哥，你还在意那辆小货车啊？等你进监狱里睡一个晚上，在冰凉的地板上吃几顿牢饭，我看你还会不会说这种话。"

"是啊，与其被关进监狱里，不如报废一辆小货车，不是吗？"

"假如真要把车子扔进水里，要尽可能选择水比较深的地方，也不能只是把车开进水里，一定要做得逼真才行。不如这样吧，趁刑警和记者在远处张望时，在他们面前上演一段车子落水的戏码，还要演得逼真一点，否则刑警会认为我们是为了毁灭证据而做戏。我想的这个点子如何？不过那辆小货车还能开吗？要是已经发生故障不能开的话，就要从河边的坡顶上滚下去才行……"

"我看发动机是还能发动的，那我呢？要如何从掉进水里的车子中脱困？"

"连我这没驾照的人都知道要怎么做，难道还要我指导吗？到时候哥你就自己看着办啊，可以事先解开安全带，把门先开好一点缝，等车子一掉进水里，你就赶快逃出车外啊，没看过电影怎么演的吗？"

"你还没考到驾照吗？"

"唉，哥也真是……这件事很丢人。"

杨式连偷瞄了萧八喜一眼。

"要是考到驾照我早就在镇上到处拉横幅大肆宣传了。我呢，光笔试就考了六次，六次全部不合格，我这辈子还真没考过那么难的试。再怎么说我也是青阳农高优秀校友，只考五十分是怎么回事？我真的不适合考驾照，根本是和驾照八字不合。"

"所以你到现在都没摸过方向盘？"

"是啊，你明明知道干吗还要问？"

"那你会开车吗？"

里长问萧八喜。她被问得有点突然。

"我也不会开车，从来没想过要考驾照。"

"真的吗？完全不会？很多人没驾照却还是会开车。"

"我是真的从来没开过。不过，您为何要这样质问我？"

"没有啦，纯粹好奇所以问问。"

"哥！你该不会是怀疑有人故意开那辆小货车去……？"

杨式连睁大眼睛，原本想说些什么却又突然作罢。

"去……什么？"

"算了，我也只是随口说说……言归正传，打算什么时候把小货车扔进河里？反正迟早都要做，还是越早处理越好，这样才能安心睡好觉吧。那辆小货车害得我整天都提心吊胆的，到底什么时候处理？我可以帮你看准时间带刑警和女记者到现场，你把一切准备就绪，时间一到执行就好。哎呀，择日不如撞日，现在立刻执行好了！"

"不行，不行！我怎么想都觉得让整辆车泡水报废不妥，要是之后还养牲畜，一定会用到那辆小货车的。"

"再买一辆新的不就好了！"

"在这种最不景气的时候哪有什么钱买新车？我看还是算了吧。只要告诉刑警，我的车是撞到石头或墙壁就行了，明白了吗？这样的话我们只要想办法把前面车头撞到人的痕迹弄干净就可以了，是不是？"

"哎呀，哥，你也真是……怎么这么死脑筋，你有没有听过'因小失大'啊？要是这件事情出了差错，最头疼的人可是你啊，不仅开车撞死了人，还抛尸、焚尸……快跟杀人罪的量刑差不多重了。"

"不行，总之我绝对不同意把小货车扔进水里。就当作撞到东西车头凹进去的，知道了吧？说好了哦！"

里长和杨式连一来一往地争论了好几回后，便各自返家了。萧八喜按下洗衣机停止键，看着滚筒里那堆已经被冲洗、脱水过的洁净纸币。

"就算清洗过也还是能查得出血迹？"

都怪自己没有考虑周全，这不是单靠清洗就能解决的问题，要是能将时间倒转，刚才应该将那些沾有血迹的纸币单独挑出来烧毁。如今覆水难收，用肉眼难以判断哪一张是沾过血的，因为所有纸币都搅和在一起了。

"我真是蠢货！蠢死了！本来还能保住一半的……"

萧八喜垂头丧气地嘀咕着。她的眼眶里瞬间积满了泪水。对她来说，那三百二十万韩元就如同别人的三千两百万，是一笔很大的数目。

"这可是把养了三年，和家人没两样的金顺送去屠宰场换来的，和命根子一样重要的钱……"

嫌疑人的自白

朴光圭的住处位于将者谷西侧，是一栋老旧的韩屋，到处都有近期修补过的痕迹。他与朴达秀老人同住。

他们家一个人都没有，只剩一只狗在看门。

正当崔顺石和赵恩妃打算离开时，原本出门在外的朴达秀突然慌慌张张地出现在门口，看起来像是有人通风报信，告诉他刑警和记者要登门拜访，于是急匆匆赶回来似的。

"两位有什么事吗？怎么会来我们家？"

朴达秀一见到两人，便带着忧心忡忡的神情问道。

"没什么事，我们只是有点事情想问问您儿子。"

"光圭现在应该在枸杞田里。你们问我吧，只要我能帮忙回答的都会尽量配合。"

崔顺石犹豫了一会儿，从口袋里掏出被火烧过表面的打火机，伸手递给了老人。朴达秀接过打火机，眨了眨眼，仔细端详。他的视力好像不太好。

"这是哪儿来的打火机？"

"我们在失火的申汉国家中发现的。我听村子里的人说这打火机是朴光圭先生的。"

"村里的人？"

朴达秀露出了不可置信的表情。

"我的确看到过光圭拿了一个和这个相似的打火机，可是完全不一样。"

"是吗？那您儿子是在哪一片田里工作呢？我亲自去找他问问看就知道了。"

"你们跟我来吧，我带路。"

"没关系，看您行动不便，只要帮忙指个方向就好，我们可以自己过去。"

朴达秀拄着拐杖，执意要和他们一同前往。崔顺石为了拉开与朴达秀之间的距离，刻意加快脚步。赵恩妃也向朴达秀点了个头，快步追上崔顺石。

他们逐渐远离村镇，前方出现一片梯田，便看见一名男子正在其中一片田里工作。那画面看起来一片祥和。

赵恩妃停下脚步，环顾了一下四周，向崔顺石说道：

"卓别林说过一句话：'人生远看是喜剧，近看是悲剧。'感觉乡下农村也是如此，像这样从远处看过去，绿油油的稻田中稻子随风摇摆翻滚着，就像阵阵银白色的浪花，还有一位看起来无忧无虑的农夫在田里工作。这画面乍一看一派美好，然而仔细看就会发现原来农夫早已汗如雨下，脸上也布满皱纹，侧弯的腰椎光看就觉得疼痛不已，手上的指甲早已磨到变形，粗糙得分不清是手还是脚。不论是农村还是渔村景色，在远处观望的旅人眼中都是无限美好，但是近看却又不是这么回事。这个零犯罪村也是，近距离去观察，就会发现未必如我们所想那样天下太平，不是吗？"

"当你站在局外观察他人人生时，真的会觉得对方看起来很幸福、画面很美好吗？如果真是如此，那就表示你本身也是个幸福之人。因为对我而言，不论近看远看，都不会觉得他人的人生幸福美好，就算从很远的地方观望，也只会看见对方愁眉苦脸的表情与饱经风霜的人生。"

"真的吗？"

赵恩妃露出了难以理解的表情。

"人会因生长背景不同而有不同的想法和先入为主的观念，如果你认为其他人都和你一样，可就误会大了。"

"那你倒是说说看，在什么特殊的环境下长大，才让你有如此负面的人生观？"

赵恩妃语带调侃地问道。

"我从小就是个孤儿，一出生就被我妈那个贱女人扔在雪地里，差点被活活冻死。"

"什么？"

赵恩妃惊愕不已。

"抱歉，我不是有意要揭开你的伤疤……"

"这件事不仅不是伤疤，也不需要你感到抱歉。如果真有人要感到抱歉，那也应该是把亲骨肉丢在雪地里的那个贱女人，还有为了一时爽连套都不戴就跟她上床的家伙。不过要是当初这对狗男女对我感到一丝抱歉，就不会发生弃婴这种事了。哦，对了，还有把我从雪地里救出来的那个人可能也要对我感到抱歉，不如让我在年幼无知的时候直接活活冻死，就不会见识到这么丑陋的世界了。"

赵恩妃不知道该如何回答。

"不过，为什么要对我说这些？"

"因为你看起来好傻好天真，仿佛根本不知道这世间有多险恶，也很容易相信人，所以我才想给你一些忠告。我不相信任何人，只相信我自己。要是相信别人，我大概早就饿死或冻死好几回了。"

"……"

两人保持了一段沉默，就像吵过架的情侣，不发一语地走在乡间小路上。

赵恩妃与崔顺石走到了枸杞田田埂上，正在拔杂草的朴光圭一见到他们，便像是有所准备似的上前迎接，朴光圭的右手和手臂依旧缠着用撕下来的衣服布料做成的绷带。

"有什么事吗？两位怎么特地跑来这里找我？"

崔顺石将放于手心的Zippo打火机拿到了朴光圭面前，但那个打火机是他平时用的山寨货，不是在火灾现场找到的证物。

"你知道这个打火机吧？"

朴光圭伸出左手，打算去拿打火机，但是崔顺石并没有让他拿的意思，只是不停将打火机翻面给他看。

"因为是火灾现场找到的证物，要是沾染到其他人的指纹会很麻烦。"

原本神情紧张的朴光圭，在看到打火机后马上就露出了如释重负的表情，因为那个打火机明显不是他的。

"我听其他人说这个打火机是你的？"

"不是，这不是我的打火机。我那款有一对翅膀，中间还写着数字九十。"

"你确定？"

"对啊，虽然不知道是谁说我用过这款打火机，但是那个人难道没有描述一下我用的打火机是什么样子吗？"

"哦！抱歉，我拿错打火机了，应该是这个才对。"

崔顺石从口袋里掏出被火烧过表面的Zippo打火机，朴光圭脸上顿时笑意全消。

"一九九三年，哈雷摩托九十周年纪念款，对吧？"

"啊？不……不是，的确跟我那个很像，但不是这款……我的在几个月前就被我扔进河里了，因为我下定决心戒烟，不过到现在还没戒成功。"

"扔到哪里了？"

"那边下方……"

"你必须说出一个明确的地点才行。如果我们动用潜水员和金属探测器找出了那个打火机，你就能全身而退，但要是没找到的话，你就会有麻烦。朴光圭先生，你知道自己是杀人及纵火案的主要嫌疑人吗？"

"什么？"

"所以你到底把打火机扔到了哪里？"

"不是啦，没有扔掉……是弄丢了。其……其实，我是去山上采草药的时候弄丢的……也不知道确切遗落在哪个地点。我说的句句属实！"

"真的？"

"对，千真万确。"

"那么如果找不到那个打火机的话，在纵火杀人案现场发现的这个打火机，就会变成朴光圭先生你持有的。你应该知道吧？纵火杀人案的量刑通常比杀人还要重，大部分都会被判无期徒刑。如果不想被判死刑或无期徒刑，我劝你最好现在就说清楚一点。要是进了警局,他们还会用测谎仪测你回答的真假。假如测出你说谎,到时候就真的难辞其咎了!"

朴光圭听崔顺石这么一说,被绷带缠绕的那只受伤的手臂开始微微颤抖。

"啊,对了,忘记宣读米兰达警告了。本警将依据《刑事诉讼法》第二百一十二条将嫌疑人以纵火杀人罪进行逮捕,嫌疑人可自行聘请律师,亦可申请逮捕合法性再审,如有要辩驳的地方请发言。"

"要以纵火杀人罪逮捕我?可是我没有犯任何罪啊……"

"现在因为封桥,无法移交警察局,所以暂时不予以拘禁,但是等开放通行以后,朴光圭先生你就会直接被关进拘留所,开始接受警方调查。如果有什么想说的,最好趁现在从实招来,要是等警方查完移送检方再进一步展开调查,到时候就会彻夜进行审问了。主审强盗、纵火、强奸杀人犯等重罪罪犯的那些刑警可没这么好糊弄,不管你说什么他们都不会轻易采信,更何况要是还留有说谎记录就更不可能信你说的话了。那里充斥着前科十次以上、把监狱当自家后花园进出的重罪罪犯和连环杀人魔,就算是没犯的罪也能让你背、让你自首,这点你应该也很清楚吧?"

"可、可是我没有犯任何罪……"

"既然已经在火灾现场发现了你的打火机,谁还会相信你说的话呢？如果主张无罪的话，就麻烦证明自己的清白，而不是空口说自己没犯罪。你要是现在愿意把实情说出来，我就以自首处理。逮捕和自首的量刑可是天差地别，在接受刑警和检察官审问时待遇也大有不同。就看你是想要被全身捆绑、彻夜被棍棒殴打逼供，还是想要喝着雪浓汤、抽着香烟舒舒服服地写陈述书了。"

"是啊，您还是直接告诉我们吧，把所有实情都吐露出来，您心里也会舒坦许多。"

赵恩妃用充满怜悯的语气跟着崔顺石一起劝说朴光圭。

崔顺石拿出了所剩无几的香烟，取出一根点燃，递给了朴光圭。朴光圭用颤抖的左手接过去，深吸了一口。他的眼眶开始泛泪，很快就流下了豆大的泪珠。

就在这时，朴达秀正好赶到，走到了崔刑警与朴光圭的中间。

"不是这样的！光圭他是无辜的。"

"爸……"

"事情是这样的，不是什么杀人事件，就只是一场意外事故。"

"爸，算了，别说了……"

"没关系，您请说。"

"昨晚我去院子里上厕所，听见外头有动静，就走了出来，和我儿子一起去里长家一探究竟。结果看见停放在他们家院子里的小货车竟然不慎滑落，撞死了申汉国，唉。"

崔顺石和赵恩妃赶紧搀扶仿佛快晕过去的朴达秀到树荫下休息。朴光圭眼看父亲已经自首，自己也无法再狡辩下去，只好将事件的来龙去脉一五一十地告诉刑警：

"我和我爸抵达里长家时，看见里长夫人吓得花容失色，全身不停发抖喊着'鬼啊！有鬼！'。而且我们到时，早有其他村民在现场。大家马上认出被小货车撞上的人是汉国哥，他被卡在小货车和柿子树中间，被大家合力拉了出来，可惜他早已失去了生命迹象。当时我和我爸主张直接报警处理，但是在场的其他人都认为就算只是单纯的意外，也会导致里长被关进监狱，这样无辜的里长实在太可怜，所以最后就变成了大家一起隐瞒这起事故……而且大家还说再过几天就要举行零犯罪村颁奖仪式了，要是这起事件曝光了，我们就领不到奖，也无法创下平纪录了。"

"你说在场的村民全都主张隐瞒这起事件？"

赵恩妃插话问道。

"对，当时在场的所有人都同意这么做。"

"为什么？这件事除了与里长夫妇有关，与其余的人毫无关联啊，到底为什么主张不报警？要是家人以外的人协助隐瞒案情或抛尸，都会被认定为共犯，反而会加重刑责。究竟是为什么？请问于泰雨里长在这个村里是很有影响力的人物吗？"

“虽然里长的确有些影响力，但也不至于让村民如此自发地服从于他。”

“那大家为何要这么做呢？”

“可能因为零犯罪村的奖金还算优渥吧，不然就是被所谓的义气、‘大家都是一家人’的气氛煽动，所以才会一窝蜂地同意这么做……虽然我也不太能理解，但总之事实就是，和这起事件无关的村民主动提议要这么做。”

“是谁第一个提议隐瞒这件事的呢？”

“这个嘛……我有点忘了。”

朴光圭歪着头咕哝着，像是想要隐瞒什么的样子。

“是萧八喜第一个提议的。”

朴达秀急忙回答。

“萧八喜小姐？”

赵恩妃对此感到十分意外。

“所以后来是怎么处理的？”

“既然人已经被车撞死了，大家最后决定将汉国哥的尸体用耕耘机运到车水马龙的路边，也就是青阳通往公州的那条大马路上，放在那里佯装成有人肇事逃逸。餐厅老板周荣哥虽然反对，但也提不出其他更好的方法。”

朴光圭不停眨着眼，仔细描述当时的情形。

★

"有谁可以去帮忙把申汉国家里的耕耘机开过来？"

杨式连话一说完，杨东男与朴光圭便朝申汉国家走去。里长家和申汉国家大约相隔一百米。

为了方便把申汉国搬运到耕耘机上，于泰雨、杨式连、王周荣三人先从地瓜田里抬出了尸体，挪放到里长家的外院。

"等一下！"

原本朝申汉国家走去的朴光圭突然停下了脚步，杨东男也跟着停了下来。

"怎么了？"

"忘记要有钥匙才能发动耕耘机了。说不定钥匙在他口袋里。"

两人重新走回里长家。

杨东男皱着脸，把手伸进满是鲜血的申汉国裤子口袋里，翻找着耕耘机钥匙，结果两个口袋当中一边没有东西，另一边则有一个红色的可乐瓶盖。

"这是什么？"

杨东男从申汉国裤子口袋里掏出瓶盖，拿起来仔细观察了一会儿，便随手扔到了院子的角落。

"口袋里没有钥匙。"

就在此时，夜空中突然闪过一道巨大的闪电，紧接着，雷声轰隆作响，豆大的雨滴开始稀里哗啦地从天而降。

"抓紧时间吧！"

朴光圭和杨东男再度朝申汉国家跑去。

申汉国平日生活低调，就算不特地锁上大门也会紧紧带上。然而，那天不同于以往，他家的大门是敞开的，檐廊上的钨丝灯也是亮着的。

两人一走进申汉国家里，厨房前用绳索拴着的杂种珍岛犬阿呆就开始不停吼叫。

"臭狗！闭嘴！"

杨东男作势要用脚踹它，它才停止吼叫，发出了哼哼唧唧的呻吟声。

耕耘机就停放在院子里。那是一台老旧的耕耘机，要靠钥匙才能发动。两人的当务之急是尽快找出钥匙。

朴光圭拉开收音机和灯都未关的卧室房门，瞬间，混杂在酒气中的怪异恶臭扑鼻而来。房间里不仅臭气熏天，还凌乱不堪，似乎是单身男人独居、平日疏于打扫所致，但是眼前的景象已经超越了脏乱的程度，简直像是遭了小偷一样乱七八糟。

房间炕头处铺着棉被，棉被周围则散落着一堆待洗衣物。几个喝光的烧酒瓶以及没有盖子的1.5升空可乐瓶滚落四处，瓶里的可乐洒了一地，棉被和地板早已彻底被可乐浸湿。除此之外，还有一个小碟子散发着浓浓的酸掉的泡菜味，吃剩的零食也撒得到处都是，地上还有几个零食包装袋，里面装着快要见底的鱿鱼丝和花生，还有发霉的草莓掉落在地，几张彩票四散在凌乱不堪的房间内。

这脏乱程度令人根本不想光脚走进去，看来脱掉鞋子站上檐廊简直失策，应该直接穿鞋踩上去。

"到底该如何从这堆垃圾里找出耕耘机的钥匙啊？"

感觉即便是比钥匙还大的东西，都未必能从这间卧室里找到。

"找到钥匙了！"

朴光圭正打算走进卧室的那一刻，杨东男在他身后喊道。原来耕耘机钥匙就挂在檐廊墙上的钉子上。

朴光圭开着耕耘机，来到里长家的外院。

大伙在滂沱大雨中把耕耘机的拖车底部铺上了几个麻袋，然后把申汉国搬运到拖车里，最后再用一张黑色盖布覆盖遮掩。

朴光圭再次负责驾驶耕耘机，后方的拖车里坐着池塘户杨式连、杨东男，还有于泰雨里长、餐厅老板王周荣，还载着申汉国。萧八喜、黄恩肇和杨式连的妻子田秀芝已经各自返家，朴光圭的父亲和于泰雨的妻子韩顿淑则留守在现场，没有和大家一起坐上耕耘机。

雨下得越来越猛，朴光圭只能淋着雨，依靠唯一的前头灯，驾驶那辆耕耘机。这可不是普通的累人。他必须尽可能驶向远处，因此不得不加快速度，于是他直接换到三挡，用最快的速度在雨中奔驰。坐在拖车里的人也都被雨淋湿，惨得像落汤鸡。

耕耘机好不容易驶离村镇，朝洞岩方向开去，但是刚过一个转角，就看见了一道非常刺眼的亮光。

"啊！"

朴光圭急转方向盘，并用力踩刹车。当耕耘机的前轮掉进道路旁的排水沟里，车头砰地撞上围墙的那一瞬间，刺眼的亮光也惊险万分地从耕耘机旁擦身而过，然而，又一道光线紧接着绕过转角，朝耕耘机直扑而来。

"啊——"

跟随在警车后方的救护车司机才看见耕耘机，急忙踩刹车、转向，无奈还是闪避不及，救护车的轮胎因路面上的雨水而失控、打滑，撞上耕耘机的拖车，先是摇摇晃晃地转了半圈，接着又撞到耕耘机对面的排水沟，砰的一声卡在那里动弹不得。

接连经历两次惊险万分的瞬间后，正当朴光圭双手紧握方向盘，暗自庆幸所有人毫发无伤并转头查看时，他才发现拖车里的人都被甩了出去，四散在马路上。

"这是怎么回事……"

朴光圭急忙跳下耕耘机，跑去查看，所幸每个人都能自行起身。然而于泰雨扶着后颈、表情痛苦；杨式连则用手撑着向前弯的腰杆，难以挺直；王周荣似乎是膝盖受了伤，跛着走回耕耘机旁。

四名身穿雨衣的警察从停在耕耘机后方的警车上下来，朝朴光圭一行人跑来。

救护车轮胎掉进排水沟、车身倾斜，驾驶座的门也卡进排水沟里，无法打开。包括司机在内的三名医护人员好不容易从副驾驶座逃出来。

"请问有人受伤吗？都这么晚了，各位冒着危险要去哪里？"

正当警察逐步靠近耕耘机时，产生危机感的朴光圭连忙确认了拖车内部。啊！原本放在拖车里的申汉国的尸体竟然不见了！朴光圭立刻左右张望，查看周遭。由于救护车车头灯只有一边照射着道路的一侧，耕耘机后方的排水沟显得更黑暗了，似乎有个黑色的物体掉落在那里，绝对是申汉国的尸体。朴光圭突然感到一阵眩晕。

他小跑着向前，挡住了警察的去路，并主动向警察鞠躬问好：

"您好，天气实在糟透了，对吧？"

"哦？那是什么？"

一名警察用手指向朴光圭的旁边。

道路上散落着移送患者用的担架。

"那……那里，是不是一具尸体？"

其他警察也看向了救护车后方并喊道。

救护车后门敞开着，一具尸体直接横躺在救护车后方的排水沟里。

"我的天！"

医护人员连忙将掉落在路面上的担架搬至尸体旁，然后将尸体抬上担架，再用一条带着血迹的白布从头到脚覆盖。

"经过的路人肯定会以为是我们撞死人了。"

趁着医护人员和警察忙着移送那具尸体的时候，于泰雨、杨式连、杨东男、王周荣站在一旁阻挡他们的视野。朴光圭假装检查耕耘机，实则把拖车里的黑色盖布顺手拉到排水沟里，把横躺在水沟里的申汉国尸体遮住，伪装成一袋废弃的垃圾。

"真是的！至少要看得见才有办法躲啊。"

搬运完成后，救护车司机轮流看着救护车与耕耘机，嘴里念念有词。

"像这种情况，要如何界定事故责任呢？"

司机对着一名警察问道。

"我不是交通科的，所以不是很清楚，耕耘机可能要和我们的警车来界定肇事责任比例，至于救护车，因为是撞上已经发生事故而停在路边的耕耘机，所以应该……"

于泰雨里长在一旁默默聆听他们的交谈，听到这里，他立刻加入了谈话：

"我是中川里的里长于泰雨，我们就当作大事化小，以双方过失来处理，各自回去修理自己的车吧。就算救护车的过失责任更大，也是为了做善事而不小心出事的。至于耕耘机嘛，反正有一些刮痕或毁损也无所谓，只要能开就不影响使用，就这样处理呗。"

"那就这么说定了！"

救护车司机露出了庆幸的表情。

在场的十二个男人合力将耕耘机的车头推出排水沟，再用耕耘机把救护车从排水沟里拖了出来。

虽然耕耘机的右前方撞到了围墙，后方拖车也撞到了救护车，两处都有凹陷，但还可以正常运行。

救护车的前保险杠有严重损坏，右边车头灯碎裂，驾驶座的车门被耕耘机的拖车撞到后出现了裂痕，但同样不影响行驶。

救护车随即离开了，而警车还停留在现场，迟迟没有离开。

"您是中川里的里长，那其他人也都是中川里的村民吗？请问你们，在天气这么恶劣的傍晚，人人都淋着滂沱大雨，到底是要去哪里啊？"

"没……没有啦，我们没有要去哪儿，我们是从长谷里那边参加完朋友的六十大寿回来，去的时候还没下雨呢……"

"可是长谷里离这很远欸？"

"是啊！因为他说把钱包忘在了寿星家，所以我们正打算回去拿。"

"你是喝多了吗？"

警察看着王周荣下身穿外出的衣服，上身却穿着土色汗衫，不禁好奇地问道。

"没……没有啊，我没喝多少，只是小酌了几杯，开耕耘机的朴光圭可是一滴酒没碰。"

"那你的上衣为什么……？"

"哦！沾到了脏东西，我就脱了。刚才我不小心摔倒，衣服沾到牛粪……"

"有血……"

警察指着王周荣的侧腰。汗衫的一角沾染着鲜红的血渍。

"这……应该是刚才从耕耘机上摔下来的时候擦破皮了。"

"我看你血流了不少，把衣服撩起来让我看看吧。"

"不不不，没关系，不严重。"

"我帮你确认一下。"

在警察的催促下，王周荣只能先用手盖住沾有血迹的侧腰。正当他面露难色时，于泰雨对着他大声喊道：

"钱包下次再去找吧！都出车祸了，大家今天就先回家吧！快上车！"

"好！来了！"

王周荣一跛一跛地奔向了耕耘机。

"那个，耕耘机拖车是绝对不能载人的，出了车祸也得不到理赔。"

"知道了。毕竟在乡下，交通不是很方便，以后绝对不会载人了，麻烦您这次就通融一下吧。"

里长向警察求情。

"你放心，我不是要开单，是基于安全，尽到提醒告知的义务，回去路上多加小心吧。"

警车终于出发了。

等警车的警示灯消失在远处后，五个人重新将掉落在排水沟里的申汉国尸体，以及覆盖在他身上的黑色盖布卷好，放回耕耘机的拖车上。

"接下来怎么办？"

在警察面前已经将耕耘机掉头的朴光圭向其他人问道。

"唉，我吓出一身冷汗，全身上下没有一处不疼，不能再去了。"

王周荣摇着头回答。

"我也是，心脏都差点跳了出来，但是怎么能就此放弃啊？尸体该怎么处理？难道要拉去山上埋了？"

"爸，就算把尸体埋起来，这件事也不会圆满落幕，而是会变成一起失踪案。您想想看，乡下发生失踪案，通常会动用很多警力，甚至出动警犬搜遍整个村子和周围山林，不是吗？要是在这个过程中，他们发现申汉国的尸体……"

杨东男的话尚未说完，王周荣就紧接着开口说道：

"是啊，不然干脆放火烧了吧，当作他家不慎起火，人没能顺利脱困而被活活烧死。要是被火烧毁，身上的大小伤痕都能彻底消失，所有与犯罪有关的痕迹也会通通不见……"

听完王周荣的新提议，所有人互相看着彼此。

"怎么办？为什么都不说话？"

里长没有表明自己的态度，反而先问大家的看法。

"还能怎么办，有更好的方法吗？"

"要是没有其他办法，就只能这么办了。"

朴光圭表示同意。

"是啊，烧了也比放在马路边好。"

杨式连也表示赞同。

最终，耕耘机载着申汉国，出发前往申汉国家。

耕耘机准备驶进村子时，他们走走停停，做了事前准备工作。

为了避免在打电话给消防队前有其他村民先通报，导致消防车太早到来，他们找来了大大小小的石头，堆放在村子入口，伪装成是从山坡上被雨水冲刷下来的；他们拿斧头劈开路旁的大树，将其伪装成被雷劈或被强风吹倒，横躺在路中央。他们还把申汉国的耕耘机停放在家门口的道路上，而不是停在他家里，借此拖延消防车开进来救援的时间。

五个人在一片漆黑的夜晚将申汉国的尸体从耕耘机里搬至家中。

当他们卖力地搬运着申汉国的尸体走进大门时，拴在厨房前的阿呆拼命吼叫，但是没有任何人多做理会。

一群人抬着沉重的尸体，穿着鞋踩上檐廊，通过窄门，走进了跟垃圾场没两样的卧室，一路走着踢到了烧酒瓶、可乐瓶、饭菜小碟、收音机，以及发着嘈杂声响、到处滚动的不知名物品。

轰隆！

闪电刚好落在附近，继而传出雷鸣巨响。

大家仿佛害怕闪电会打在自己头上似的，还没拆掉黑色盖布，就直接把申汉国用近似丢弃的方式扔在凌乱的棉被上，争先恐后地夺门而出。

最后一个跑出房间的杨式连从散落在地板上的体育彩票中随意捡了一张，拿到檐廊上的钨丝灯下查看。

"今天开奖……"

然而，彩票上打着一个大大的黑色叉号。

于泰雨走到厕所旁的仓库里，提着一桶塑料桶装的汽油，走到卧室门前，站在门槛上朝房间内胡乱泼洒，直到全部倒完，最后剩下的空桶也被一把扔进了卧室。

"谁有打火机？"

杨式连从口袋里掏出一只一次性打火机递给于泰雨，但是因为打火机被雨淋湿，怎么点都点不着。

朴光圭掏出了Zippo打火机，掀开盖子尝试点火，结果一下子就点燃了。

"来，快来点火，动作快啊！"

然而，朴光圭那只拿着打火机的手却不停颤抖，迟迟不敢朝房间内点火。

"喂！快一点啊！"

里长拍了一下他的手，提醒他别再发愣，赶紧回神。然而就在那一瞬间，朴光圭手中的打火机不慎滑落，不偏不倚掉落在泼洒过汽油的门槛上，火势像爆炸般以迅雷不及掩耳的速度扩散蔓延。躲避火灾时，里长还向后跌了个跟头。

"啊！我的打火机！"

为了捡打火机，朴光圭将手伸进了火场里，那是萧八喜送给他的意义非凡的打火机。猛烈的大火朝他的脸直扑过来，头发也被燎得发出吱吱声响。

"啊！好烫！"

温度实在太高，朴光圭赶紧把原本在火场中摸黑探寻的手缩了回来，急忙向后退，手因为沾到汽油而着火，他奋力地甩动着，却不见一丝要熄灭的迹象。

"啊——!"

朴光圭一边甩动着火的手,一边跑向户外接水区,把手泡进已经接有半桶水的橡胶桶里。

手上的火被熄灭了,朴光圭把烧伤的手泡在冰水里继续降温。

"这是什么?"

接水区同样乱成一团。装着洗洁精的桶倾倒在地,洗洁精不断漏出,一部分已经被雨水冲淡,另一部分则卡在排水沟滤网处,仿佛人的呕吐物。

"这是肥皂水啊!"

朴光圭意识到泡手的水桶里的水有些怪异,连忙将没有被火烧到的左手也放入桶中,用食指与大拇指搓揉,感到滑滑的。接着,他用手绕圈搅拌了一下,马上出现了泡泡,是肥皂水没错。这桶水会不会是洗碗剩下的脏水,要是烫伤的皮肤再出现细菌感染的话,后果不堪设想,但也没时间重新抽水洗伤口了,火势瞬间蔓延到了卧室门外。

原本站在檐廊上的人为了躲避大火早已全跑去了院子里。

这时,被拴在厨房前的阿呆叫得更大声了,还不停原地跳跃。

"喂!安静!"

原本看见杨东男会乖乖后退或回避的阿呆,这次突然冲向了杨东男，一口咬住了他的小腿。

"啊——！"

杨东男用手掌拍了一下阿呆的头，急忙紧压住自己的小腿，并向后退。

"这该死的臭狗！"

杨东男强忍着疼痛，重新朝阿呆的方向一拐一拐走去。

"喂，臭狗！你敢咬我！连救命恩人都认不出来。"

杨东男一边作势威胁，以防阿呆再度靠近，一边将拴在柱子上的绳子拔掉，拉住牵绳将阿呆按住，再把绳子从其颈圈上拆下。

"从今以后你就自由啦！我救了你一命，你可要知恩图报啊！"

杨东男做出驱赶的动作，杂种珍岛犬朝漆黑的雨中迅速逃去。

★

"这就是整件事的来龙去脉。"

朴光圭代替父亲交代了事件的始末。语毕，他便从口袋里掏出了香烟叼在嘴边。

"爸，不好意思，我抽根烟。"

"也给我一根吧。"

为了省下自己所剩不多的香烟，崔顺石伸手向朴光圭讨了一根。

"我爸他什么事都没做，当初也反对抛尸，所以拜托了，不要把我爸算进去。"

把香烟递给崔顺石的同时，朴光圭替老父亲求情。

"哦，那接下来的事情不用解释也大概能猜出来了。有人家里失火了却没人报案，这说不过去，所以里长就看准时机打电话给消防队报案。消防车准备开进村里，要先越过各位设下的层层路障，才有办法进入村子里展开救援，而且村民都在那时上演帮忙救火的戏码，其实反而是在妨碍救援。"

赵恩妃推测着当时的情境。

"大致是这样没错。"

朴光圭长长地吐了一口烟，点点头。

"所以……耕耘机和救护车冲撞时，两具尸体是不小心被调包了吗？申汉国之所以会躺在青阳殡仪馆安置中心，难道是当时阴错阳差被调换了？那么，在火灾现场发现的白骨应该就是从洞岩投崖自尽的男子。听说他生前留了一封遗书，希望能彻底抹去曾经在世的所有痕迹，并要求家属将他的尸体火化，骨灰撒入江河；总之，除了部分骨头，其余痕迹还真被彻底、完全地火化掉了。"

"话说回来，一具尸体掉落在耕耘机前方的排水沟里，另一具则掉落在发生车祸后卡在马路对面水沟里的救护车后门下方，明明距离很远，绝对不可能调包才对啊，到底是怎么回事⋯⋯？"

"如果不是在那时候调包的，会不会打从一开始就因为什么失误而错认了两具尸体呢？"

"⋯⋯"

"尸体上的胎痕说不定也是在那时候弄的吧？被救护车或耕耘机的轮胎碾压到⋯⋯会不会是在和警车发生第一次擦撞时，就已经从耕耘机的拖车里掉落下来，再被随后跟着警车开过的救护车轮胎碾压？"

赵恩妃说完自己的推理后，观察了一下崔顺石的表情。然而，崔顺石只是眯着眼睛若有所思地抽着烟，没做任何回应。

"接下来怎么办？"

赵恩妃再次向崔顺石问道。

"什么怎么办？"

"你要逮捕所有和这起事件有关的村民吗？"

崔顺石仍然一言不发。

"可我还是想不通，到底为什么每个人都积极赞同隐瞒这起意外事件⋯⋯"

赵恩妃抬头望着蔚蓝的天空独自呢喃。

"那个什么零犯罪村赠匾仪式还是颁奖仪式的，奖金是多少？"

崔顺石一边问朴光圭，一边把烟头丢在地上踩灭。

"直到去年都是给一千万韩元，但是因为今年就要创下平纪录了，听说会有两千万韩元，明年要是创下新纪录，就不只有奖金，还会提供各种惠民方案，村民们多年来梦寐以求的心愿，政府也会帮忙达成。不过我们村看来是没机会了……"

"所以你认为村民是为了奖金或优惠政策而选择隐瞒的吗？被钱迷惑？"

崔顺石依旧沉默不语，只发出哈哈两声干笑，令人不悦。

"这人到底为什么要惹我？"

崔顺石在职场上一定是个被同事排挤的人。没错，要不是一起被困在这穷乡僻壤，赵恩妃绝对不想搭理他。

"没有其他特别要说的了吧？"

崔顺石听完后没再多说什么，直接让朴家父子回了家。

恶人与义士只有一张白纸之隔

赵恩妃与崔顺石经过申汉国家时，池塘户杨式连与儿子杨东男正在争执不休。

"不是啦！"

"是！"

"如果真的是陨石，那就价值几十亿韩元欸？"

"那如果不是从天而降，到底会是从哪里突然冒出来的？"

"可能是埋在土里，昨晚被雨水冲刷出来的啊！"

争执到一半，杨式连看见了赵恩妃和崔顺石，连忙小跑到两人面前。

"两位平时对石头有没有研究？"

"石头？"

"那条河边有一块奇怪的石头，我怎么看都像陨石，但这小子一直坚持说不是。"

"不是每一颗长得像陨石的石头就一定是陨石。如果陨石这么随处可见，就不会是天价了。"

"啊！我有个好主意，记者小姐，你拍个照吧，把照片发给专家看，就能辨别出是不是陨石了，对吧？"

杨式连一把夺走了赵恩妃的相机包，直接朝河边跑了过去。

崔顺石出于好奇，也跟上了赵恩妃的脚步。

"就是那块石头！"

河边真的有一块巨大的黑色石头，目测约有两个篮球那么大，它的形状很特殊，要是被专门收集石头的艺术家看见，肯定会想带回去私藏。

赵恩妃和崔顺石仔细查看黑色石头。崔顺石先是伸手触摸，似乎想要估算石头的重量，将其微微抬起又轻轻放下。

"挺重的，好像比一般石头更重一点。"

赵恩妃从包里掏出摄影机。

"我不是专家，但是在我看来，这应该只是含铁量较高的石头而已，不是什么陨石。光滑圆润的表面看起来不像是被高温熔化所致，而更像是被河川长年冲蚀而成的。总之，我会拍下来发给专家鉴定，比起照片，视频应该会更清楚。"

正当赵恩妃用摄影机拍摄那块石头时，沿着河流蜿蜒曲折的道路上，一辆小货车朝她迎面驶来。前方明明没有任何障碍物，司机却急促地按着喇叭。

"是赶着上厕所吗？为什么这么急？"

崔顺石看着迎面而来的小货车喃喃自语。

叭叭——！叭叭叭！

这次是右侧响起了吵闹的喇叭声。大家把头转向右侧，发现一辆黑色轿车正从五百米外朝小货车行驶而来。

"各自避开不就好了，到底是谁啊这么开车？"

赵恩妃念叨着。

这时，黑色轿车已经偏离车道，直接撞上了路旁的一块大石头。

"什么鬼！"

杨式连吓了一跳，不自觉地喊了一声。

"天啊！发生车祸了！"

"那辆车看起来很像王周荣老板的现代雅尊，村里只有他有车。"

崔顺石先朝车祸方向跑了过去，赵恩妃紧跟在后，一边跑一边用摄影机录下了车祸现场。

原本撞上石头停下来的黑色轿车向后退了几米，又再次冲撞向前，砰的一声撞上石头，才完全停了下来。

"天哪！"

过了一会儿，王周荣扶着后颈从黑色轿车里走下来。

"车子暴冲啦，暴冲！"

"有没有受伤啊？"

"还好，还好，没受什么伤，就是整个车子突然不受控制了。"

然而，杨式连和儿子杨东男并没有马上朝黑色轿车走过去，而是不停地四处张望。原本一直急促地按着喇叭行驶而来的那辆里长家的小货车，则在目击王周荣的车子发生车祸后，放慢速度缓行。

"去他的，到底怎么回事？"

杨式连皱着眉头对儿子念叨。

崔顺石凑近查看和石头对撞的黑色轿车车头。

"这撞得不轻呢，维修费应该会花不少吧！"

"是暴冲没错了，车子突然不听使唤直接撞上石头，然后又后退，再往前冲，所以连撞两次啊，你看到了吧？"

崔顺石没有回答，而是在观察车子内部。

"这辆车是手动挡的？最近闹得沸沸扬扬的汽车暴冲事故听说是自动挡导致……"

"是吗？真是见鬼了，难道是我把油门误当刹车踩了？"

就在这时，再度传来了叭叭叭的急促喇叭声，大家的目光同时转向于泰雨里长的小货车。原本已经放慢速度的小货车突然脱离了车道。

"欸！那辆车又怎么了？"

叭叭——叭叭叭！

汽车喇叭声像求救信号一样按得人张皇失措。最终，小货车还是冲出了道路，车身侧倾，沿着斜坡掉进了黄色泥水里，整辆车卡在那里动弹不得。

"哎呀，真是的，今天到底是怎么了，为什么这么倒霉？"

所有人重新冲向了小货车。小货车看起来情况比较危急，要是驾驶人不及时脱困，就很有可能溺死。

陷进泥水里的小货车大约沉到三分之二时就停止向前俯冲，但仍被泥水推挤，开始朝水流方向移动，然后缓慢地沉入水中。

"喂喂喂！要赶快从车子里逃出来！"

眼看情况已然超出控制。杨式连不停挥手朝车子奔跑而去，这和他看见雅尊撞到石头时的反应截然不同。

于泰雨里长一直在试图打开驾驶座的车门，却被不停涌入车内的水压得开不了车门，更惨的是，被泥水缓缓冲移的小货车正在侧倾，驾驶座逐渐陷入水中。

"哎哟！这可怎么办啊！里长！里长！快逃出来！"

率先抵达河边的杨东男不知所措地呼喊着。

在于泰雨里长开启车门前，车子就已经翻覆，现在要从驾驶座逃出来明显为时已晚。

不久后，已朝向天空的副驾驶座车门发出了有人在试图拉扯门把和砰砰砰的敲打声。里长移到了副驾驶座，试图打开头顶上的车门，但不知为何，就是迟迟无法打开，也许是车子坠入水中时，车门受到了挤压。

从小货车坠河的位置顺水而下，约一百米处有一个急流和许多大石头，一旦陷入河床变窄、水流加速的急流处，小货车就会像洗衣机里的玩具一样任凭河流摆布。

"去他的！"

眼看再不救援就来不及，杨东男就地脱了鞋，赤脚跳入黄色泥水中。

"不行！"

杨式连大声喊道。但是儿子早已在湍急的河水里拼搏。

"哎哟，这小子真是……哎哟喂呀……"

杨东男被湍急的河水迅速冲走，看样子会顺着水流直直而下，随后被泥水吞噬，根本没办法靠近小货车车身。但值得庆幸的是，小货车也在以同样的速度和杨东男一起向下漂流。

"加油！加油啊！"

怕水的赵恩妃担心自己失足滑落，一直站在距离河边稍远处呼喊。

杨东男奋力地划动着手脚，眼看车子近在咫尺，他试图伸手去抓小货车，却被逐渐加速的水流带离，距离小货车越来越远。

"啊——！不行！"

杨式连再度发出近乎尖叫的声音。

正当大家认为杨东男已经不可能碰到小货车，甚至连他活下来的可能性也微乎其微时，杨东男进入了小货车正下方的漩涡，开始朝其位置向上游。车刚好卡住了水流，正下方不停旋转的漩涡也和水流呈反方向，杨东男见状一把抓住了车厢。

"哇！好棒！太棒了！"

赵恩妃就像在场边帮球员打气的粉丝，边拍手边大声欢呼。

杨东男紧抓着小货车的车厢，不停往旁边移动，然后浮出水面，爬到副驾驶座的车顶。他气喘吁吁，不停拉拽副驾驶座的车门，但是一点缝隙都打不开。杨东男站起身，用脚后跟踹了车门几下，再用力拉扯。这时，车门瞬间朝上敞开，与此同时在车内已经被水浸湿的一只手也向外伸出。为了防止车门再次关上，杨东男用屁股挡住车门，并抓住伸出的那只手，费尽千辛万苦终于将里长从车子里拉了出来。

里长好不容易从小货车里脱困，他一边咳嗽，一边吐出呛到的水。

暂时喘了口气的于泰雨朝河边的人挥手，表示自己没事，然而，他们尚未完全脱离险境，小货车仍被水冲着走，距离河岸也越来越远。水势凶猛，要从车上跳下来游泳上岸不太可能，但是继续待在车上，不久就会被冲到急流处，最后可能连人带车一起被卷入水中，消失无踪，所以，无论如何都要趁车尚未漂到急流处抓紧时间脱险才行。

河边上的杨式连、崔顺石以及因刚才那起暴冲跛脚的王周荣三人正在到处寻找可以抛给于泰雨和杨东男的东西，想让他们抓住爬上岸。找着找着，他们距离河边越来越远，也没有足够时间去附近住户家里借绳索救人了。

杨东男坐在小货车上，忐忑地看着河边的人仓皇徘徊，他再度潜入水中，抓着小货车的栏杆往车尾移动。不一会儿，他把绑在车尾处的一捆粗绳解开，挂在自己脖子上，返回里长所在的位置。

杨东男回到副驾驶座上方，将粗绳卷成一团，奋力朝河边抛去，绳索好不容易钩到了河岸，然而那附近却四下无人，只有赵恩妃站在远处观望。

"有绳索！这里有绳索！"

赵恩妃对着其他人大声吆喝，但他们的距离实在太远，又仅剩短短几秒钟可以抓住。与此同时，钩到河岸上的部分绳索正因河水滚滚而逐渐被卷入水中。

"抓住它！快点抓住！"

"记者小姐快去抓啊！动作快！"

站在小货车上的杨东男和于泰雨不停催促赵恩妃。但是赵恩妃碍于小时候经历过一场生死攸关的事故，留下了怕水的心理阴影，她整个人站在那里不知所措。

"赵记者！快点，来不及了！"

"快点抓住啊！"

赵恩妃轮流看着正在快速跑来的崔顺石和逐渐被水卷走的绳索，不停原地踏步，苦苦挣扎。

"去他的！"

最终，赵恩妃冲下斜坡，朝河岸奔去。抵达河边时，她停下脚步，伸手准备去抓住那条正缓缓被水卷走的绳索。然而，湿滑的泥沙让她不慎滑倒，身体扑通掉进了水里。虽然想要站起身，但是脚踩不到地面。她不谙水性，开始不停摆动手脚，在水中挣扎。她想要呼救，可头部已沉到了水里，泥水不断灌入口中。她感到脸部被某个东西重重撞击，引起一阵头晕。这令她想起了小时候差点溺死的记忆。

"噗！噗！"

她曾不慎掉入家门口工地里的一处水坑，在生死攸关的前一秒获救，自此之后，她再也没有靠近过有水的地方，甚至连游泳池都没下过。

到底哪里是天，哪里是地，哪里是水？

世界仿佛在旋转。

"噗！噗！"

泥水不停灌入她想要求救的嘴巴。她迫切需要换气，可就在呼吸的那一瞬间，泥水流进了气管，肺部吸入几口水后，精神开始陷入昏迷。

她被湍急的水流带走，沉入泥水又浮出水面，如此反复。视线逐渐模糊，眼前也变得越来越黑。这时，她感到头发被某个东西牢牢抓住，她不停挥动双手，终于抓到某样东西时，她抱着最后一线希望，使出吃奶力气紧紧抱住那根像浮木一样的东西。

"放开！快放开我的手！你不要命啦！"

然而，她根本听不进去，一旦松手就会命丧黄泉。

啪！太阳穴的位置一阵剧痛，大量的泥水瞬间灌进气管、肺和食道，她再次感到头部受到了更猛烈的撞击。砰！

胸口一直有痛感，好像被石头压着。不对，这不是纯粹的疼痛，而是被某种强烈的压力反复按压的感觉，肋骨仿佛都要被压断了。

一股热气不停涌入口中、喉咙，肺部像气球一样被撑大，胸部也跟着缓缓上升，再徐徐下沉。

"喀，喀喀喀！"

赵恩妃猛吐出肺里的水以及胃里的呕吐物。

"醒醒啊！"

"喀喀，喀喀喀！"

赵恩妃一边咳嗽，一边把身体转向侧方。

“喀喀，喀喀喀……”

“哎哟，终于醒了，真是好险。”

当赵恩妃微微睁开眼睛时，王周荣正跛着脚在她身边徘徊，他用难掩欢喜的嗓音喊道。

虽然已经醒来，但全身无力，头昏脑涨，赵恩妃缓缓移开目光，就看见崔顺石赤裸着上半身、像只落水的老鼠般在一旁俯瞰着她，旁边道路上则仰躺着同样湿透的气喘吁吁的杨东男和于泰雨。

赵恩妃重新平躺下，仰望着湛蓝的天空，调整呼吸节奏。她缓缓将手放在胸前，确认了一下自己的胸部，还好内衣没离开乳房，乖乖待在原位。

“今天怎么每个人的运气都这么背，唉，差点就要连办好几场丧事了。”

杨式连一边拾起湿掉的绳索重新卷好，一边咕哝着。

过了一会儿，赵恩妃坐起身，望向河流。小货车似乎已经沉入急流处，消失无踪了。

她的相机包和摄影机完好地放在路旁。

崔顺石仿佛这才想起似的从裤子后的口袋里掏出已经浸湿的手机，甩了甩手机上的水想打开查看，然而手机已经被水泡坏了。

“这到底是怎么回事？难道是崔刑警救了我？”

"可不是嘛，崔刑警为了救你差点连自己的命都没了。"

王周荣代替崔顺石回答。

"谢谢。不过我的头有点……"

"应该是被崔刑警打了几拳的缘故吧。"

"什么？"

"哦，因为你在水里像个水鬼一样紧抓着崔刑警不放啊，他不得已只好出拳，不想一起死就只能先把你打晕。"

杨式连走到崔顺石旁边，嬉皮笑脸地瞥了几眼对方赤裸的上身，他似乎因为儿子顺利从水中脱险而心情轻松。

"崔刑警，应该有很多女人纠缠过你吧？哈哈哈，肱二头肌、肱三头肌，这身材还真不错啊！不过，有句话不是这么说的嘛，'动手打女人的男人，一个正眼都不需要瞧'。"

杨式连轮流看着崔顺石和赵恩妃，调皮地笑着。

崔顺石这时才发现自己没穿上衣。他连忙站起身，走到河岸，抖了抖沾着泥沙的T恤重新穿上，又捡了鞋回来。

"谢谢。"

赵恩妃红着脸，对崔顺石微微一笑。

"哎呀，好疼啊，应该是瘀血了吧，怎么能对一个弱女子拳脚相向呢？情况再怎么危急也不能这样吧，好歹也手下留情一点啊……"

刚从鬼门关走了一回的赵恩妃用手搓揉着头部，语带玩笑地抱怨着。捡回一条命后，看待世界的角度好像也变得有些不同了。

里长的老婆韩顿淑和杨式连的老婆田秀芝提着竹篓从村子走来，看见所有人都横躺路上，急忙加快脚步，垂头丧气的朴光圭也紧跟在两人身后。

"天啊，发生了什么事？为什么每个人都成了落汤鸡？"

韩顿淑一脸不可置信地问道。

"餐厅老板家的雅尊怎么会卡在那里？明明才刚买不久……又出事啦？"

田秀芝轮流看着王周荣和撞到石头的黑色轿车问道。

"'又'？哪儿来的'又'？你什么时候见过我开车出事啦？"

王周荣跛着脚，对"又出事"这句话非常敏感。

"没……没有，从来没有，我什么都没有看到……"

"这是我第一次开车出事，这辈子第一次！"

"你在这里干吗呢？开出门的小货车呢？"

韩顿淑偷偷观察崔顺石和赵恩妃的表情，向脸色惨白的于泰雨问道。

"不小心掉水里了。"

"什么？"

"小货车掉进河里，彻底被冲走了。"

"什么？彻底……被冲走了？"

"话说回来，泰雨哥，你的车刚才是怎么回事？为什么会突然冲进水里？"

王周荣不时窥探着崔顺石的表情，向于泰雨问道。

"肯定是暴冲，发动机突然发出奇怪的声音，然后就失控往前冲了出去，我怎么踩刹车都没用。"

"哥，你的车也暴冲了？"

王周荣满脸错愕地问道。

"难道你的车也暴冲？唉，看来国产车真的不能买啊！"

"就是啊……"

朴光圭站在两个女人身后，用不安的神情观望着一切，他欲言又止，不断错过开口时机。崔顺石见状，对着他比了个手势。

"那边！朴光圭，麻烦出来一下。我想你应该有话要说，别犹豫了，现在开口正是时候。多亏里长故意把小货车开进水里，差点让四个人变成水鬼。"

"什么？"

"故……故意？"

被崔顺石这么一说，所有人顿时露出被识破的表情。

"什……什么事？你想说什么？快说啊。"

于泰雨露出一脸吃到虫子似的表情，催促着朴光圭。

"抱歉……我刚才，已经把实情全部告诉刑警和记者了。"

朴光圭语带哽咽地说着。

"实情？"

"他们知道了整件事的来龙去脉才来这里追查的。我也实在是没办法，只好把里长家的小货车撞死汉国哥的事实全盘托出了，包括后来大家为了隐瞒事故不得不把汉国哥家放火烧毁……刚才我一直在打电话给里长，想要先跟您说，但是您迟迟没接，所以才来不及……呜呜，真的，真的非常抱歉……"

"什么？还真是丢零犯罪村的脸啊，这个村的人实在是……到底是无知、胆子大，还是太单纯？"

赵恩妃在去萧八喜家时，感叹着这一切实在太荒谬。她不停用手揉着太阳穴附近，因为在水里被崔顺石狠狠揍了一拳，那个部位一直在隐隐作痛。

"你学过拳击吗？"

听到赵恩妃的提问，崔顺石不发一语，低头看了一下自己握拳的手。

"不过，这次真的是巧合吗？里长的小货车落水绝对是设计过的剧情，也是一连串的自导自演……但是你不觉得王周荣的雅尊汽车有点奇怪吗？暴冲？听起来很像在胡诌……"

"假如那些人已经串通好要毁灭证据的话，只要不是笨蛋，就不会选在同一时间、同一地方故意上演一模一样的戏码吧？"

"是这样没错，但也有可能他们不知道彼此的计划！"

"的确不排除这种可能。"

"对了，我们还能继续在里长家吃饭吗？他马上就会以犯罪嫌疑人的身份被调查了，你身为刑警却在他家白吃白喝，真的可以吗？"

"难道你要从今晚开始饿肚子吗？我已经饿了。"

"不是啦，我也没说要挨饿啊。可以改去其他人家里解决吃饭问题吧？"

"谁家？现在就连提供我们住宿的萧八喜也参与了……就算我们各自回车上睡觉，你能从今晚开始不吃饭，一直撑到最后离开这里吗？"

"我又没说从今以后都不吃。我只是在想，是不是应该避嫌一下，至少不要在犯罪证据确凿的人家里欠人情嘛……"

"……"

"刚才真的谢谢你，不过，我有点意外你竟然会出手相救。"

"……"

"没有啦，我没有要说什么。虽然这种事情不该再提，但是我以为你是个冷漠的人，毕竟婴儿时期就被生母抛弃在雪地里，你看起来也像是因为极度厌恶这个世界而极尽努力的人。坦白说，我没想到你会为了救人而不顾一切跳进水里。"

"哈哈，不用放在心上了，而且你可能误会了我的举动。我之所以会跳下去救你，是因为一点也不稀罕自己这条命——一条毫无价值可言的烂命，所以觉得无所谓。"

"真的吗？但是这句话我听起来反而有另外一层含意，既然是因为自己的命不珍贵所以才去救人，那就表示你认为他人的命比自己的命还珍贵，把他人的命当成自己的一样去珍惜，大概是诸如此类的感觉吧……"

"我是听到这种废话肚子就会不舒服的体质。"

崔顺石为了上厕所而加快脚步。

"你不会是喝了太多泥水，要拉肚子吧？我刚才都已经吐干净了……"

赵恩妃停下脚步，目不转睛地盯着崔顺石穿着湿透的裤子小跑步的背影。她从相机包里掏出手机拨打电话。

"喂？"

"嗯，是我。"

"哦？姐！你怎么会突然打来？今天刮的是什么风啊？每次你打来准没好事，只要看到是你来电，心都会先凉一大半，该不会是家里出了什么事吧？"

"臭小子！你还好意思说这种话，平时连一个问候电话都没有，逢年过节也不回家……"

"所以到底找我有什么事？"

"你可能要帮我调查一件事。"

"什么事？我可是大忙人，你以为检察官是帮小报记者跑腿的吗？"

"一件重要的事。快，拿出纸笔，抄一下我说的内容。姓名，崔顺石。写下来了吗？和我同年，出生日期不详。一年前左右，在大田西部警察局担任刑警，后来被派到洪成警察局。总之，你帮我查一下这个人的资料，包括身世背景，不，从出生开始，所有资料都帮我查清楚。对，尤其是出生的部分，很重要……"

"出生？"

"听说是孤儿，一出生就被母亲扔在雪地里，让他自生自灭。我想知道究竟这是不是真的。他的母亲是谁？是否还在世？如果已经过世，确切的过世时间等也帮我确认一下。要是能找到生父是谁也顺便一起附上资料，或者有没有爷爷或其他亲戚。小时候待过的孤儿院是哪一家？学校生活过得如何？怎么会当上警察？总之，这类的资料都麻烦你详细无误地打听清楚再告诉我。"

"拜托，我哪有那个时间啊？真这么重要的话，花钱请代办不就好了，要查到这么多资料起码也要一个月，更何况最近要打探个人信息多难啊，你以为现在和以前那个年代一样吗？"

"我可不是闹着玩的，检察官，你要是不乖乖听话，我就投诉你！这件事对我来说至关重要，所以尽快帮我打听看看吧。

动用你们特殊部检察官，还是威胁利诱那些知名代办机构，你自己看着办！对了，礼尚往来，如果你找到的资料能令我满意，我就答应帮你实现一个愿望。"

"真的吗？我的愿望是希望你赶快嫁人也可以吗？"

"这就有点困难了。总之，这件事要尽可能快点处理，懂了吗？"

"OK！"

崔顺石急忙冲进了萧八喜家，瞄了正屋方向一眼，便直接走进大门旁的旱厕。躲在檐廊下探头爬出来的阿呆已经不再对崔顺石吼叫，但也不会热烈地摇着尾巴欢迎他。

崔顺石焦急地跑进旱厕里，连忙把湿掉的内裤和裤子一起拉了下来，他才刚蹲下，就开始腹泻。就在此时，厨房处传来啜泣的声音。崔顺石听着这样的哭声，担忧的心情卷土重来。

哭声似乎是从里屋传来的，听起来像是寡妇萧八喜的声音。她究竟为何而哭呢？有人在刻意压低音量默默哭泣时，最好假装没看见。

然而，在好奇心的驱使下，他不能对此视而不见。

上完厕所的崔顺石蹑手蹑脚地走到了厨房，萧八喜正蹲坐在锅炉前生火。

正值六月初夏，怎么会想用锅炉生火呢？就算是雨下太多、湿气重，也不至于。难道是想洗个热水澡？

"啊！"

崔顺石吓了一跳，因为他看见背对着他蹲坐在地上的萧八喜身旁放着一个很浅的橡胶桶，她竟然从桶里拿出一把又一把的万元和千元纸币，朝锅炉的炉灶里扔去。不知是不是纸币被水浸湿了的缘故，尽管被扔进熊熊烈火中，纸币的形态依旧会维持一段时间，等被火团团包围，才渐渐化成灰烬。

"天哪，这人是疯了吗？干吗烧钱啊？"

崔顺石直奔厨房，再也无法袖手旁观。

"你在做什么？为什么要把钱烧掉？"

萧八喜看见崔顺石冲进厨房，立刻起身拿起橡胶桶，把剩下的纸币全部扔进了锅炉里。

崔顺石一把将她往旁边推开，再把手伸进火堆里，抓了一把尚未着火的纸币扔在厨房地上，所幸被水浸湿的纸币没那么快着火。

他还想再朝锅炉里伸手捡钱，却被萧八喜一把推开。

"别多管闲事！"

听到萧八喜斩钉截铁的叫喊，崔顺石顿时停下了动作。

"这可是钱啊，钱！我看应该有几百万，为什么要烧掉！"

"我也知道这是钱啊！是我用养了三年，跟家人没两样的金顺换来的钱！是我的血汗钱！"

萧八喜激动地喊道。

"那为什么要烧掉？"

"呜呜，呜呜……昨晚我梦见了去世的老公，他出现在我梦里，不停折磨我，要我把钱吐出来。他生前明明不是这种人，竟然在梦里对我咆哮谩骂，说他又冷又饿，要我快点把钱烧给他。"

听完萧八喜这番话，崔顺石一时语塞。

"但也不能这样吧……"

"什么不能这样？要是您父母亲托梦，以饿了三年的乞丐模样说他们好冷好饿，求您烧点钱给他们，您会怎么做？能置之不理吗？"

萧八喜把崔顺石从火堆里捡出来的钱重新扔进了锅炉里。

"我也很缺钱，根本连死的本钱都没有，但现实情况如此，我能怎么办？呜呜呜……"

萧八喜一边用烧火棍拨弄着被火包围的纸币，一边用手背频频擦泪。

第二名嫌疑人

崔顺石把湿裤子洗净晾晒后，穿上一条向萧八喜借来的花裤，走出萧八喜家。赵恩妃同样穿着一条向萧八喜借来的运动裤，拎着相机包紧跟在崔顺石身后。两人的目标都是撞到河岸的石头后停在那里无法发动的雅尊汽车。

崔顺石先是仔细查看车头凹陷毁损的地方，接着直接仰躺在地上，把头伸进汽车底部检查了一段时间；此外，他也没放过四个轮胎的内侧，对此进行了一番全面的检查。

崔顺石用手指着汽车各处，赵恩妃则是用相机和摄影机将他手指过的地方一一近距离拍摄存证。咔嚓！咔嚓！咔嚓！

胎纹也被相机拍了下来。

接着，两人前往下一个目的地——王周荣家。

王周荣在十年前村子遭遇大洪水时失去了妻子，目前独居。但他人不在家中。

"他去了哪里呢？会不会在村镇会馆里？"

赵恩妃准备掉头折返。

"不用特地去找，只要坐在那张平床[1]上等一下就好。"

"什么？你又不知道他什么时候会回来。"

"很快就会回来。"

"你怎么知道？"

两人刚坐在院子里的平床上，便看见王周荣满脸焦虑地走进大门，似乎是躲在某处看见两人仔细查看了他的车子后朝他家的方向走去，生怕屋内会被随意翻找而急忙跟回来的。

"两位有什么事吗？怎么会来我家？"

"您别站着，来这里坐吧。"

崔顺石指着平床的内侧，示意王周荣过来坐。王周荣畏畏缩缩地坐了下来。

"您应该知道为什么我们来找您吧？"

"什么？"

"钥匙在您那里吧？"

"啊？"

"发生车祸的雅尊车钥匙。"

---

1 功能类似平桌，传统韩国农村设在屋外院子里的家具，通常人们坐在平桌上进行吃饭、休闲等活动。

"嗯。"

"给我看看。"

王周荣犹豫了一会儿，从口袋里掏出车钥匙，递给崔顺石。

"不止这一把吧，应该还有一把才对。把那把钥匙也交出来。"

王周荣摸不着任何头绪地走进房间，将另外一把车钥匙拿了出来。

拿到两把车钥匙后，崔顺石端详了一下，便将其放进身穿的花裤口袋里。

"为什么要拿走我的车钥匙？"

"从现在起，这两把钥匙被我没收了。"

"没收？"

"王周荣！你不是一直认为害死你妻子的是申汉国吗？"

"不是，那就只是一场天灾。我怎么会有这种念头……"

"那你为什么要杀死申汉国？"

"啊？"

王周荣错愕不已。

"你刚才刻意安排的汽车事故，难道不是为了销毁昨晚撞死申汉国的痕迹？不对，应该说既然没有人能彻底抹去事故痕迹，干脆用另一场事故的痕迹来掩饰。"

"什么？不是这样的，真的是车子突然暴冲……"

"啧！都已经证据确凿了，你还想狡辩！不论你如何极力否认，终究敌不过科学搜查。现在光是我手里的证据就有一箩筐，你以为这样狡辩就能脱罪吗？少在刑警、检察官面前睁眼说瞎话了，最后只会吃不了兜着走！原本十年的刑期也会加重成二十年，明白吗？刚刚我仔细查看了一下你的车，还留有撞人的痕迹，零件之间的缝隙也发现了血迹。等桥梁一恢复通行，你那辆车就会直接被拖到国立科学搜查研究院进行调查。难道等检验出申汉国的血迹和DNA时，你还要像现在这样继续狡辩吗？"

"哎哟，真的不是啦……"

王周荣一副快哭出来的样子，到了这个节骨眼，他的脑袋应该早已一片空白，什么事都不记得了。

"你当初是不是协助将尸体装进后备厢里，然后运到里长家？要是专家展开调查，应该会在遮盖备胎的板子和那附近找到多处血迹和头发等证据，他们最擅长的就是寻找这些，你觉得有可能躲过他们的法眼吗？更何况死者申汉国身上有明显胎痕，这事你应该也听说了吧？就是你的雅尊车胎痕！还想继续装蒜吗？掩耳盗铃有用吗？杀死申汉国的凶手就是你！"

"我才不是杀人凶手，你胡说……"

王周荣直接从位子上站起身，一脸冤枉地极力否认。然而，他的说话声越来越含糊，仿佛话到嘴边又收回喉咙里。

"对了！我忘了在逮捕杀人犯、重罪犯前先宣读米兰达警告了。王周荣，本警将依刑事诉讼法第二百一十二条，将嫌疑人以杀人、抛尸、毁尸罪嫌疑进行逮捕，嫌疑人可自行聘请律师，亦可申请逮捕合法性再审，如有要辩驳的地方请发言。如果现在说实话的话，我就依法认定你为自首。一旦被警方掌握你的身份和证物，自那一刻起便不再承认自首。"

"你要以杀人、抛尸、毁尸罪嫌疑逮捕我？我……我真的没做这些啊……"

"王周荣，你是想要报复过去造成你妻子被水冲走淹死的申汉国，所以用车将他撞死，然后再搬运尸体，伪装成被小货车撞死的事故，蓄意杀人、毁尸罪，还包括纵火罪，各项证据和杀人动机都如此明确，你还想狡辩？"

崔顺石语带恐吓。

"真的不是我……"

"不仅如此，据说村里人对于申汉国的死因深信不疑，都相信他是被里长家小货车撞死的，所以当大家提议要将尸体挪到马路上伪装成被外地车辆撞死并肇事逃逸时，唯一持反对意见的正是王周荣你，不是吗？这应该是因为你车上还留有撞死他的痕迹，要是警方展开调查，就很可能被发现撞死申汉国的真凶是自己，所以才会极力反对，不是吗？"

"才……才不是！我都说不是了！唉，那就只是一场意外。在人烟稀少又黑咕隆咚的夜里，谁能对一个突然冲到马路上的疯子做出及时的反应？真的不是蓄意杀人，纯属意外，就是一场意外事故！"

"别再说谎了，既然是意外，又何必把事情搞得那么复杂，还试图隐匿案情？只要有保险，又没做错任何事，意外也不会构成任何问题啊……"

"我也是不得已……"

"是啊，绝对是一场意外，大叔您这么好的人怎么可能杀人呢？还是全部如实告诉我们吧，说出来心里也会舒坦一些。"

赵恩妃再次使用当初诱导朴光圭说出实情的伎俩，语带同情地在崔顺石旁边帮腔附和。

崔顺石从上衣口袋里掏出了所剩不多的香烟，取出一根咬在嘴上，点好烟后递给王周荣。

"我不抽烟。"

崔顺石把递出去的烟收了回来，叼在自己嘴上。

"来，说说看吧。"

"虽然我不知道确切时间，但应该是晚上十一点左右的时候。"

砰！

从河堤上毫无预警闯入的黑影，与汽车冲撞发出了强烈的撞击声，王周荣踩下急刹车。然而，他明显感觉到车子前轮碾压过某个物体才终于停止，直觉是撞上了某种巨型动物。

王周荣连忙下车查看车头和车底部。

一开始他以为自己撞上了山猪，但是躺在车底的竟然是身穿衣服、长手长脚的人，从对方颈部扭曲、头部歪斜的程度来看，一眼就能断定这个人已经身亡。

"干！"

在这种漆黑的夜里，从河堤上跳下来直闯车道的人，绝对是铁了心要寻短见，不然就是疯子。

王周荣像见了鬼似的，当下只有一个念头就是逃离现场。然而，他不能这么做。

他抓住尸体的脚，试图将尸体从车底缓缓拖出。那具尸体全身湿透，宛如刚从水里爬出来的水鬼。王周荣确认了一下死者的容貌，却看见了不想看到的面孔。

"啊！申……申汉国！"

原来死者正是住在同一个村子里的酒鬼申汉国。

王周荣确认了死者身份后，把手放在申汉国的颈部，果然如他所料，已经没了脉搏。申汉国的手脚随意地扭曲着，头部也有破裂的痕迹，早已无力回天。

　　该如何是好？眼下情况让王周荣不由得感到犹豫，到底该送尸体去医院，还是去警察局？要是如实告知是申汉国自己闯进车道的，大家会信吗？毕竟自己过去和他还有过一段恩怨……该死！

　　王周荣当时处于酒后驾驶的状态，而且喝得还不少，要是进行酒精检测，绝对会被直接吊销驾照。

　　正当他打算先把尸体放进后座，再看是要送医院还是警察局时，他犹豫了。假如直接把浑身是血的尸体放入车内，昂贵的皮革后座一定会被染上血迹，这可是刚分期付款买下的新车，才开了几个月，是王周荣十分珍惜的爱车。

　　"唉！都撞死人了还在担心车子……"

　　他叹了口气，决定还是把尸体搬进后座。接着，他再度停下了动作。

　　"谁能对大半夜突然闯到偏僻车道的人及时反应啊……"

　　好冤，不，是好气。这就是一起意外事故，和凌晨开山路撞上误闯车道的野猪没两样，明明自己没错却要承担责任。王周荣一想到这点，就深感法律不公，他甚至认为自己才是受害者，应该为撞凹的前保险杠和车头灯向误闯车道的申汉国索赔维修费才对。

"该死的家伙！十年前把村子搞得大淹水，害得我没了老婆，现在连我也不放过，真是到最后一刻都只会给人添麻烦。"

这时，喝得烂醉的他脑海里突然闪过零犯罪村赠匾仪式，这下可怎么办，零犯罪村的荣誉要因为他酒驾撞死人而毁于一旦了。他开始想象每位村民怨恨的表情，感觉以后自己再也没有容身之地。为什么申汉国会在过去十年间遭受村民排挤，活得那么辛苦，不就是因为当年他打断了零犯罪村的纪录嘛！

王周荣一边胡思乱想，一边从附近田里找来废弃塑料布，铺在后备厢里，再将尸体装进去。

他决定还是把尸体扔在车流量大的大马路上，伪装成肇事逃逸。

然而这样真的行得通吗？不，要是在抛尸前就先被警察拦下进行酒精检测怎么办？

虽然这种情况很少见，但是一旦被拦下来，警方一定会先看到撞凹的保险杠，盘问为什么车子会有这些像是撞到人的痕迹。就算用谎言蒙混过关，只是吊销了驾照，等之后尸体被发现了，也难逃被怀疑和逮捕的命运。

虽然喝醉了酒，他却清楚知道，在这么小的村子里，只有别人的嫌疑更大自己才能摆脱嫌疑。可是村里有车的人只有他和养牛的于泰雨里长。

"对了！不如当作停着的小货车刹车失灵，自行滑落撞死了他，而不是被我酒驾撞死，这样就能毫无破绽地蒙混过关，而且是汽车管理不当导致的车祸，也能受到综合险保障。申汉国连个会来追究死因的家属都没有，事情一定能迅速落幕。假如需要和解金或聘请律师等费用，我就装作好心借钱给里长好了，这样就不是酒驾撞死人，而是不走运发生了偶然事故，就算零犯罪村纪录难以延续，村民应该也不至于责怪里长，况且里长比我有威望，也不会有被村民排挤、住不下去的问题。"

他下定决心后便载着尸体往中川里将者谷方向缓缓行驶而去。

随着离村子越来越近，王周荣刻意关掉车头灯，摸黑行驶在车道上。

他把车停在偏僻处，将申汉国的尸体从后备厢内抬出，用肩膀撑起。

他步履蹒跚地扛着沉重的尸体，好不容易到了里长家门口，让申汉国直接跨坐在里长家地瓜田里的柿子树的V字形树干间，再脱去他脚上的袜子，套在双手上，使出吃奶的力气推了一下里长家的小货车，然而，车子一动不动。

看来要打开车门才行，但这又需要钥匙或工具。

王周荣像一只野猫一样，偷偷潜入了里长家。尽管夜已深，卧室仍旧亮着灯，估计他们开着灯睡觉了。

王周荣蹑手蹑脚走到了厨房，再跪着爬过卧室门口。就在此时，卧室里突然传来里长的说话声：

"是……是谁？"

王周荣赶紧躲到檐廊底下，正当他仓皇爬进去的时候，手部不小心压到檐廊底下的尖锐物品，同时脸部也被某样东西砸个正着。他感到鼻子一阵发酸，眼冒金星，但是一声都不敢吭。

紧接着，卧室门被彻底敞开，灯光照亮整个院子。

有人走了出来，发出脚步声和地板的唧唧声。站在檐廊上的人背对电灯，可以清楚看见其身影。走到院子里的是一名男子，手上拿着某种类似棒球棍或擀面杖的东西。

"老公……外面有人吗？"

屋内传来韩顿淑的声音，听起来小心翼翼，不，应该说是恐惧。

檐廊上的脚步声到王周荣头顶处时突然停了下来。

难道被发现了？

就在此时，另一边檐廊下闪烁起蓝绿色的光，随后，光突然冲到了院子。

喵！

"哎哟喂呀！吓我一跳！臭猫！"

不久，手拿棍棒的于泰雨便走回卧室，关上房门，院子也重新变暗。

“差点被那只野猫吓死，简直折寿十年，以后不要再喂它吃东西了。”

卧室里传来韩顿淑说话的声音。

“别胡思乱想了，赶紧睡吧，总不能熬夜啊。”

“要有睡意才睡得着啊。啧，把擀面杖拿开啦！”

随着房内重新安静，王周荣开始确认刚才砸在脸上的是什么。他把套在右手的袜子脱掉，徒手摸索檐廊下的地板。他摸到一个尖尖的东西，原来是一把草叉，看来刚才是不小心压到草叉的尖爪，导致木柄直接弹起，正好砸中脸部。他把手拿到鼻尖前小心翼翼地闻了一下味道，生怕草叉的尖爪沾有牛粪，所幸闻起来没有牛粪味。

“果然人倒霉的时候不摔倒都能砸到鼻子，真是的，痛死我了！”

王周荣的鼻孔里缓缓流出了浓稠的液体，是鼻血。

从里长夫妇敏感紧张的状态来看，似乎在檐廊底下再躲一阵子比较保险，但是王周荣又担心放在外头的尸体，不得不把握时间采取行动。他重新把袜子套在手上。

“哦？”

当王周荣摸黑爬出檐廊下的时候，摸到了一样东西。他再次把套在右手上的袜子脱掉，小心翼翼地触摸，那是一把三十厘米长的塑料尺，估计是里长家的孩子小时候从缝隙间掉落在此的。

王周荣拿着那把尺子，蹑手蹑脚地逃出了里长家，走向外院的小货车。他小心避免发出声响，把尺子塞进货车驾驶座的玻璃窗框下，到处戳探。

喀啦！

过了好一会儿，车门终于发出了清脆声响，成功开锁。

王周荣双手套着袜子，打开车门，坐上小货车。他放下手刹，推到空挡，再转动方向盘，准备等车子开始滑动，就朝柿子树直冲。接着只要把车门反锁，再静静地关上车门，就能达成完美犯罪。

他奋力推了一把小货车，轮胎开始缓缓转动。车子驶过院子，准备冲进倾斜的地瓜田时，速度越来越快，最后直接脱离王周荣的手掌，朝申汉国的尸体直直冲去。

砰！

小货车撞上柿子树的一瞬间，王周荣就像害怕被车撞死两次的申汉国冤魂会找他兴师问罪一样，朝小货车反方向的黑暗中仓皇逃跑。

★

"总之，事情的经过就是这样，当时我因为喝醉酒神志不清，没法分辨事理，才会做出这种决定，应该第一时间打119叫救护车的……"

王周荣双手遮脸，像洗脸一样上下搓揉，后悔万分地说着。

"所以是落荒而逃之后，其他人才开始纷纷聚集到里长家院子，你再若无其事地回到现场，是吗？你观察其他人如何处理这起事件，也顺便确认自己有没有犯下任何失误，对吗？"

赵恩妃说道。

"是，真的很抱歉。"

"这也是为什么你当时下半身穿着西装裤配皮鞋，上半身却穿汗衫喽？"

"对，搬运尸体时上衣不慎沾了血，但没时间回家换衣服，所以……"

"你的裤子应该多少也沾到血了吧？"

崔顺石追问。

"是啊，但是裤子在漆黑的夜晚看起来是黑色的，所以几乎看不见血迹，毕竟我也不可能只穿内裤跑过去……还好汗衫是黄土色的，就算村民看见我身上沾有血迹，也会认为是在帮忙把申汉国的尸体从柿子树上拖下来时沾到的，后来耕耘机车祸时，则是随便想了个理由糊弄警方说我的腰磨破了皮……"

听完王周荣这番话后，赵恩妃叹了一口气。

"我真的犯了不该犯的死罪，不仅酒驾撞死村民，还嫁祸给亲兄弟般的大哥。但我当时认真想过了，如果泰雨哥要花钱请律师，我绝对会全额赞助，要是因为我个人酿成的车祸，害我们村从零犯罪村当中被除名的话，我肯定会被赶出这里，再也没有容身之地。唉，都怪我酒驾……我已经下定决心，以后再也不喝酒了。"

"哦，那我现在明白了，你是因为良心过意不去，才会在有人提议伪装成肇事逃逸时积极表示赞同，对吧？"

赵恩妃一边点头，一边露出仿佛破解了一道难题的表情。

"对，毕竟把杀人罪嫁祸给熟识的大哥，内心自然过意不去，所以当有人提出用能让里长不受牵连的方式处理这件事时，我真的宛如在一片沙漠中遇见绿洲，不过最终还是像现在这样，事态变得不可收拾……"

"但假如按照大家一开始的计划，将申汉国的尸体扔在马路边，伪装成肇事逃逸的话，你车子撞到人的痕迹还留着，很容易被警方列为嫌疑人，当时为什么没有极力反对这项提议呢？"

赵恩妃继续追问。

"所……所以，在耕耘机和警车发生车祸后，第一个说太可怕、别去了，还是把尸体直接运回他家，提议放火烧毁的人正是我。"

从他如此坦诚说出对自己不利的陈述看，王周荣是真的感到后悔，衷心反省。

然而，崔顺石面无表情，仿佛在听与自己毫不相干的事情一般，一边听王周荣解释，一边取出香烟。他看着烟盒里仅剩的六根烟，心想该省着点抽了。

"你说不小心撞上申汉国的时候，他全身是湿透的，对吗？当时下雨了吗？"

崔顺石面无表情地问道。

"当时还没有下雨。"

"车祸地点是河边吗？"

"是河边，但是离河水有点远，如果翻过河堤或者沿着河堤一直走，会看见河流。我也实在是想不通，申汉国大半夜的到底为什么会从那种地方像落汤鸡一样滚到车道上……"

"带我们去一趟车祸现场吧。"

"可是走路过去有点远……"

"有多远呢？"

赵恩妃问道。

"不是啦，因为刚才那起假车祸，我不小心弄伤了脚，所以走路不太方便。"

"那就搭崔刑警的车过去吧？"

崔顺石听闻赵恩妃这句话，直接瞪了她一眼。

"赵记者不是也有车吗？"

"我的车小，载着两个男的走乡路会嘎啦嘎啦地响，也会很颠簸……"

一听就觉得这理由很牵强，但崔顺石还是勉为其难地走到了申汉国家门口，开了他那辆老旧的吉普车。

随后，崔顺石用吉普车载二人到王周荣撞死申汉国的地点停了下来。

"我当时就是从这里一路开回村子，一边哼歌一边开车，然后有一个黑色不明物体突然从那上面冲了过来，就像滚过来的一样，一开始我还以为是山猪或者其他动物。"

"滚过来的？"

赵恩妃问道。

"对，就像动物一样，放低身体向下俯冲，所以后视镜和前挡风玻璃才没受损，只有前保险杠和车头灯被撞坏了。"

崔顺石下了车，弯腰查看路上的痕迹。尽管昨晚雨下得很大，路面上还留有前保险杠、车头灯、方向灯的碎片四散在各处。

"这里还有一些细微的车祸痕迹，那些大的零件碎片都去哪儿了？"

"清理掉了，早上我回到这里把一些明显的碎片捡走了……"

"那就请你把扔掉的碎片重新找回来，明天之前交给我。"

"好的，那……我这样算自首吗？"

崔顺石沉默不语，只以点头回应。

赵恩妃用相机拍下路面残留的细微痕迹和周遭环境时，崔顺石静静站在车道上，仰望着河堤。河堤上杂草丛生，其中有一部分草是倒下的，形成了一条走道，但是这痕迹显然比一个人从上方跑下来的面积要大许多，难道真的是躺着滚下来的？但是那个痕迹看起来也不太像是被滚落的人碾压而成的。

　　"你早上来这里整理现场时，从那里爬上去过吗？"

　　崔顺石问王周荣。

　　"是，我爬上爬下好几回，主要是上去看申汉国究竟为何会从那上面掉下来。"

　　正当崔顺石打算沿着那条痕迹走上河堤时，赵恩妃伸出相机阻挡了他的去路。

　　"等等！你身为刑警，不在乎现场证据被破坏吗？先让我拍个照，免得这些痕迹被你破坏了。"

　　赵恩妃对着河堤上的杂草痕迹按下快门。

　　"底片也要省着点用了，早知道应该多带几卷的。"

　　崔顺石盯着赵恩妃拍照的样子看了许久，决定从杂草没有倒的地方走上河堤，赵恩妃和王周荣也跟着走了上去。

　　河堤上有一条小路，大约只能通过一辆耕耘机，再过去就是泛黄的河水在滔滔奔流。这里发生车祸时还没下雨，合理推测当时的河水距离河堤七八十米远。

崔顺石查看了河流附近的河堤斜坡上有无其他倒下的杂草，却没找到任何痕迹。

赵恩妃似乎是因为怕水，站得离泛黄的河水很远，一点都不敢靠近。

"申汉国昨晚到底是在哪里不慎落水的？"

他沿着河水转往村子方向查看时，发现村里有一个直径三十米左右的池塘。原来是被村民称呼"池塘户"的杨式连家经营的淡水养殖塘。

三人上车回村。崔顺石把王周荣送回家以后，便载着赵恩妃朝养殖塘驶去。

丁零零——

放在赵恩妃相机包里的手机响起。

她看了一下崔顺石的脸色，接起电话。

"是我。"

"嗯，叔叔？"

"欸！那起事件真的太夸张了，我们简直挖到宝了！"

"挖到宝"是叔叔的口头禅，意思是"捡到了头条新闻"。

"听说申汉国刚相验完，还没解剖，但非常夸张。"

"夸张？什么事情夸张？"

"腹部有胎痕，侧腰、双腿都有被车撞过的痕迹，背部、肩膀、臀部有被人用棍棒毒打的痕迹，头部也有被锐利的铁块砸中出现的撕裂伤，额头则有被钝器击中过的瘀血。背后有很深的刺伤，看起来像是被四爪草叉插入所致，口、鼻、耳朵里充满牛粪，身体甚至还有电流通过的痕迹。对了！还不是一般的过电，从他皮肤上的水波纹来看，应该是在水里过电的。是不是很夸张？听说相验领域的资深医师也表示从没见过被如此残忍凌虐致死的尸体。"

"天哪……所以致死的关键原因是什么？"

"还不知道，听说要通过解剖才能知道确切死因，但我猜应该就是外伤中看起来最严重的那几个吧，比如被车撞、头部遭击打、背上被刺以及过电等，应该就是其中之一吧。"

"解剖报告什么时候出来？"

"预计今天就会解剖完毕，但是报告的话，我猜可能还需要一些时间。毕竟死者体表留有在水中过电的痕迹，解剖时应该会确认他是不是溺死，假如有肺积水的话，也会去检验水的成分及浮游生物等微生物，对口、鼻、耳朵里的牛粪应该也会进一步做分析检测，胃部和肠道的食物、血液等也要做进一步分析，才能得出最终结果。总之，既然在相验时就已经发现这是一起残忍又血腥的杀人案件，我猜解剖报告应该会优先发表吧。"

"叔叔，那等解剖结果出来，记得也第一时间通知我哦！"

"嗯，会的。你在那里还好吗？采访固然重要，但也别忘了那个残忍的杀人魔很可能就在你身边，自己千万要小心啊！"

"杀人魔？不会吧……我会多加小心的。"

赵恩妃挂上电话。

"唉，吓得我手都在发抖。"

"到底是什么事？"

崔顺石以充满好奇的表情问道。

赵恩妃把刚才从叔叔那里听到的消息告诉了崔顺石。

"要是想知道更详细的内容，可以打电话给青阳警察局。不过现在尸体正在忠南大学医院进行解剖，应该暂时不会再有更新的消息。"

"刑警什么时候会进来村里？"

"没听说，但现在桥还无法通行，至少要等到明后天他们才能进来吧。"

"也是。"

"这真是一件好奇怪，不，是好诡异的事件，对吧？我刚才一度认为开车撞死申汉国的王周荣说不定不是真凶。难道这不是一起意外事故，而是杀人案件？村里真有如此疯癫的杀人犯？"

"我怎么知道？你相信我吗？难道没想过说不定我就是那个杀人犯吗？"

"什么？"

赵恩妃大吃一惊。

"有可能是我昨晚先到村里把申汉国杀害后，今天一早再若无其事地出现在这里扮演刑警角色，不是吗？"

"我的心脏已经跳得够快了，你少在那边开这么恐怖的玩笑。如果是真的，你也不可能跳进急流里救我一命吧？"

"其实在案发现场，天使与恶魔只有一张白纸之隔，平日的天使会因某些理由突然变成恶魔，恶魔也很可能一直戴着天使面具活动。"

死亡养殖塘

吉普车停在杨式连家门口的池塘边。

崔顺石和赵恩妃走下车，查看了一下池塘，在这个淡水养殖塘里似乎没有养殖任何生物，只有几条死掉的小鱼和牛蛙漂浮在水面。

崔顺石回车上把吃剩的压缩饼干拿下来，随手抓一把塞满嘴巴，用力地咀嚼碎，再将其吐进池塘里。然而，不见任何一条鱼前来抢食。

他捡起路边的树枝，把漂浮在水面已经死掉的牛蛙捞出来查看，从牛蛙尚未腐烂的情况来看，死亡时间应该不超过一天。

当崔顺石端详牛蛙尸体时，赵恩妃对着牛蛙按下了相机快门。

此时，杨式连的儿子杨东男突然从屋子里跑出来，满脸不安地走到了两人面前。

"请问有什么事吗？基于防疫要求，我们目前不允许任何外部人士靠近养殖塘……"

"可是我看你们池塘里一条鱼都没有，会感染给谁呢？"

崔顺石用手中的树枝一边搅动水，一边说道。

"那是因为……都出货了，几天前刚出的货……"

"然后就在水里洒农药了吗？"

"什么？"

"我看水里的生物都死光了，觉得很奇怪。"

"怎么可能……有些鱼只是躲在底下没被你看见而已。"

"唉，肚子好饿，已经没力气跟你拐弯抹角了，那我就直说喽！刚才我们接到国立科学搜查研究院的消息，他们对申汉国的尸体进行了解剖，发现死者肺部有积水，所以正在抽水化验做精密分析，看是淡水、海水、河水还是池塘水，检测水中成分及微生物，很快就会得出结果。而且他们还发现申汉国身上有电流通过的痕迹，据说从纹路来看，是在水里过电的。"

其实申汉国的尸体解剖是由忠南大学医院负责的，并非由国立科学搜查研究院首尔本院或西部分院，但为了给杨东男施压，崔顺石刻意说成是"国科搜"在负责此案。

他的策略似乎奏效了，杨东男听闻夸大的发言后，脸色瞬间惨白。

"赵记者，你有没有空瓶子可以借我用用？"

"瓶子？要做什么？"

"国立科学搜查研究院让我取一些池塘里的水，这样才能和申汉国肺里的积水比对，看成分是否一致。杨东男，你别太担心，只有检测结果一致才是证据确凿，你难辞其咎；但如果检测结果不一致，你也会马上被排除嫌疑。"

"哦！这个小筒怎么样？"

赵恩妃早已看出崔顺石的伎俩，她从相机包里翻出一个空的胶卷筒。

"这个密封效果也很好！"

"嗯，这个不错。"

崔顺石用空的胶卷筒舀了一些池塘水，把盖子封住，放进了口袋。

"有塑料袋吗？我还得把死鱼和牛蛙一起送去国立科学搜查研究院，这样才能确认是否为过电致死。"

"我没有。"

"杨东男，你有塑料袋吗？不，干脆给我一个桶好了。有没有类似保鲜盒或可以密封的塑料桶，借我用几天吧。"

"桶……桶？"

"别这么愁眉苦脸的，我也不想把你爸送进监狱，但这毕竟是我的工作，我也没办法。"

"我……我爸要进监狱？"

"都杀了人了还能怎么办？你爸究竟和申汉国有什么深仇大恨，要对他痛下毒手呢？难道是因为十年前的恩怨？"

"是不是还应该调查一下用电量？既然是在水中过电致死，当时那一瞬间一定放出了很多电才对。"

赵恩妃在一旁帮腔。

"当然，明、后两天就会有专家带着设备来检查。电线呢？是不是藏在家里？他们让我也把电线找出来，暂时没收。杨东男，记得先跟你妈说一声，这两天多做一些好吃的给你爸。一旦被查出是杀人凶手，将来少说也有十年没法好好孝敬他老人家了。"

"不，我爸是无辜的，他没做任何事。"

杨东男哭丧着脸说道。

"我能理解你身为儿子一定会替父亲辩护，但是目前找到的证据实在太多，我也很无奈。"

"不，我爸他没杀任何人。申汉国是我杀的，就是我，我才是真正的凶手，呜呜……"

杨东男突然双膝跪地。

那瞬间，赵恩妃转头看了崔顺石一眼。她暗想，崔顺石虽然是一个幼稚的刑警，但不得不承认在犯罪搜查和办案直觉方面，还是有两把刷子的。

崔顺石一脸早已料到的表情，泰然自若地掏出烟盒，取了一根香烟点燃，递给了杨东男。

"要来一根吗？"

杨东男接过烟，深吸一口，便开始咳嗽。他似乎不太会抽烟。

"不会抽就不要勉强。"

杨东男把烟还给崔顺石，崔顺石接过后放到口中，开始吞云吐雾。

"大概说明一下整件事的来龙去脉吧。"

"几天前，我们家养殖塘里的鱼全都出货了，正准备放一批新的鱼苗，但是要先把那些会欺负或吃掉鱼苗的牛蛙和寄生虫彻底消灭。于是我决定拉一条电线进水中放电，就像捕鱼时那样一口气把水中生物电死，再一并清除干净。我在书里看过用放电代替农药，杀死养殖塘里的病毒和有害物质的方法，但是当我提议此法时，我爸是持反对意见的，他觉得太危险。要是变压器负荷过大，会导致全村跳闸，甚至还会引发过电事故，所以他坚决反对。但是我觉得不会出什么大问题，所以我就趁我爸不注意，选了一个深夜偷偷进行……"

杨东男用手背擦拭了从眼角流出的泪水。

"我趁父母熟睡，选了家里完全没用电的时间，先把电源总开关关上，接上事先准备好的电线放进养殖塘水中，再回去把总开关打开。当电流流进水里时，电表转盘便开始转动。就这样放了五分钟左右的电后，我再把总开关关掉，拔掉电线，走回养殖塘。但就在这短短五分钟里，有人闯进养殖塘，掉进池塘里淹死了。我急忙将他打捞出来，发现是申汉国，立刻帮他做了人工呼吸，但为时已晚。他掉到池塘前似乎已经喝醉、摔倒，撞到了头。我看他头上有很大的伤口。我不知道他为什么会在那个时间跳进我家池塘，也许是没有下酒菜了，才会喝醉后跳进池塘抓鱼，想给自己加菜？无论如何，我爸之前都劝过我别这么做，我却还一意孤行，才酿成这场悲剧。我担心父母知道这件事，也担心万一赠匾仪式被取消，村里人一定不会原谅我们，到时候再赔偿、上法院，还会散尽家财。如果我们一家人也像申汉国生前那样被村民排挤、孤立，要如何生活下去啊？正当我脑海中浮现各式各样的想法时，突然想到了一个好主意——不如把尸体直接扔进河里，伪装成是在河里溺死的。我趁父母不注意，背着尸体走到家门口的支川。但当我走到河堤下方时，看见身后有一辆车开着大灯逐渐靠近，要是再不躲藏，就会被发现了，我只好吃力地背着尸体急忙往河堤上方走去。快要爬上去时，为了避免开车的人注意到我，我只好压低身体，几乎是趴着的姿势。就在那时，我脚下没踩稳，不慎在草地上滑了一跤，尸体就这样滚落下去，直接撞上迎面行驶而来的雅尊汽车，车主恰巧是在镇上经营餐厅的王叔。我真的不是嫁祸于他，一切都是偶然。呜呜，我父母和这件事真的毫不相干，你抓我一个人就好，他们真的完全不知情。呜呜呜……"

"唉 ——"

赵恩妃听完后，不禁长叹了一口气。

她看到杨东男不惜性命跳进滚滚河水里救里长时，还以为他是个重情重义的青年，没想到竟会因一时的判断而做出如此愚昧的决定……

"接下来你打算怎么做？"

赵恩妃问崔顺石。他看了杨东男一眼，回答道：

"你先回家待着吧。"

"是啊，既然是不小心造成的意外，应该会以缓刑处理，先别想太多，回家待着吧。"

赵恩妃担心杨东男会做傻事，语带安慰地哄他先回家。

杨东男向两人弯腰鞠躬，仿佛在说"请多关照"，垂头丧气地转身走回家中。

"真的是他一个人做的吗？"

赵恩妃向崔顺石问道。

"如果不是他一个人做的，那会是和谁一起呢？"

"可能是和他爸一起做的吧，也可能是他爸一个人干的好事，儿子想要顶罪，才会往自己身上揽。刚才你提到尽孝的时候，我看他整个人眼神都变了。'少说也有十年没法孝敬父亲''这几天多给他吃些好吃的'，这些话都是为了刺激他而故意讲给他听的，对吧？"

然而，崔顺石没有回答赵恩妃的问题，只是面无表情地注视着村里的其他房子。

"没错吧？你是不是故意用激将法？"

赵恩妃再次追问。

"对一个无父无母、极度憎恨父母的孤儿来说，怎么可能去扯孝道、孝敬父母这些有的没的呢。好了，接下来要去哪里呢？"

"什么？"

"头上的伤，全身上下被棍棒殴打的痕迹，口鼻和耳朵里的牛粪，背上的草叉伤痕……"

"你是认为事情并非到此结束，所以不管杨东男家谁是真凶，都先暂时跳过吗？"

"嗯，是这样，既然他们家已经有人自首了，剩下的事情就由他们自己看着办吧，应该会全家商量决定派谁出来认罪，比如'你还有大好前途，就让我代你去坐牢'或'父亲年事已高，难以承受牢狱之苦，还是由年轻的我来坐牢好了'。大概会上演这种戏码吧，哈哈。"

"你是认真的，还是开玩笑？"

"听起来像认真的，还是玩笑话？"

"认真的。"

"开玩笑的。"

"所以接下来要去哪里？"

"接下来……萧八喜！"

"什么？八喜？"

"我白天撞见她在烧纸币，我猜应该是那些钱沾上了血迹，但即便洗过也会留下证据，所以她才干脆烧掉。她家不是直到昨天还养牛吗？自然跟牛粪有关，家里也会有草叉吧，如果还没被藏起来或丢掉的话。至于给申汉国头部造成致命伤的凶器，说不定在她家也能找到。"

"你的意思是，看起来那么柔弱心善的八喜，会把申汉国杀死后拖来这里，再扔进池塘吗？不会吧……？"

"哈哈，如果光凭外表就能判断出一个人的人性，那这世界上就不会有诈骗案了。朴光圭父亲不是说过，当村民发现里长的货车撞死申汉国时，率先提议将尸体私下处理的正是萧八喜吗？我想，她之所以愿意慷慨解囊，同意让我们借住在她家，一定也是别有意图。"

"难道是为了方便近距离监视我们的一举一动？"

"如果不是这个理由，为何自愿揽下这种麻烦的差事？"

"如果萧八喜真的是把申汉国的尸体扔进养殖塘的凶手，那么在搬运尸体时，她一定不可能徒手举起或扛起健壮的男子，应该会用到搬运工具才对。例如，耕耘机或手推车之类的，假设她没有共犯的话。"

"共犯……?"

"如果把目前查出来的进度做一番整理，那么交通事故、溺水、过电都不是申汉国死亡的真正原因喽？只剩下头部打击和背后的草叉刺伤……"

当两人回到萧八喜家时，萧八喜正在厨房里忙着张罗晚饭，黄恩肇则在檐廊上用彩色铅笔画画。阿呆看见两人走进屋内，便从檐廊底下走了出来，与他们保持适当距离，轻摇着尾巴。

崔顺石和赵恩妃看了厨房一眼，刚好与萧八喜对视，她露出有些尴尬的笑容。

"你们去哪儿了啊？我正在煮刚收的土豆，快熟了，吃晚饭前先尝尝味道吧。啊，村里人都叫这种土豆夏至土豆呢！先在檐廊上坐一会儿吧。"

赵恩妃和崔顺石走到黄恩肇身旁坐下。

"哇，你画得很好嘛。这个方形的东西是什么？"

"洗衣机，我画的是八喜在洗东西。"

"她这是在洗什么呢？"

"洗钱！"

黄恩肇一说完，崔顺石和赵恩妃便互看一眼。

"你们家有双轮车吗？"

为避免被厨房里的萧八喜听见，崔顺石刻意压低嗓音问黄恩肇。黄恩肇睁大眼睛看着两人，满脸犹豫，没有做出回答。

"你不知道什么是双轮车吗？就是手推车。叔叔想借一辆手推车用一下，所以问问看你们家有没有。"

"我知道双轮车，但我们家没有。"

"没有？为什么？我觉得应该有啊，打扫牛舍时总需要用到吧？"

"我不知道，没有这种东西。"

黄恩肇一脸惊恐地不停望向房子后方和大门。

"你为什么老看房子后面？那里有什么东西吗？"

崔顺石用很小的音量追问黄恩肇。

"没……没有，那里什么东西都没有。"

"本来是有的吗？到昨天为止还有，对吗？"

"不知道，我什么都不知道。"

赵恩妃与崔顺石交换了下眼神。

"你们家有草叉吗？"

赵恩妃接着问道。

"草叉？有哟！"

"在哪里？"

"那里！"

黄恩肇用手指着大门旁的牛舍。崔顺石看了厨房一眼，便走到牛舍去寻找草叉。墙上的确挂有一把草叉，可惜是三爪草叉。崔顺石望向坐在檐廊边的赵恩妃，摇了摇头。

不久，崔顺石走回黄恩肇身边。

"你们家只有那把草叉吗？"

"嗯，怎么了？"

"没什么，叔叔的车子轮胎不小心掉进水沟里了，所以需要那种四爪的草叉。你们家没有四爪草叉吗？"

崔顺石伸出四根手指，弯曲成四爪草叉的样子，在黄恩肇面前比画。

"没有四爪的，用三爪的不行吗？"

"不行。"

"八喜！我们家有四爪草叉吗？"

黄恩肇突然站起身，朝厨房方向一边奔跑一边喊道。

"啊，不用了，没有就算了。"

崔顺石急忙拉住了她的手，吞吞吐吐地说道。但是萧八喜已经从厨房里匆匆忙忙地走了出来。

"你们需要什么吗？"

"哦，没什么，我的车子轮胎不小心掉进了村口的水沟里，要把它抬出来需要一些挖土工具。"

"我们家没有四爪草叉吗？"

黄恩肇又问了萧八喜一次。

"没有四爪草叉，只有三爪的。"

萧八喜望向牛舍方向。

"哦！用那把就可以。"

崔顺石再次走进牛舍里，将挂在墙上的三爪草叉取了下来。

"来，去拯救我的车吧！"

"啊？哦。"

"你们先吃点土豆再走吧。"

"没关系，还是要先去弄车子，土豆就当夜宵好了。"

崔顺石前脚刚走出大门，赵恩妃后脚就跟了上去。

崔顺石在大门外停留了一会儿，仔细盯着大门各个角落查看。刚才问黄恩肇手推车的事情时，她满脸焦虑地来回看向房屋后方和大门。

绿色的铁制大门显得非常干净。一般来说，不会有人特意将大门清洗得如此洁净无瑕，门上不仅没有长年堆积的灰尘，甚至连雨滴的痕迹也没有。就如同淋过雨的车上通常会有雨滴夹杂灰尘的圆点印记一样，既然昨晚下过一场雨，照理说如果没有特别清理，门上应该会留下污渍才对，但是萧八喜家的大门格外干净。与之相对，铁门两侧的水泥墙则挂有积累多年的厚厚的灰尘。

崔顺石正打算仔细查看铁门边角，听见萧八喜走来，连忙远离大门。

两人按照刚才的说辞朝村口走去。

"你不是说很饿吗？为什么不吃完土豆再走？人家说是刚挖的土豆，我本来很想尝尝味道的。"

"有人刚才不是还在跟我争论，该不该吃嫌疑人给的食物吗？"

"唉，算了，不跟你白费口舌了……"

当他们走到从萧八喜家看不见身影的地方时，崔顺石停下了脚步。

"来吧，就在这里观察好了。"

"观察什么？"

"萧八喜一定会问黄恩肇都和我们说了什么，然后应该会把藏在屋子后方的手推车移到其他地方，也有可能推去某处丢弃。"

就在这时，池塘户杨式连、田秀芝和紧跟在他们身后的杨东男慌慌张张地跑来。

"崔刑警！不是这样的！我儿子是无辜的！申汉国是被我害死的，和我儿子无关，是我在养殖塘里放电，拜托把我抓走吧。"

"不，不是的，崔刑警。我爸才是无辜的，整件事都是我一个人做的，申汉国尸体也是我丢弃的，千万不要相信我爸说的话，拜托了！"

身为妻子和母亲的田秀芝，站在互相主张自己才是真凶的父子俩身旁，无奈地哭泣，因为她不管选择帮谁说话都不是。

"哎哟！你们小声一点啦！"

崔顺石一边盯着萧八喜家的方向看，一边对池塘户一家三口大声咆哮。三个人被突如其来的吼叫声吓得停止了所有动作，眨眨眼睛，看着崔顺石。

"唉，好啦，我会让你们不被冠上过失致人死亡罪或杀人罪的，拜托小声一点。"

"真……真的吗？"

"详细情况之后再跟你们说，都先请回吧，回去商量决定一下由谁来背抛尸罪的罪名，入狱服刑一两年再出来。"

"抛……抛尸罪？"

"要坐一两年的牢？"

"免去杀人罪或过失致人死亡罪，刑期才会这么短，已经算很幸运了！对了，还有一件事，从现在起，只要见到村里其他人或者有人问起，就说昨晚从远处看见一个长得很像萧八喜的女人推着载着东西的手推车往养殖塘方向走去，见到萧八喜也要对她这么说。要是能做到这一点，我就再想办法帮你们减刑。"

"什么？为什么要这样说？"

"原因之后再告诉你们，现在暂时先别问，照我的话去做，知道了吗？"

"哦，好……"

池塘户一家三口满脸疑问，但还是点头答应了。

"好啦，都先请回吧，我们还有急事要去村口一趟。"

送走三人后，崔顺石和赵恩妃刻意不走村里的道路，而是沿着田边的水沟重新走回萧八喜家附近。

"唉，饿死我了，拜托快行动吧！"

"她会不会等深夜不引人注目时再把手推车丢弃呢？"

"应该等不到那时候。听完黄恩肇告诉她的对话内容后，她一定会很心急，生怕我们随时去房屋后方翻找。"

过了不久，后山的喇叭传出了一段乡下的广播音乐："玩吧，玩吧，趁年轻赶快玩，老了就没的玩了……"音乐一停，里长的说话声紧接而来：

"喂喂喂，麦克风测试。中川里里长于泰雨于中川里广播室向各位广播。今晚七点，村镇会馆将举行零犯罪村赠匾仪式的农乐公演彩排，并准备了充足的五花肉和酒水，欢迎每位村民前来尽情用餐。喂喂喂，中川里里长于泰雨于中川里广播室向各位广播……"

"唉，毁了毁了，撤吧。"

广播一结束，崔顺石便将那把向萧八喜借来的三爪草叉放在田边水沟旁，向赵恩妃说道。

"这么快就撤了？"

"刚才不是都广播了吗？萧八喜现在不会行动的，她一定会趁大家聚在会馆吃烤肉、喝酒、彩排时，再偷溜出来处理手推车。"

"真的吗？我看现在离七点还有一段时间，我们就算提早到了村镇会馆，也只能在那里和村民干瞪眼，不如慢慢散步过去，准时到吧。"

赵恩妃和崔顺石开始漫无目的地缓缓步行。

"哦？那是什么？"

远处一棵树上开满了鲜红色的花朵。

"啊！我知道那是什么了！我们去摘一些来吃吧！"

原来那是一棵结满红色果实的牛奶子树。

赵恩妃摘了几粒已经熟了的牛奶子果实放进嘴里。

此时，山里传来狗叫声，听起来不像是看见陌生人而叫，更像是在引人注意。

究竟是哪只狗在那里叫？会不会是遇到了什么麻烦？赵恩妃伸长脖子，探头往树丛方向查看。

"哦？那只狗是不是阿呆？它为什么一直叫呢？"

赵恩妃歪头不解，沿着山路走向阿呆所在的位置。

"你快来看！"

狗叫声一停，赵恩妃便立刻在树丛里叫住了崔顺石。

崔顺石沿着山路走上去，走了一小段，便看见赵恩妃和阿呆。阿呆和赵恩妃隔着几米距离，正摇晃着小尾巴。

"你看！"

赵恩妃手指的地方有一把草叉。这是一把四爪草叉，一部分露在泥土外，是阿呆用爪子挖土后露出来的。它是为了引人注意，才不停吼叫。

崔顺石走向前，将草叉从土里拿出来仔细检查。

"要先拍照才对，怎么徒手去抓……"

赵恩妃只好急忙补拍几张。

"将一把完好无损的草叉特地埋在这里，光从这点看，这应该就是杀害申汉国的那把草叉！凶手是用这把草叉刺死申汉国，然后逃往山里，将凶器藏在这里的？"

赵恩妃一边按下快门，一边说道。

"从沾在上面的泥土来看，应该不是埋好后才淋湿的，而是雨停之后才挖土掩埋的。那就不是昨天埋的，是今天拿到这里埋的，而且草叉上没沾到一点牛粪。"

"看起来很像被彻底洗净过才拿来掩埋的，那这样的话不就表示，凶手犯下杀人案后，并非在逃亡过程中将草叉直接拿到这里掩埋，而是将它清洗干净留在家中，今天趁人不注意，跑来这里掩埋的吗？村民中的某人……"

原本在推理案情的赵恩妃突然走向不停摇着尾巴的阿呆。

"欸，是谁将这把草叉埋在这里的？你认识吗？还是陌生人？"

阿呆后退了几步，默默摇着尾巴，一直和赵恩妃隔着几米距离。

"好吧，要是你能回答我的问题你就不是狗了。算了，光是找出草叉你就已经是灵犬了。既然立下了大功，那我就帮你跟恩肇说一下，让她多买点好吃的给你。"

"可是，万一是恩肇的阿姨萧八喜把草叉埋在这里的呢……"

"什么？那它就不是什么聪明狗，而是大笨狗了，竟然把未来主人犯罪的证据抖出来了，以后靠谁吃饭呢？不对，它原本的主人是申汉国，所以这应该说是对主人有情有义。"

"附近应该会有凶手掩埋草叉时留下的脚印，但似乎已经被那只狗到处挖土翻找的爪印破坏了。即使是隐约看得出是脚印的痕迹也好，要是能找到，至少能判断凶手是男是女。"

"拿这把草叉去做指纹鉴定，不就能查出凶手是谁了？"

"不一定。毕竟上面沾有湿土，如何弄掉那些泥土才是关键。"

"那我们就躲在这里，说不定凶手会重新回到这里。不是都说罪犯会重回犯罪现场吗？"

"就算真的会回到这里，你怎么知道什么时候来？还是你要埋伏在这里？"

"哎哟，我又不是警察，这种事应该警察来做。那你打算怎么处理这把草叉？"

"拿着凶器在村里到处走动挺奇怪的，把它重新埋回土里也不是办法……不如随便放在附近吧，之后再让负责这起案件的刑警取走。"

"什么？你真的是刑警吗？怎么能把这么重要的证物随意扔在山里？"

"不满意就由你看着办保管吧。啊，好饿啊，我要去村镇会馆吃烤肉了，杀人魔说不定就在山里，你可要当心啊。"

崔顺石沿着山路大步走下去。

赵恩妃对崔顺石有违常理的举动感到错愕，她思考了一会儿该如何处理那把草叉，最后决定从相机包里取出几张纸巾包住草叉的木柄，然后拎起来。草叉比看起来轻盈很多，顶多有一公斤重。

"这男的怎么这么没责任心，等等我啊！阿呆，你也跟我走，我给你吃五花肉。"

然而阿呆只是嗅了一下原本埋着草叉的泥坑，再度用爪子挖起土来，不停埋首翻找。

落入圈套

中川里村镇会馆距离失火的申汉国家约一公里，位于村子靠近内侧的位置，周围只有农田，没有住户。

村镇会馆前有几张在木板上装了四条腿的简易桌子，现场已经聚集很多人，里长夫妇也在场。有人忙着张罗食物，有人在还没下酒菜的情况下就已经开始喝起小米酒。

几名身穿蓝色韩服的男子正在检查农乐器，准备进行农乐公演彩排。

赵恩妃将阿呆找到的四爪草叉放到自己的车上后，走了一公里多，才抵达村镇会馆。崔顺石早已先到，霸占着一张空桌子，一杯接一杯地喝着烧酒。

赵恩妃拉出崔顺石身旁的椅子坐下。桌上摆着一个小煤气炉和烤肉盘，还放着烧酒和啤酒各一瓶。

"既然都要开车过来，捎我一程会怎么样啊？"

"你不是有车吗？走路来的？"

"既然是来喝酒的，干吗开车？"

赵恩妃似乎是借酒消气。她打开啤酒瓶瓶盖，将酒倒在纸杯里大口畅饮。

"你们应该也饿了吧？"

杨式连妻子田秀芝端着装有五花肉、蘸酱和各式小菜的托盘走了过来。她最先将食物送来这桌，应该是想讨好崔顺石。

"这盘五花肉是里长请你们吃的。他们宰了一头自家饲养的母猪，你们多吃点，要是缺什么再跟我说，别客气啊。"

田秀芝将所有食物摆满后，用卑微的表情看了崔顺石一眼，仿佛在请他多多关照。

"好的，感谢招待。"

赵恩妃代替沉默不语的崔顺石，面带笑容地向她道谢。

崔顺石和赵恩妃一边烤着五花肉，一边观察其他村民的一举一动。

虽然王周荣、杨式连一家、朴光圭和朴达秀都来了，但是他们都郁郁寡欢，同时也在暗地里观察其他人的脸色。他们不时偷瞄崔顺石和赵恩妃，也在观察被他们嫁祸的对象：杨式连一家在观察王周荣，王周荣则在不停观察里长夫妇。

从现场气氛来看，应该还没有人先向对方招认自己才是杀害申汉国的凶手。

更诡异的是，村民竟然对昨晚出事的申汉国只字未提。这明明是他们最关注的话题才对，就算是碍于外地人在场，不方便谈论，他们也有点太刻意。大家只聊着零犯罪村赠匾仪式、农事、法国世界杯、昨晚的电视剧等话题。

当村民们酒意渐浓、说话嗓音逐渐洪亮时，杨式连一边看着崔顺石的脸色，一边走向正在和黄恩肇一起吃烤肉的萧八喜身旁，主动向她搭话。他刻意扯高嗓音说话，声音穿过村民们的嬉笑喧哗，清楚传进崔顺石和赵恩妃耳里。

"那个……昨晚深夜，我经过你家门口，看到你推着手推车焦急地往前走。那么晚的时间，你一个人要去哪里呢？"

"什么？你看到我了？"

萧八喜惊讶得不小心将筷子掉落在地。

"不是你吗？应该是你没错啊，难道是我看错了？"

杨式连像是要在寻求演技认可似的，偷偷往崔顺石和赵恩妃这边瞄了一眼。

"你看错了，我干吗要三更半夜推车出门啊！"

说完，萧八喜便立刻从位子上站起身。

"啊，肚子突然不舒服……恩肇，你和叔叔在这里等我一下，我去上个厕所，马上回来。"

然而，萧八喜并没有往厕所方向走去，而是向自己家——将者谷的方向快步离开。

230

不久，崔顺石也摇摇晃晃地从座位上站起身。

"唉，这么快就醉了，看来要出去走走，醒醒酒。"

崔顺石也朝萧八喜家缓缓移动步伐。正逢盛夏六月，夜幕才刚降临。

他躲在萧八喜家附近阴暗的树丛里，这时，萧八喜打开大门探出头来，查看了外面的动静后，鬼鬼祟祟地推着手推车走出家门。

崔顺石跟在萧八喜身后，与她保持一段距离。

萧八喜没有走村子中央的主路，而是绕小路往支川方向走去。

一抵达河边，崔顺石便加快脚步。也许是听见后方有脚步声逼近，萧八喜也加快了速度。再往前走，就是早上里长的小货车掉进河里的地点。

"喂！萧八喜！"

被崔顺石这么一叫，萧八喜吓了一跳，立刻停下脚步回头确认。

"这么晚，你推着推车要去哪里？"

"去田……田里，白天我挖了一些土豆，担心被山猪吃掉……"

在刚变暗的天色下，萧八喜显得犹豫不决，不知该如何是好。崔顺石看到她的表情，想尽快走向前抓住手推车，但还是被萧八喜抢先一步。手推车被她一把推向了路旁，沿着斜坡滑落，掉入水中。

"啊！我的手推车！"

萧八喜大声惊叫，装出一副失手滑落的样子。

崔顺石迅速往斜坡方向跑去，但是天色已暗，泥土也是湿的，地上有点滑。

他好不容易跑到河边，左手抓着斜坡上的小柳树，上半身和右手向前伸出，紧紧抓住逐渐下沉的手推车把手。

他小心翼翼地尝试将手推车缓缓拉上岸，车子却比想象的要重，虽然从水中拉出三分之二左右，但已是极限。小柳树的根被拔出了土壤。要是萧八喜帮忙，应该能将手推车拉出来，否则可想而知，说不定会连人带车被推入水中。

崔顺石思忖着，决定解开身上穿着的那条向萧八喜借的花裤绑绳，将绳子整个拉出来。裤腰上除了绑绳还有松紧带，裤子还不至于掉下来。

他将绳子彻底拉出来，迅速用绳子一端绑住手推车的把手，再用另一端牢牢绑住小柳树的树枝。

这样就不用担心手推车会被水冲走了，等水位降低，手推车就会整个露出水面，到时候再将手推车带回去即可。不对，也可以马上回村，拿一根长绳把手推车拉出来，但他的目的不单是把手推车交给警方。

崔顺石抓着斜坡上的杂草，避免失足滑落，小心翼翼地回到路上。

"就这样放着吧，不会被水冲走的，放心。"

萧八喜的表情充满绝望。

"昨晚你用手推车运了什么东西？"

"什么？"

"刚才我在旁边听到，杨式连说昨晚他看见你那辆手推车载着东西往养殖塘方向走去？"

"就……就像我刚才说的，是他看错了。"

"为什么要杀申汉国？"

崔顺石眼神紧盯着萧八喜，猝不及防地问道。

"什么？你说我……我杀了申汉国？"

"你已经把沾有血迹的钱洗了，但是因为无法完全消除证据，只好再把纸币烧毁。原本运过尸体的手推车也被你事先藏了起来，等村里的人聚集在村镇会馆时，再趁天色昏暗，神不知鬼不觉地推入河中……刚才我看到黄恩肇一直用恐惧的眼神看向手推车和大门，难道一切只是巧合？我奉劝你还是不要白费力气了，不管打扫得多仔细，只要警察到你家里搜查各个角落，一定会查出遗留的血迹等证据。光是那辆手推车的木板上应该就渗入了大量血吧，只用水冲洗是绝对不可能清除干净的。快说吧，到底为什么杀人？"

萧八喜被崔顺石这么一逼问，紧闭着双眼，低下头来。

"可怜的恩肇……"

"……"

"要是我去坐牢，我们家恩肇怎么办？"

"我记得她是你妹妹的女儿吧？你妹妹的状况很糟吗？"

"她死了，因为生活太苦选择了轻生。她原本是要和那孩子一起死的，最后孩子却奇迹般地被救活了。"

"那孩子她爸呢？"

"他当初一时冲动，不小心让我妹妹怀了孩子，这种男人怎么可能会负起照顾孩子的责任？他只会把责任推给我妹妹，说她没有做好避孕措施。你知道恩肇为什么总是用没大没小的半语¹说话吗？因为她从一出生起就没见过爸爸，她一直以为爸爸是住在美国的美国人。她六岁那年，我开玩笑对她说，在美国是不说敬语的，自此之后她就对所有人都说半语了。她现在已经知道不该这样说话了，但是越长大就越不相信爸爸的存在，可能是故意执着地一直说半语吧。"

"你抽烟吗？"

崔顺石从仅剩三四根烟的烟盒中取出一根，叼在嘴上点燃。

---

1 韩语中最不礼貌的形式，通常对晚辈、小孩及非常亲密的朋友使用。——编者注

"也给我一根吧。当年我老公罹患癌症时和他一起戒了，但今天还真想抽一根。"

崔顺石又取了一根出来，递给萧八喜并为她点着。

有人从远处看见打火机的火苗，用手电筒对着他们照过来。手电筒的灯光不停摇晃，逐渐靠近，原来是赵恩妃。

"我看你去了很久没回来，担心你是不是喝醉出事了，所以出来找……唉，才喝了几杯就连路都走不稳了。言归正传，那辆手推车呢？"

赵恩妃满脸通红，酒气甚浓，她望着崔顺石问道。

崔顺石用叼着烟的嘴朝河水方向努去，赵恩妃用手电筒往他示意的方向照射，看见了被绑在河边的手推车。不用多问，她大概也能猜得到发生了什么。

萧八喜深吸了一口烟，再吐出一口长气，然后干咳了几声。

"太久没抽，身体还是会抗拒。你是来找推车的吧？一到这里就先确认推车，看来你应该也想听我说真相吧？"

萧八喜再次深吸一口烟。她的眼眶已经泛起泪水。

"一个贫穷的妇女，独自抚养幼小的外甥女，把好不容易养大的牛卖掉，换了点钱回来。在家里难得有一大笔现钱的情况下，三更半夜突然发现有人闯进家里，又偷偷从大门溜了出去，遇到这种情况，谁不会怀疑对方是小偷呢？昨天我去洪城牛市场把牛卖掉，还顺路去了一趟青阳镇。回来的路上，就一直有个陌生男子像小偷一样尾随我们，甚至跟到了村里，向恩肇询问洞岩在哪里。昨晚以为被小偷偷走的三百二十万韩元，对我和恩肇来说可是一笔天大的数目，是要用命来保护的钱。我一想到这么重要的钱被小偷偷走，就失去了理智，但又没有足够的勇气去追小偷。就在那时，我发现小偷竟然没逃走，而是趴在大门底下偷看我们家。那一瞬间，我有了更强烈的预感，对方一定除钱以外还另有所图。当时我虽然惊恐万分，却认为必须给他一点颜色瞧瞧。况且我当时还喝了杯酒，就在酒气未消的状态下，鼓起勇气朝大门跑过去，奋力踹了一脚。门角不偏不倚地撞上了那家伙的头，他滚落在地。那一瞬间，为了避免对方爬起身冲过来攻击，我决定先发制人，用手上拿着的棍棒朝他一阵毒打。虽然他头上已经有伤而且一动也不动，但是我害怕他起身就会对我展开攻击，那么说不定我会没命，只能不停地拼命殴打他。"

萧八喜说完，深吸了一口烟，再吐出白雾。

崔顺石点头表示理解。

"女性在杀害男性时通常会使用更残忍的手法，明明刺一两刀就能让对方毙命，却会反复刺一二十刀。这不是因为女人更心狠，而是出于恐惧——要是力气更大的对方有机可乘，自己一定会丧命。"

"没错，我当时就是这种心情，但是后来发现晕倒在地的竟然是申汉国，我突然意识到事情不妙。申汉国虽然是个被村民排挤的酒鬼，但绝不会偷钱或伤害我们。他负债累累，就是个穷小子，但每个月还是会按时捐助贫困儿童。他昨天也去了镇上的市集，应该是去捐了点钱。"

萧八喜沉默下来，将烟抽到只剩滤嘴。

"早知道当时就该直接报警的……可惜那时我没办法这么做。看见他死了的一瞬间，我脑海里浮现的第一个念头就是我们家恩肇会孤苦伶仃。毕竟我杀了人，恩肇以后应该会被送进孤儿院……"

"所以你才会把尸体……"

"对，我想既然他已经被我家的大门撞到头部，又被我乱棒打死，至少要把他搬到高处，比如自杀岩，将他从高处丢下，伪装成失足或坠崖身亡，才有可能隐藏身上的伤痕。所以我把尸体装在手推车里准备搬运，但就在我回房哄恩肇入睡期间，申汉国的尸体竟然不翼而飞。"

"你说尸体自己消失不见了？"

"对，是真的。我找遍房子周围，连个影子都没见着，甚至一度怀疑自己在做梦，在梦里把申汉国杀害的？但就在大约两小时后，申汉国的尸体竟然在里长家里被人发现，而且还是被车撞死的。我当时真的受到惊吓，以为自己活见鬼了。被我打死的人竟然能瞬间移动，还被小货车撞死，尸体也变得更惨不忍睹。"

话一说完，萧八喜便长叹一口气。

"我听说申汉国的口鼻、耳朵里都检查出了牛粪，背后也有被四爪草叉刺伤的痕迹，那是……？"

"难怪你刚才在我们家找四爪草叉。不过我们家不仅没有那种草叉，就连牛粪也从昨晚起就不可能存在了。因为昨天我们把牛卖掉后就直接把牛舍清理干净了，以免滋生蚊蝇。"

"那村里还有谁养牛呢？"

赵恩妃问道。

"听说之前每户人家都会养一头黄牛，可是现在很少有人养牛了。据我所知，只有里长家养牛。"

"什么，难道……不会吧……"

崔顺石打断了赵恩妃的话。

"好吧！酒都没喝完就出来了，还是赶快回去接着喝吧，恩肇应该也在着急地等着她的阿姨回去……"

大部分村民还待在村镇会馆里，站起身欣赏那些在会馆前不停旋转、演奏乐器的表演者，跟着节奏手舞足蹈，还有人用竹筷跟着节拍敲打桌面。

一个喝醉酒的四十多岁男子突然将一桌东西通通掀翻，冲到表演者面前。

原本在演奏的人被他突如其来的举动吓得立刻停止了演奏。

"你们这是在搞什么？他再怎么讨人厌也不应该这样吧。大家都是一个村的。人都不幸过世了，你们现在还好意思这么有兴致？在这里敲锣打鼓？"

村里的男人连忙上前阻止。

"唉，你这人到底是哪根筋不对？你以为我们现在是开心所以敲锣打鼓吗？不都是为了赠匾仪式预先彩排。"

"也不能这样吧？都闹出人命了，大家在这里兴高采烈的对吗？"

"谁兴高采烈了？而且在丧家本来就要吃吃喝喝、热闹一点，这样死者才不会走得那么孤单寂寞啊！"

"这又不是丧家，等村镇会馆挂了死者遗照再说这种话吧。"

"我们不是已经谈好他的丧礼要等调查结束后，由我们中川里负担丧葬费，以村葬方式举行吗？现在尸体不在这里，桥梁也无法通行，怎么举行丧礼？想哭的人到时候再哭个够吧。"

闹事的酒醉男子脱去上衣，不停咆哮，嘴里还念念有词，然后叫住了某人，最后则被妻子直接像拖狗一样拖回家。

就在混乱的场面终于得到控制之际，杨式连的妻子田秀芝拿了一个玻璃瓶，走向崔顺石和赵恩妃。瓶子里是褐色液体，夹杂着药草、菇、树皮等。

"刚才有一会儿没看到两位，还以为是回家休息了。这酒是去年东男他爸酿的，今天第一次开封，为了请两位尝尝特地带来的，里面全是东男他爸在七甲山上亲自采的药草和菌菇，其他对身体好的材料也都放进去了，赶快喝一杯试试看味道吧。"

田秀芝露出了卑微的笑容，明显是要讨好崔顺石和赵恩妃。她为两人斟满酒，放下酒瓶后便回到了她自己的座位。

"哇！这酒好烈，但味道不错，你也来一杯吧。"

崔顺石将整杯酒一饮而下，准备再倒一杯。

"可是刚才听她说，这好像是专门给男人喝的酒……"

赵恩妃皱着眉头拿起酒杯尝了一口。

"嗯，的确不错，味道挺奇妙的，有浓浓的药草味和菌菇味。"

赵恩妃喝掉杯中剩余的药酒，递出空杯。崔顺石拿起酒瓶，帮赵恩妃重新斟满。

"既然渐渐开始有酒意了，那就开始吧。"

"开始做什么？"

崔顺石没有回答，而是直接走去找于泰雨里长耳语，里长的脸顿时变得僵硬。

里长开始轮流找每一位村民窃窃私语，并让将者谷的人聚集到村镇会馆里。

五种杀人方程式

聚集在村镇会馆里的人有于泰雨里长和妻子韩顿淑，朴光圭与父亲朴达秀，餐厅老板王周荣，池塘户杨式连、妻子田秀芝以及儿子杨东男，住在村子最高处的萧八喜和黄恩肇，还有赵恩妃、崔顺石。

与案件相关的人都到齐后，崔顺石站到了大家面前。

"现在聚集在这里的人，都是昨晚申汉国被里长家的小货车冲撞当时的目击者，但是在场的各位竟然没有一个人报警或打119求救，而是选择抛尸、烧毁尸体，积极参与，甚至教唆毁尸灭迹，就算没这么严重，至少也默认、同意了这样的行为发生。各位应该都知道，抛尸、毁尸、纵火是多严重的罪行吧？"

全场鸦雀无声。

"不过，是不是很奇怪？既然大家都知道抛尸、毁尸、纵火是多严重的罪行，为何宁愿承担这么大的风险，也要积极加入隐瞒的行列呢？是的，这起事件其实并不像表面看到的那么简单，所以我才邀请各位齐聚一堂。就让我来整理一下事情的来龙去脉好了。刚才喝了几杯酒，突然觉得有点晕，还是由口齿清晰的赵记者来为各位做个简单的总结说明好了。"

赵恩妃瞪了崔顺石一眼，站到了人群前面。

"虽然我们是反向追踪整起事件的，但是为了让各位能更简单理解整件事情的来龙去脉，我就按时间顺序来说明好了。昨晚，住在村子最高处的萧八喜将家中饲养的牛带去牛市卖掉后拿了一笔钱回来，但在市集时她就察觉有人一直在跟踪。根据后来的调查结果得知，那人是从大田来的，为了去洞岩轻生而来到这个村子。总之，萧八喜深夜看见有人埋伏在她家，误以为是小偷，便用脚踹开大门，导致那人头部受重伤，又用棍棒对那人一阵毒打，导致对方身亡。然后她因为担心黄恩肇会被送进孤儿院，所以决定将尸体装进手推车，打算想办法隐瞒这起案件。然而就在她短暂回房哄黄恩肇睡觉期间，有人竟然将那具尸体扔进了杨式连家的养殖塘。"

"什……什么？"

"你说什么？"

所有人开始窃窃私语。杨式连和田秀芝直接从位子上站起身，眼神肃杀地看着萧八喜。萧八喜别开目光，低头不语。

"等等，她的话还没说完，请大家先安静。其他人也没好到哪里去，有什么资格指责别人？"

崔顺石提高音量，试图让所有人冷静。

"接下来，杨式连的儿子杨东男走到养殖塘，想要拉电线消毒池塘水，结果发现申汉国竟然在水里，误以为是自己害死他的。在担心父亲苛责及零犯罪村赠匾仪式即将到来等多重压力下，杨东男决定将尸体扔进支川里，伪装成意外溺水身亡。但在移送过程中尸体不慎滑落，不偏不倚地被王周荣驾驶的车子撞上。王周荣因自己酒驾撞到了人，会搞砸赠匾仪式，导致零犯罪纪录中断而备感压力，再加上他认为自己其实也是无辜的，于是决定把这件事情赖到于泰雨里长头上。得找辆车确实地撞上申汉国，当替罪羊，才能解除自己的嫌疑。"

"什……什么？王周荣你这家伙，怎么可以这样害我？"

"天啊，真没想到你是这种人，怎么会想让我们背黑锅……"

"所以你是为了毁灭证据才故意开车去撞石头，自导自演汽车暴冲事故？"

于泰雨里长满脸涨红，口沫横飞地对着王周荣咆哮。

"对……对不起，我真该死。"

"嘘，大家都冷静！"

崔顺石再次大声喝止，控制住现场的吵闹。

赵恩妃接着说道：

"正因为所有人都认为自己是害死申汉国的人，所以目击里长家的小货车发生事故时才会惊愕不已：那具尸体到底是如何跑到里长家又被小货车撞死的？难道见鬼了？总之，因此所有人都积极参与协助焚烧尸体一事，并想尽办法隐瞒，但是事情依然不如众愿，被火烧的尸体仿佛成了不死之身，竟然又完好如初地躺在青阳殡仪馆里。多么匪夷所思，不是吗？"

在略有醉意的状态下，有点夸大其词的赵恩妃突然语毕，观察了一下村民。所有人都刻意避开她的视线，沉默不语。

"不过，在这当中有一点很奇怪！有两个人不需要因为认为自己害死了申汉国而参与其中。"

所有人面面相觑，并将视线转移到朴光圭和朴达秀身上。

"两位与这起事件毫无关联，究竟为何会积极参与隐瞒真相的行动？还是说，其实也与案件有关联，只是没让我们知道而已？"

"没……没有，才没有什么关联！"

朴光圭偷瞄了萧八喜一眼，便将头低下。

"那到底是为什么呢？说不通啊，为什么愿意配合？"

"总……总之，我和我爸与这件事无关。"

"所以说，既然无关，为什么要同意？"

"不……不能说。"

"如果没法解释，就会变成杀人犯哦！"

"杀人犯？"

"还有一些谜团没有解开，申汉国的口、鼻、耳朵里都检验出牛粪，额头上也有被钝器击打的瘀血，背部则有被四爪草叉刺伤的痕迹，这些都还解释不通。"

朴光圭吓得脸色铁青、不发一语。他突然起身，走到赵恩妃身旁。

"我就如实说吧，我愿意全盘托出，但是希望去安静点的地方谈……"

崔顺石带着朴光圭和赵恩妃走到村镇会馆的角落。

"来，请说。"

"其实，昨晚在萧八喜家门口，我偶然撞见了她把尸体装进手推车里……"

"什么？"

赵恩妃惊讶地大声喊道。

"那么，把申汉国搬到杨式连家养殖塘的人正是……？"

"没错，是我搬过去的。当我看到八喜小姐在将失手杀死的汉国哥的尸体装进手推车时，就觉得自己应该替她处理，决定干脆将尸体偷走，帮她埋在那边山上。但是当我将尸体推到斜坡上的时候，手推车因重力而加速失控，我被冲下坡的手推车拖着走，最终还是来不及跟上，只好松手让它滑落。手推车刚好滚到养殖塘前，轮胎卡到路上的排水沟，然后整辆车飞弹到空中后跌落在地，汉国哥的尸体被甩进养殖塘里。我好不容易把手推车扶起，就在那时看到有人走了出来，只好先推着空的手推车赶紧躲起来，最后把手推车推回八喜家门口归还了。"

"可是你为什么要替她……？"

崔顺石表情冷漠地问道。

"唉，你这人真是……"赵恩妃摇摇头，打断了崔顺石说话，"这就由我来告诉你吧。你有没有谈过恋爱啊？迟钝的崔顺石先生，这位就是因为喜欢八喜，才会替她处理啊！"

朴光圭再度瞄了萧八喜一眼。

"没错，所以才会……"

"正是因为喜欢萧八喜，才会三更半夜跑去她家附近徘徊，恰巧看见了不该看到的场面，在不问、不追究的情况下，擅自判断暗恋对象一定是出于某种理由失手杀人，为了帮她掩盖罪行而积极加入隐瞒事件的行列，是这个意思吗？"

崔顺石再次向朴光圭确认。

"是啊，我爸什么都不知道。他可能只是看到我穿着沾有血迹的衣服回了家，重新换了一件干净衣服……"

"也是因为爱慕萧八喜而不惜将手伸进火堆里，只为从火场里把她送给你的Zippo打火机捡出来，是吗？"

赵恩妃看着朴光圭被绷带层层包裹的右手，充满同情地问道。朴光圭再次点头默认。

"崔刑警，现在应该明白了吧？"

崔顺石点点头。

三人分别回到各自的座位上。

崔顺石向村民开口说道：

"关于朴光圭和朴达秀的杀人嫌疑，刚才我们已经听到解释了，但还是存在尚未解开的谜团——牛粪、钝器、背上的四爪草叉。"

话说完，崔顺石轮流审视每一位村民的脸庞。

"从目前的搜查结果来看，杀死申汉国的人是萧八喜。但是有一个问题，萧八喜家的牛舍昨晚根本没牛，她们家也没有牛粪和四爪草叉。昨天白天她们就已经把牛牵去牛市卖掉了，回来直接把牛舍用水清洗干净。那么，牛粪和四爪草叉，以及额头上被钝器猛击的伤口又是怎么回事呢？"

听完崔顺石的话，所有人的视线都集中到于泰雨里长身上。

"不是我！我绝对没杀申汉国。怀疑我的，有证据吗？"

"证据……是吧？"

崔顺石抬头仰望天空，露出了沉思的表情。

"申汉国的解剖结果很快就会出来，到时便知道牛粪的成分以及粪便主人是谁了。因为牛粪里多少会存在细微的牛血，可以检测出牛的血型与基因。最近科技日新月异，只要分析粪便成分，很快就能掌握里面的血型、基因等信息，通通查个水落石出。"

于泰雨里长紧咬下唇。

"目前在将者谷养牛、有牛粪的只有我们家。但是就算申汉国身上有我们家的牛粪，也不能一口咬定我就是嫌犯吧？也许是嫌犯为了混淆警方办案，刻意将我们家的牛粪涂抹在申汉国尸体上？又或者是喝醉酒的申汉国误闯我们家牛舍？啊，对了，昨天申汉国不是买了彩票吗？我们去烧他家时，都看见散落在地板上的彩票了，不是吗？杨式连还捡了一张看，不是吗？都说如果梦到在屎上打滚就很容易中彩票，说不定申汉国死前真的故意跑来我们家的牛粪上打滚呢，谁知道他当时在想什么。"

"没错！我们还有那个什么……什么证明的，就是在申汉国死亡的时间。当时我们人在九崎里的丧家，根本不在这里。"

韩顿淑大声地插了一句话。

"对，没错！是啊，我们有不在场证明。"

"丧家？"

"住在九崎里的远房亲戚大哥刚好过世，昨天我们都在他家，一直到深夜才回来。"

"几点回来的？"

"晚上十一点左右吧？我们回来时申汉国应该早已身亡，尸体在各户人家之间流浪。而且我们家也从来没用过四爪草叉，不信的话可以去我家翻找，现在就去找啊！"

"是啊，草叉这种东西，就算是家里没养牛也会有一把，毕竟十多年前可是每家每户都养牛。"

"哦，没关系，我们已经找到那把凶器四爪草叉了，对吧，赵记者？"

"是的，申汉国的狗阿呆在那边山脚下翻找出了被埋在土里的四爪草叉。我们已经带回妥善保管了，只要送去国立科学搜查研究院采集指纹，马上就能真相大白。"

"那个，我有话要说。"

王周荣看着里长的脸色，畏畏缩缩地举起了手。

"我好像知道那把草叉是谁的。"

"是哪家的呢？"

"虽然我真的非常抱歉把申汉国的尸体放到里长家，但是仔细回想，好像也不必对里长感到太过抱歉。"

"你说什么？"

"我重新想了一遍，第一个将尸体转移到别人家里的人并非萧八喜，而是大哥您。"

"什么？"

"昨天我为了打开车门，躲进了你家里寻找开门工具，因为你突然从卧室走出来，我只好躲到檐廊底下，在那底下找到了塑料尺才打开车门。不过在檐廊底下，我看到了一把清洗干净、留有水汽的四爪草叉。黑暗中我不小心压到那把草叉的尖爪，木柄直接弹起来正中我的鼻梁，还流了鼻血。你如何解释那把草叉呢？咱们都是农民，哪有人会特地将草叉清洗得彻底干净，连牛粪味都闻不到，仔细保管在檐廊底下？只有沾血的犯罪工具才会被彻底清洁吧？"

听完王周荣这番话后，里长的眼下肌肉开始不停跳动。

王周荣刻意避开他的视线，继续说道：

"这件事还真离奇，凶手将人杀死以后把尸体送到别人家里，结果尸体竟然绕了一圈，再次回到了凶手家里。"

"才没这回事，都说不是我杀的了！我从亲戚家回来时他就已经死了！"

"老公！"

韩顿淑大吼一声，示意丈夫别再说了。然而眼下情况已明显不利于里长，他执意要说下去：

"从亲戚家回来后，我想去畜舍给饿了一整天的奶牛喂饲料吃，然后就在畜舍入口看见申汉国趴在地上，浑身都是牛粪，也不知道是头上哪里正在流血，背部则被我们畜舍的草叉刺伤，伤口看起来很深。我急忙拔掉草叉，确认他是否还活着，但是发现他早已断气。"

"什么？那凶手到底是谁？"

"我们村里真的有杀人犯用草叉将申汉国杀死吗？"

大家互看彼此，窃窃私语。

"我说的千真万确，请一定要相信我。"

"那你为什么当时没有报警？"

"唉，就和现在一样啊，你看我现在说实话也没人相信，不是吗？当时我就预料到了，要是我说实话，大家肯定不信，还是会把我当成杀人凶手，因为申汉国是在我们家的畜舍、被我的草叉刺死的。而且我第一个想到的就是零犯罪村赠匾仪式。我可是这个村的里长，要是里长在赠匾仪式前夕杀了人，导致零犯罪村纪录无法继续保持，多差劲啊。坐牢是一回事，以后如何在村里抬头挺胸过日子又是另外一回事。就算没被村民赶出村，也一定会像申汉国一样一辈子被大家排挤。不过，一开始发现他趴在地上时，我还打算赶快送他去医院的，所以把他搬到了小货车上。但是人都死了，送去医院还能救活吗？我思考了很久。后来我老婆看见了尸体，提出把尸体放到同样养牛的萧八喜家。八喜才刚搬来不久，就算被逐出村子，去外地也能生活。但是萧八喜独自抚养外甥女也很不容易，所以我坚决反对，但最终还是……"

于泰雨里长望向萧八喜，深表歉意地低下了头。

赵恩妃想起了在里长家吃午饭时，他称赞萧八喜漂亮，结果他老婆韩顿淑马上打翻醋坛子的场景。

"你继续说下去。"

崔顺石催促于泰雨。

"后来我就背着申汉国的尸体吃力地爬上住在最高处的萧八

喜家。我一个人小心翼翼地潜入她们家，老婆则在外看守。但是当我走进牛舍时，发现明明前天还在的牛竟然不在了，牛舍还被清理得十分干净，当下我简直欲哭无泪！我心想这样下去也不是办法，只好背着沉重的尸体走出她们家，就在那时，申汉国的尸体从我背上缓缓滑落下去。我好不容易走出大门，申汉国的尸体已经滑落到我屁股下面了。正当我打算把他背好时，门内传出有人大喊'小偷！'的声音，我只能把尸体放在原地，先逃再说。"

"然后萧八喜误以为外面的小偷正透过大门下的门缝窥探屋内，于是猛地踹了铁门一脚，用门角重击申汉国头部，又拿着棍棒对尸体一阵乱打，对吗？"

"没错！"

洗清杀人冤屈的萧八喜大声回答。

里长叹了一口气，继续替自己辩解：

"但我真的没有杀申汉国。我没事干吗杀他？根本没有理由啊。我和他无冤无仇，也没有金钱纠纷，申汉国和我老婆又没有私情，我真的完全没有杀他的动机。就算真的有什么理由要杀他，我还是这个村的里长，怎么会在零犯罪村赠匾仪式前杀人？真要杀也一定会等仪式结束后再动手吧？"

最后这段话倒是有道理，一个因为太在意赠匾仪式所以选择将尸体移放到邻居家牛舍里而不是报警的人，的确不可能在仪式前犯下杀人案件，除非是冲动杀人，那就另当别论。

"所以最终致申汉国死亡的凶器是草叉喽？"

赵恩妃看着崔顺石问道。

但崔顺石只是耸了耸肩，表示自己也不清楚。现在已经没有其他证据和线索了。虽然到目前为止，于泰雨里长是最有可能杀死申汉国的人，但他一直矢口否认，他说的话听起来既像真的，又像谎言。

"到底是谁用钝器将申汉国的额头敲破，再用草叉刺他背部的呢？"

崔顺石再次朝赵恩妃双手一摊。

"今天先出去继续喝吧，明天白天再重新搜查一下，应该还会找到一些线索。"

崔顺石觉得在没有其他线索的情况下，一直留住村民也是在浪费大家时间。他将村民通通送出会馆，自己也走出去重新坐回了原本和赵恩妃一起用餐的那张桌子。

走出村镇会馆的将者谷村民也围绕在空桌旁，开始喝起酒来，他们似乎因摆脱了杀人嫌疑而感到庆幸，人人都露出如释重负的表情。

"抱歉，当时真应该直接报警的，结果被我搞得这么复杂，我一定会想办法负起责任。"

于泰雨里长在啤酒杯里斟了烧酒，一饮而下，向同桌的其他村民频频致歉。

"哎呀，哥，已经覆水难收了。现在再说负责，到底要怎么负责？"

"就算变卖家产，我也会为你们每个人请律师。八喜小姐，真的对你深感抱歉。"

里长重新向萧八喜郑重致歉，然后像喝醉酒似的吐露了当时的心境：

"我如今回想起来还是心有余悸，我费尽千辛万苦扛去别人家的尸体，竟然以更惨不忍睹的样貌再次出现在我们家，还被小货车撞上，我真的吓到头皮发麻。我们甚至怀疑过，说不定是八喜小姐发现了将申汉国的尸体弃置在她家的人是我们，所以又把尸体送了回来，但我们实在难以启齿，无从问起。"

"所以白天的时候你才会试探八喜小姐会不会开车，是吗？想确认她有没有驾驶货车的能力？"

杨式连问道。

"其实我也有类似的感受。明明已经将尸体遗弃了，怎么又会跑去里长家被小货车撞上？但又不能找人谈论。虽然我不是故意的，但还是把他扔给了餐厅大叔，所以我当时以为是王老板把尸体送到里长家的。"

"这样说来，大哥和王周荣真的心肠很坏欸。朴光圭和我们杨东男都是不小心把尸体推给了别人，但两位是有计划地嫁祸于人。"

"都说对不起了嘛，的确是做了该死的事情。"

"虽然我的确让别人背了黑锅，但背锅的是一开始就先将尸体送去别人家的泰雨哥，我对泰雨哥一点也不感到抱歉，我那么辛苦都是因为谁？唉，我的车……要还完车贷还早呢……"

"唉，我的三百二十万……"

萧八喜也一脸越想越后悔的表情，双手紧紧握拳。

"话说回来，到底是谁杀了申汉国？光想想就不寒而栗，怎么能用草叉刺死他，绝对是我们村里的人……"

"哎哟，不会吧，我们村哪有那么凶残的人？会不会是那个来这里轻生的大田人杀死了申汉国，再自己跑去坠崖自尽呢？"

"有可能，赶快叫那位刑警搜查看看，申汉国和他是不是有什么干系。如果有干系，那他就一定是凶手。"

崔顺石和赵恩妃对坐着，宛如被村民排挤的边缘人。两人一边听着村民们窃窃私语，一边喝着田秀芝送给他们的酒。

"你认为凶手是谁？"

陷入沉思的赵恩妃终于开口问道。

"我怎么知道？我又不是算命的。"

"看来我们刚才捡到的那把草叉已经不足以成为关键证据了，就算握柄上采出指纹，应该也只有里长的指纹吧？……哦，对了，王周荣说他躲在里长家檐廊底下时，压到了那把草叉，所以也会采出他的指纹才对。他当时还流鼻血，可能也沾有他的鼻血……唉，没有其他线索了吗？你那边有其他线索吗？"

"你总是这样逼问我，搞得好像你是刑警、我是被审问的嫌犯一样。"

"哈哈，你这刑警怎么比我还缺乏办案热情。"

"我看起来没热情吗？"

"嗯。"

"这酒，虽然好喝但是挺烈的，你都不醉吗？"

"不醉的话，还叫酒吗？让人醉的才是酒啊，嘿嘿嘿。"

等大部分村民纷纷离席后，崔顺石和赵恩妃也准备起身离开。赵恩妃一直没来由地傻笑，崔顺石的身体也在大幅摇晃。

"真是怪了，我也没喝多少啊，怎么会这么晕？"

"嘿嘿嘿，哪有啊，你明明就喝得很多。你一直说这酒酿得真好，一杯接一杯地喝，哈哈哈。"

"你看酒瓶，我们两个才喝掉三分之一而已。啊，对了！剩下的酒要先保管好。"

崔顺石重回座位，将瓶盖拧紧，一把递给了坐在隔壁桌的田秀芝。

"这瓶酒麻烦您保管了，之后我再来喝。"

"没问题，崔刑警。"

田秀芝拿着酒瓶走进会馆内。

"来，坐我的车吧，来的时候没载你，就被抱怨成那样，走的时候我就大发慈悲载你一程吧。"

崔顺石步履蹒跚，一边走回车上，一边向赵恩妃说道。

"酒……酒驾吗？你可是警察欸！"

"我没喝很多啊，不想坐我的车你就自己走回去也行。"

"嘿嘿，那我还是坐你的车吧。不过！我可不是害怕杀人犯所以坐你的车哦！嘿嘿嘿。"

崔顺石接过她的相机包，放到了车子后座，并帮忙将副驾驶座的车门打开，让赵恩妃上车。

坐上驾驶座的崔顺石用力摇晃了一下脑袋。今天只喝了平日酒量的一半不到，他却头昏脑涨。

崔顺石紧闭了一下双眼，再睁开，终于发动引擎。

老旧吉普车发出喀啦喀啦的声响，准备出发。

"啊，心情真好！哈哈哈！"

赵恩妃仿佛已经困意满满。她眼神涣散，不停傻笑。

"我们等一下到恩肇她们家要不要再喝一杯？嘿嘿嘿，刚才那瓶酒，好像掺了什么东西一样，怎么能让我心情这么好？早知道就不留在那里保管了，应该直接带回来的，嘿嘿嘿。"

车子朝黑暗中缓缓加速前进，很快便进入了河边道路。

"啊，好热啊，开下窗户吧。呃啊——！"

赵恩妃突然从位子上跳起来，朝崔顺石飞扑而去。

"蛇！是蛇！"

"什么？蛇？你……你别这样！"

崔顺石用右手一把推开赵恩妃，急忙踩刹车。就在此时，他感觉自己踩到了软软的东西，立刻低头查看，发现了一条鲜艳的红黑色巨大毒蛇，它的颈部恰好被踩在崔顺石脚下，正在不停挣扎蠕动。如果把脚松开挪到刹车上，那条毒蛇应该马上就会朝他的胯下攻击。

"哦哦哦……！"

前方道路出现了九十度的急转弯道，必须踩刹车减速；但如果要踩刹车，就必须先松开那只踩着毒蛇的脚。

车子开始偏离车道，崔顺石反射性地踩了刹车，但为时已晚。

"啊——！"

车子伴随着赵恩妃的尖叫声向一侧倾斜旋转，最终车子的右后方直接砰的一声撞上了路边的围墙，安全气囊弹出，迎面直击崔顺石的脸部。吉普车的右后方则因擦撞而产生反作用力，使车头向右偏移，整辆车的右侧再度撞上围墙，并沿着围墙推挤数米才停下来。

崔顺石被重量级拳击手正中脸部似的，一时间难以回过神来，鼻孔里传来阵阵火药味和血腥味。他想起车祸前一刻赵恩妃紧搂住他的颈部，连忙转头望向副驾驶座查看。他发现车子旋转着撞击围墙时，赵恩妃已经被弹飞到副驾驶座车门边，整个人向右倾倒，头部似乎撞到了破碎的车窗。

"你还好吗？"

在崔顺石的呼唤下，好不容易清醒的赵恩妃再次缩起双脚。

"蛇！蛇！"

就在那时，驾驶座地上的蛇吐着芯子，沿着崔顺石身穿花裤的腿部缓缓向上攀爬。

"呃啊 ——！"

崔顺石用力摇晃着腿，抖掉了那条蛇，赶紧打开驾驶座车门，直接跳到车外。

"啊 ——！救……救命啊！"

眼看崔顺石落荒而逃，赵恩妃连忙将双腿伸到车椅上，站起身放声尖叫。

原来车上不止一条蛇。赵恩妃所在的副驾驶座地上有一条蛇在爬行，后座有另一条蛇盘踞在座椅上，她的相机包掉在后座地上，那里也有两条蛇。光是一打眼看见的蛇就这么多，别说座椅底部等不容易看见的地方了。

崔顺石拾起路边干枯的树枝重回驾驶座，才一转眼的工夫，一条巨大的岩栖蝮已经盘坐在车椅上。

他用树枝猛力敲击岩栖蝮的头部，并迅速向后退。被打个正着的岩栖蝮开始扭动身躯，不一会儿，原本翻起的白色腹部已重新朝下，它伸长头部做出了预备攻击的姿势。崔顺石打算再次用树枝敲它头部，就在这时，岩栖蝮朝崔顺石的脸部弹跳起来。

"呃啊！"

崔顺石下意识地挥动树枝，直接将岩栖蝮打落一旁，掉落在路边的蛇缓缓爬进了草丛里，消失无踪。崔顺石感觉自己的脸部擦撞到了蛇的身体某处，但应该没有被咬。

"赶快下车！"

崔顺石大声喊道，但赵恩妃始终受困车内，车的右侧紧靠围墙，她没办法打开副驾驶座车门。要下车的话，只能跨过排挡杆，从驾驶座侧的车门下车。

正当赵恩妃准备伸出脚跨过去时，原本在后座的一条毒蛇竟朝这个方向爬了过来，赵恩妃见状连忙收回脚并放声尖叫：

"啊——！"

崔顺石试图用树枝敲打那条蛇，但碍于排挡杆卡在中间，很难击中要害。

"快……快想想办法啊！"

此时，原本就已经冒烟的车头盖突然蹿出火花。

赵恩妃内心焦急万分，却因这些蛇阻挡难行。

崔顺石将后门打开，想敲打正从排挡杆旁的缝隙缓缓爬行的蛇，但于事无补。他只好伸手去抓蛇的尾巴，好不容易将蛇拉出车外，崔顺石将蛇在自己头上转了一大圈后抛向远方。

"快出来，快啊！车子起火了！说不定会爆炸！"

虽然驾驶座又出现了一条蛇，但赵恩妃已经打定主意，就算被蛇咬也要冲出去。她直接跳过排挡杆，脚踩驾驶椅，身体朝车外飞扑，宛如从树上坠落的蛇一般，直接跳出吉普车。那一瞬间，崔顺石刚好抱住了她，两人一同跌落在地。

崔顺石整个人被赵恩妃压住，他连忙推开赵恩妃站起身，并搀扶赵恩妃站起来。火势蔓延得非常迅速，车子随时都有可能爆炸。

尽管情况危急，崔顺石还是连忙走向后车门，用树枝挥打着蛇，再迅速拉出赵恩妃的相机包，脚步踉跄地远离吉普车。

"啊——！"

刚离开车子没几步，他就突然松开了手中的相机包，惊声尖叫。包里居然有一条色彩缤纷的蛇探出头来。

崔顺石放弃捡拾掉落在马路上的相机包，连忙搀扶赵恩妃远离吉普车。

两个人蹲坐在与车子保持安全距离的路边，默默看着那辆被火焰吞噬的吉普车。

"好像篝火啊！嘿嘿嘿。"

赵恩妃像个疯子一样不停憨笑，仿佛下一秒就能入睡般缓慢地眨着眼皮。

"这里到底是现实还是梦境？"

她连说话的速度都变得十分缓慢。

"啊，为什么我的头这么晕？"

赵恩妃像是要甩掉头上的蛇一样用力摇头。

"我是不是被蛇咬了？为什么意识这么模糊？还是我太累了，想睡觉？"

"你绝对没被蛇咬。要是被咬到了，早就失控了。"

"这是怎么回事？为什么车上有那么多蛇？"

"……"

"难道是有人要谋杀我们？应该就是杀死申汉国的凶手策划的吧？哈哈哈，真有意思！"

"来，我们快回去吧。"

崔顺石扶赵恩妃起身，但他自己也重心不稳，难以保持身体平衡。

"那瓶酒，也有点奇怪，好像……"

赵恩妃再次用力左右摇头，喃喃自语。

"来，快……快点……"

"我好累哦，休息一下再走吧……太累了。"

赵恩妃重新蹲坐在地，嘀咕不停。

"不能在这里睡……不可以……睡着……"

原本想要扶赵恩妃起身的崔顺石也一屁股坐在地上。他的脑袋突然一片空白，出现了短暂眩晕，胃也很不舒服，有些想吐。

恶霸地下钱庄从业者

"拜托，醒一醒！"

急切呼喊声从遥远处传来，那是萧八喜的声音。

"喂，崔刑警，快醒过来！"

这是没大没小的黄恩肇在说话。

很想睁开眼睛，身体不断被人摇晃。

"怎么能在这里睡着！"

好不容易睁开眼睛，看见了萧八喜和黄恩肇的身影。

萧八喜看见崔顺石睁开眼睛后，便把原本照亮他脸部的手电筒移开。

这里到底是哪里？

崔顺石把头转向一边，发现吉普车在路边围墙下着火燃烧，而赵恩妃则晕倒在一旁的道路上。她整个人躺在地上，白天落水后向萧八喜借的那双拖鞋则整齐摆放在她的头旁边。

"赵记者！快醒醒！"

萧八喜用手掌轻拍赵恩妃的脸颊。赵恩妃紧闭双眼，一脸不耐烦地缓缓摆动头部，低声呻吟。

"到底怎么回事？该不会哪里受伤了吧？"

崔顺石面对萧八喜的提问不发一语，只是默默地望着在冒黑烟的吉普车。车子已经被烧个精光，火势也逐渐平息。

"现在几点了？"

"已经凌晨三点了。我回去睡了一觉，醒来发现这么晚你们还没回来，担心地张望了一下外头，发现这边的天空很亮，所以过来查看。"

"来，给你！"

黄恩肇把放在吉普车旁的相机包拎了过来。相机包完好如初，没有被火烧过的痕迹。

"喂！小心有蛇！"

听到崔顺石的呼喊，黄恩肇立刻停下脚步，查看四周。

"不是啦，是那个包！包里有蛇！"

黄恩肇一把将相机包扔在路上。

崔顺石好不容易站起身，走向赵恩妃的相机包，小心翼翼地打开包，所幸里面已经不见蛇的踪影。

他将那只被自己和黄恩肇分别重重摔过一次的相机包打开，反复确认装在里面的相机和摄影机有无损坏，再拿出装在包里的手机，试着按下按钮，确认能否正常运作。就在这时，他无意间打开了手机短信，看见一则内容，整个人就像冻僵一样停止了所有动作。

　　姐，你怎么不接电话？我要告诉你调查崔顺石身家背景的结果，记得回电啊！

　　"我看还是得由崔刑警背她回去。"

　　崔顺石因萧八喜的说话声而回过神来，连忙将赵恩妃的手机放回包里。

　　萧八喜协助他背起赵恩妃。

　　"她这样不省人事是因为车祸还是喝了太多酒呢？"

　　"不知道，也不知道她酒量好不好……"

　　崔顺石背起赵恩妃，朝萧八喜家走去。

　　"是怎么出车祸的？"

　　萧八喜拎着赵恩妃的相机包，跟在后头问道。

　　"村里有很多蛇吗？"

　　"蛇？我们村在山谷下，当然经常见到蛇。"

　　"那身上有红、黑、黄色条纹的是什么蛇？看起来很少见，不像是一般的蛇。"

　　那是昨晚看见的蛇当中，他印象最深刻且最容易描述的蛇。

"会不会是虎斑颈槽蛇？"

"不是，如果是虎斑颈槽蛇我能认出来，但那条明显不是。那是一条身上分布着鲜明红、黑、黄色条纹的蛇，皮肤还油亮光滑……"

"不知道欸，有那种蛇吗？"

"哦！我知道那条蛇了，在电视里看过。"

黄恩肇插嘴说道。

"那是美国的金黄珊瑚蛇，有剧毒，被咬到会死。"

"不是啦，恩肇。他们是在这附近看见的，那种蛇怎么可能出现在这里？"

"当时车里有各种毒蛇，日本蝮蛇、中介蝮蛇，还有恩肇说的金黄珊瑚蛇……"

"什么？"

"我想踩刹车，但是感觉脚下踩到了什么软软的东西，结果低头一看，发现是一条珊瑚蛇。"

"怎么会有这种事？如果是日本蝮蛇、中介蝮蛇还不意外，但是国外的蛇怎么会……？"

萧八喜仿佛突然想到了某件事似的，小跑步冲到了崔顺石面前。

"你们该不会昨晚吃了什么菌菇吧？"

"菌菇？没有啊，怎么了？"

"哦，没事，我只是在猜测，因为去年举行零犯罪村活动时，村民误食过会引发幻觉的毒菇。"

萧八喜这么一说，崔顺石想起了白天吃午饭时，韩顿淑和于泰雨说过的话。

"哈哈哈，去年零犯罪村赠匾仪式庆功宴上，这人竟然误把狂笑菇当成可食用的菇，顺手采了回来。结果我把它放进汤里一起煮，那天真的差点害死所有人，幸好我没放很多……哈哈哈。

"哎呀，这怎么能怪我呢？还不都是因为池塘户杨式连说什么吃了会对男人身体好，所以才摘回来想让其他人也见识见识啊。"

一定是昨晚田秀芝送来的那瓶用菌菇酿的酒有问题。田秀芝说过，那瓶酒是她丈夫杨式连一年前在七甲山上亲自采各种药草和菌菇酿制的酒。

崔顺石已经无法确认几个小时前和蛇搏斗的场景是现实还是幻觉，感觉像梦一样模糊。可是从吉普车确实着火了来看，应该不是一场梦。

"怎么了？想到什么事吗？"

"没……没事。"

崔顺石重新背好逐渐下滑的赵恩妃，继续迈开步伐。

背部可以感受到赵恩妃柔软的乳房。这女人究竟有多重？

应该比一袋四十公斤的大米重，由于她整个人完全没出力地趴在崔顺石背上，所以感觉更重了。

虽然赵恩妃一直没醒来，但似乎不用太担心她，因为她的嘴唇就靠在崔顺石耳边，若即若离，不停哼唱着歌曲，仿佛在做什么美梦。

"唉，我呢，背着一个神志不清的女人爬坡，差点累死了……这人却……"

"哎哟，真是的，重死了！"

直到上午十一点钟，赵恩妃才完全清醒。

"哎呀，我的头！"

她感到头部隐隐作痛，一整晚，不，是整个凌晨和早上都沉浸在幻梦中，分不清是现实还是梦境。

赵恩妃环顾四周，纳闷自己怎么会在陌生的房间里。房间一侧摆有画具和几幅画，原来是萧八喜家的画室。

"我的相机包呢？"

当昨晚的记忆片段一幕幕闪过脑海，赵恩妃想起自己的相机包，担心地四处查看，所幸相机包就在房门旁边整齐摆放着。

赵恩妃将相机包拉到自己面前，从里面拿出手机打开确认。

有一条弟弟发来的短信。她原本打算回电话给弟弟，想想还是算了，决定等之后再说。毕竟要谈论的是崔顺石，要是他就在隔壁房间岂不是很容易听见，而且自己仿佛整晚被人掐住脖子一样，喉咙干涩，难以说话。

赵恩妃走出房间，看见檐廊上放着一张小饭桌却没人。

她掀起饭菜罩，发现桌上摆着一碗白饭、大酱汤、凉拌蔬菜、泡菜汤等食物。赵恩妃拿起汤匙，喝了几口泡菜汤，清爽又美味。

意识逐渐恢复清晰，她决定给弟弟回电话。

"哈喽？"

弟弟用充满调皮的嗓音接起电话。

"说来听听。"

"我有个疑问，为什么要调查崔顺石啊？他该不会就在你身边吧？"

"怎么了？"

"他不是什么好人，去年捅了娄子，被大田西部警察局降了一级，贬职到洪城警察局……"

"这我知道。"

害崔顺石降级的人正是赵恩妃。

"后来他去洪城警察局不到三个月，又卷入违背职业操守的事件，直接被开除了。"

"是吗……所以他现在不是刑警？那他现在做什么工作？"

赵恩妃的嗓音略微颤抖。

"他现在好像在谢秉蔡手下做事。谢秉蔡是黑社会的，也经营地下钱庄，主要活动范围是大田和忠南。"

"地下钱庄？"

"嗯。"

"那你打听到他的身世了吗？"

"我多方打听过，听说他很小的时候就被遗弃在雪地里，后来被乡下人发现才捡回一命，然后又被送去孤儿院。其实在乡下要是有人怀孕生子，照理说左邻右舍、同村的人应该都会知道才对。但是从他父母未详来看，生母应该不是那个村子里的人。"

"到底谁会在寒冷的冬天特地跑去乡下抛弃孩子呢？"

"说不定他爸住在那个村，但是不承认这个孩子，所以他被生母无奈抛弃；不然就是爸爸选择守护既有家庭，而把这个私生子遗弃。不过这些都完全找不到记录，所以无从得知。自此以后他便在孤儿院里生活，直到四岁左右被人领养。但是后来这户人家怀上了自己的孩子，便在他六岁时选择退养。据说退养理由是说他性格太坏，夫妻无法同时抚养两个小孩。从小就过着这样的生活，人品自然不可能好到哪里去。后来他重回孤儿院，成长过程中似乎发现自己在打斗方面具有天赋，于是开始学拳击，以体育生身份上了体育大学，甚至拿过全国体育大会银牌。后来由于肩膀受伤，只好放弃打拳，大学也选择休学，以武术特招进警局当警察的。但是在警察生涯期间，他有大大小小的记过处分，最终因违反职业操守被开除了。"

"这样啊……"

赵恩妃的语气充满惊愕。

"那关于他父母、家庭关系也都调查过了吗？"

"我哪有本事能查到三十多年前被遗弃在雪地里的婴儿的亲生父母？要是当时的警察会像现在这样展开虐童调查，可能还能找得到蛛丝马迹，但二十世纪六十年代中期还不像现在这么发达……"

"你知道他当初是被遗弃在哪里吗？"

"让我看看，忠清南道青阳郡长坪面中川里。"

"什么？中川里？"

"干吗这么惊讶？"

"我现在就在中川里啊！"

"是吗？那太好了，当初捡到他照顾一段时间，后来将他送去孤儿院的人，地址显示就在中川里。也许因为年代久远，当时系统也不完善，那人并没留下太多记录，只填了姓名和住址，不过可惜的是他已经去世了。说不定崔顺石本来并不姓崔，名字是有人随意帮他取的。"

"当初把他送去孤儿院、目前已去世的那个人叫什么名字？"

"朴海寿。"

"朴海寿？"

"对，中川里朴海寿。不过，到底为什么要调查崔顺石啊？"

"没事，就是写报道需要一些素材而已。总之，谢啦！"

"嗯，那轮到你实现我的愿望了吧？到底什么时候能嫁出去？"

"我什么时候答应过你了？少啰唆，再帮我多打探一下崔顺石的过去，要是挖到什么新资料再跟我说。"

"唉，真是臭脾气……算了，像你这样的女人谁敢娶啊，你以为我是出于感情才老催你结婚的吗？我只是希望有个人赶快把你带走，我就不用再忍受你这坏脾气了。"

"我看你是活得不耐烦了！挂啦！"

赵恩妃气呼呼地挂上电话。她现在根本没心情理睬弟弟的玩笑。

"所以他不是刑警，而是地下钱庄的人？"

"喂，小心开车啊！"

在谢秉蔡的指挥下，小弟"马铃薯"笨手笨脚地驾驶着老旧挖土机，朝停放在外院的五吨货车驶去。货车车厢里装着运送挖土机时要用到的铁梯。

"我借了八百万，一年半后让我还三千万，哪有这种道理？"

四十五岁的中年男子向谢秉蔡抱怨。

"因为是以复利加上浮动利率计算的啊，而且你难道不知道有IMF危机吗？去年年末不仅废除了利息限制法，国家还因为举债而大幅提升了利息，现在你随便去一家银行借钱，利率也都超过30％了。"

"哎哟，不行！我在这乡下地方连一坪地都没有，全靠这辆挖土机帮人挖土、挖墓养活一家五口。要是连它都被抢走，我靠什么养活家人？"

男子跑到挖土机前阻挡他们，却被站在一旁、身材魁梧的"槌子"徒手推倒，整个人跌坐在大门边的地上。原本在一旁快要哭出来、年纪六七岁的兄妹俩，最终还是忍不住号啕大哭，妻子和老母亲也连忙跑向跌坐在地的男子。

"你们这些浑蛋！要抢走挖土机，就先杀了我！"

也许是吃了秤砣——铁了心，男子一把甩开妻子和母亲，冲进家里的谷仓，拿出一把镰刀。

"不！不可以，老公！"

男子一把将上前阻止的妻子推开，朝谢秉蔡跑去。

谢秉蔡似乎觉得这一切很可笑，笑着往孩子们那边走去。

"所以你现在到底想怎样？需要用钱的时候把我的血汗钱借走，现如今又跟我说你还不出钱！"

谢秉蔡用右手紧紧掐住年幼的女孩的脖子，直接高举到半空中。小女孩瞬间难以呼吸，脸色铁青，不停挥动手脚挣扎。

"来啊！试试看谁先死！快过来啊！"

男子见无法再向前逼近，气愤难平，握着镰刀的手不停颤抖。这时，身材像熊一样的槌子跑了过来，一脚朝他的侧腰踢去。男子飞落到几米外，倒地后又滚了几米，被这一脚踢得站不起身。

谢秉蔡将高举的女孩一把丢向趴在地上的男子身边。重摔在地的女孩吓得不敢哭出声，直到妈妈跑过去紧搂住她，才终于放声大哭。

"我最受不了吵，你叫他们两个给我安静一点。这就是我不喜欢来现场的原因。难得来这种环境清幽的好地方透透气，结果却搞得我一肚子气。弟兄们，动作要快一点喽！"

马铃薯将挖土机运到货车上后，槌子就坐上驾驶座，谢秉蔡和马铃薯也一同上车，坐在槌子旁边。

槌子发动货车发动机，换挡准备出发。

"啊！等等，崔顺石那家伙，到现在都不接电话吗？"

"是，大哥，从昨天下午手机就一直是关机状态。"

"明明是去讨债的，怎么像是去汽车旅馆跟别人老婆开房？关手机干吗？又在玩什么把戏？"

"欠一屁股债的家伙突然死了，他应该也捞不到什么值钱的东西，讨回来的债又能值多少？不可能人间蒸发，我看他应该只是关机而已，这人本来就没什么教养。"

"那小子当初说要去讨债的地方是不是就在这附近？"

"就在那边，长坪面中川里，离这儿五公里左右。"

"那我们顺便过去看看吧。"

"是，大哥！"

载着挖土机的货车开始往中川里方向驶去。

排着阵阵黑烟的货车行驶在蜿蜒曲折的山路上，大约二十分钟后停了下来。他们看见一条河，已经无路可走。虽然前方有一座桥，但是滚滚泥水早已蔓延至桥面，不停流淌。

"大哥，就在对面那个村，可是我们过不去了。"

"用这辆货车也过不去吗？"

"车上载着挖土机，应该不容易被水冲走，但要是排气管或哪里进水的话，可能会在半路熄火，就会卡在桥上进退两难。"

"那就算了，只能返回去了。"

"那个……我想到一个办法可以通过这条河，大哥。"

一旁的马铃薯说道。

"什么方法？"

"只要那辆挖土机上就可以，挖土机的发动机和排气管都在上面，在水深及胸的地方也能正常运作。整个挖土机都是铁块，有一定的重量，也不容易被水冲走。"

"既然都到这里了，就顺便去中川里一趟吧。"

"是，大哥。"

★

崔顺石没有去于泰雨里长家吃饭，而是在萧八喜家简单吃了一顿早午餐，便走出去仔细查看自己那辆撞上围墙起火焚烧的吉普车。车子已经被烧得精光，只剩铁架，现场依旧飘着阵阵刺鼻的味道。

神奇的是，无论哪里都找不到车内曾经有蛇的痕迹，也有可能是因为车门敞开、起火燃烧，在火势蔓延前它们就早已全部逃离；就算未能脱逃，那种身形修长的动物也很容易被火烧得尸骨无存。

虽然不知道那条身上呈现着红、黑、黄色条纹的蛇是否叫金黄珊瑚蛇，但可以确定的是，那种蛇绝对不可能在韩国的山上和草原见到。就算现处在山谷中，也几乎不可能有这种外来品种的蛇偶然进到车内，一定是有人故意将其藏在车中。

不过另一个问题是，就算吉普车停放在偏僻处好几天，车门却一直是紧锁的，嫌犯究竟是如何将这么多蛇放进车内的呢？虽然蛇只要有小洞就能钻进去，但是在车门未开启状态下，钻进车内的概率可以说是微乎其微。

难不成这一切真如萧八喜所言，都是逼真的幻觉？

他的头依然隐隐作痛。

崔顺石考虑了一下是否要回萧八喜家休息，最终还是决定往里长家走去，打算去看看最初发现申汉国尸体的牛舍。

牛舍位于里长家后方，出入口则是开向外院。牛舍前方一隅堆着由牛粪、稻草和粗糠等制成的有机肥，气味非常难闻。

走进牛舍后，崔顺石发现靠近出入口的地方堆放着好几袋饲料、一捆捆的稻草以及刚从山上砍下的草堆，一旁还摆着几个装牛奶的不锈钢桶，走到最里面还有猪圈。

"你来这里有什么事吗？"

崔顺石听到有人搭话，回头一看，原来是里长站在入口处，一脸不悦地盘问他。

"我来看一下现场。请问当时申汉国是在哪个位置被发现的？死状是什么样？"

"哦，他当时是在入口处这里，右手向前伸直趴在地上的，背上还插着草叉，那姿势看起来很像是往外爬的途中断气身亡的。"

"那血迹呢？"

"血迹嘛……尸体周遭有很多血，可能是从那边被草叉插到背以后，再一路爬到了这里。地上拖出一条长长的牛粪和血液混杂的痕迹，也不知道是不是在牛舍里和凶手打斗过再爬出围栏的。我看围栏上沾有很多牛粪，围栏和食槽也有沾着牛粪的手印，说不定就是凶手的手印。可惜我都已经清理干净了，实在是很抱歉……"

"当时杀害申汉国的四爪草叉本来是放在哪里的呢？"

"我已经记不太清楚了，但应该是挂在这里的围栏上……平时我都把它立在出入口外面那边，但前天是放在这附近……"

于泰雨用手指向他说的那个围栏及其周围的区域。

"所以申汉国流着血、沾着牛粪的身体爬行的痕迹，是从这里一路延伸到入口处那里的吗？"

"对。"

由于里长夫妇早已将案发现场打扫干净，难以找到其他线索。

申汉国在这里待了多久？从那边到这里大约十米，究竟爬行了多久？是一口气爬到这里，还是中途晕厥，醒来后再继续爬行的？爬行的时候凶手在这里面，还是等凶手离开后他才爬到这里的？

要是地上还留有爬行痕迹，就可以通过痕迹试着推理，然而所有痕迹早已消失无踪，也查不出所以然了。

崔顺石一无所获地走出牛舍。他看见出入口旁有一个1.5升装的空可乐瓶滚落在地，瓶上还沾有类似血痕一样的污渍。他用大拇指和食指缓缓拎起瓶子，从瓶子光滑、无任何细微刮痕的表面来看，应该是刚被人扔在这里不久。

于泰雨走过来，看到崔顺石手中的空可乐瓶。

"这是血吗？"

"不知道是血还是牛粪。"

"看起来也有点像血液和牛粪混合的污渍。啊，说不定这就是申汉国的血。前天晚上，申汉国尸体的右手边就有一个可乐瓶，瓶身上或许能查出凶手指纹之类的东西。要送去国立科学搜查研究院做进一步检查吗？"

"嗯，就这么做。"

"不过，现在首尔江南区三十四坪公寓大概值多少钱啊？"

"什么？"

"没什么，只是好奇问问。你看那瓶身上不是写着吗，一等奖是送一间位于首尔江南区的公寓。"

崔顺石看了一下可乐瓶身上的抽奖活动。

"不知道，最近因为IMF危机影响，房价应该下跌不少，但首尔江南区的新公寓，最起码也要三四亿韩元吧。"

"哇，真的好贵啊！我看我们家就算卖掉所有家当也连个厕所都买不起。要是有那么多钱，买块地种点东西或者买几头牛来养，一个月至少能赚个五十万，为什么要去买那么贵的房子，整天用屁股坐着？实在搞不懂首尔人在想什么。听说现在利息很高，不如拿去存在农协银行里，你说是不是？"

"是，你说得没错。"

崔顺石点了一下头，便拿着可乐瓶走出了牛舍。

"我听说你的车出事了，是怎么回事？车子失控暴冲吗？"

里长跟在崔顺石后头问道。

"不是，不是什么暴冲事故，只是发动机过热而已。"

"唉！怎么村里好端端的三辆车都在这两天出问题？不是都说同病相怜吗？现在你该明白我的心有多痛了吧。你会找保险公司来处理吗？不对，应该先问你有没有买保险才对，我连保险都没买……在这种小乡下一下子有那么多汽车申请保险理赔，也不知道保险公司会说什么。"

崔顺石好不容易逃离聒噪的里长家，往萧八喜家走去。他看了一会儿手上那个没有瓶盖的空可乐瓶，随手扔在了路边。不管有没有沾到凶手的指纹，只要不是能让今天立刻就破案的证物，对他来说就毫无用处。

快到萧八喜家时，池塘户杨式连正好从上面迎面走下来。他一看见崔顺石，便加快脚步走上前。

"崔刑警！你还好吗？"

"怎么了？"

"昨天我老婆请你们喝的那瓶酒，我昨晚也喝了几杯，简直吃足了苦头。啊！那瓶酒应该是放了几个狂笑菇。去年和里长一起去采菇的时候，我误认成可食用菇，全村人在赠匾仪式的庆功宴上都吃了这种菇，害得每个人都发了疯，没想到去年我们家自酿的酒里也放了那种菌菇。我才喝没几杯就完全认不出我老婆，彻底把她认成了别的女人，哈哈，整晚我差点累死。哎呀，头好痛，我是因为担心两位的状况才跑来这里的，听赵记者说她昨晚也因为分不清是幻觉还是现实而疲惫不堪，到现在还头痛、恶心……"

杨式连想要澄清，昨晚崔顺石和赵恩妃经历的事情并非有人刻意要陷害两人而将毒蛇藏进车里。这一切都是那瓶酒所引发的幻觉。

"崔刑警，你还好吗？"

"没问题，我也没喝多少，毕竟还没抓到杀人犯，也不敢掉以轻心。"

"那就好，我刚才看你的车也全毁了？"

杨式连有意无意地观察着崔顺石的表情，生怕崔顺石会向他索赔似的。

"反正那辆车本来也快报废了。"

"总之，我实在感到很抱歉，老婆也让我一定要对你说声对不起，还拿了另一瓶酒说要送你。我把它放在萧八喜家的檐廊上了，是蛇酒，用蛇酿成的酒。"

"什么？蛇酒？"

"对，这可是补充男人精力最棒的补品。"

杨式连将手臂伸向前，晃了一下比着大拇指的手。

回到萧八喜家后，他看见檐廊上的饭桌旁的确摆着一个玻璃瓶，里面装着灵芝、菌菇和药草，还有一条大蛇。那是一条岩栖蝮。见到蛇的瞬间，他立刻想起了昨晚那条弹起身朝他面部展开攻击的岩栖蝮。

赵恩妃将画室房门彻底敞开，坐在门槛上，一脸心烦意乱的表情，好像有什么不愉快的事情，看见崔顺石也没怎么搭理他。

"烂醉后第二天醒来是不是有强烈的念头想要戒酒，然后一直后悔昨天为什么要喝那么多？你还记得昨晚的事情吗？"

崔顺石把目光放在蛇酒上，向赵恩妃问道。

赵恩妃没有回答。

"你刚才见过杨式连了吧？他说那些蛇是狂笑菇酒引发的幻觉，你怎么看？"

"我什么都想不起来。"

赵恩妃一副没兴趣的样子，语气冷淡地说道。

"什么？一点都想不起来？我好不容易把你扛回来的事你也不记得了？"

"……"

此时，原本只留一个小缝隙的大门突然被打开，餐厅老板王周荣慌慌张张地跑进来。他额头挂满汗珠，整张脸也通红，应该是快步赶来的。

"来了！来了！那些刑警要找崔刑警！"

"什么？"

平时几乎没有太多表情变化的崔顺石难得露出了惊讶的表情。

"我看有三个身材壮硕、长得像黑社会的人说要找崔顺石刑警，但他们不愿表明自己身份，应该是你同事吧？他们是坐挖土机跨过小河过来的。至少也应该搭个直升机吧！他们现在在村镇会馆前等你。嘿嘿，其实我这人不太喜欢麻烦别人，但还是想拜托你在他们面前多帮我说点好话。我虽然酒驾、肇事逃逸又抛了尸，但绝对不是心肠坏，而是像我解释的那样，真的有不得已的原因……希望能对我网开一面。我发誓，以后一定滴酒不沾，也绝对不会在路边随地小便！我要立志成为模范。真的拜托你了，可不可以？"

王周荣苦苦哀求，表情宛如下一秒就准备下跪磕头。

崔顺石皱了下眉头，瞄了一眼正在注视他的赵恩妃，沉默地走出大门。

太多的证据

　　一辆被水浸湿的老旧挖土机停放在中川里村镇会馆前，谢秉蔡和手下马铃薯、槌子在观看一旁的零犯罪村牌匾。那些牌匾就像成串的黄花鱼一个接一个整齐排列，三个为一组，高挂在会馆旁，总共有十六个。

　　"大哥，我看这个村跟我们八字不合啊。这到底有什么好炫耀的，挂成这样是干吗……而且挂了这些玩意儿，岂不是让那些小偷以为这里很好偷？本来没打算偷窃的，看到这些牌匾都跃跃欲试了。像我们这种以坐牢次数为荣耀勋章的人，见到这种牌匾不是更容易被激发出犯罪冲动吗？"

　　"马铃薯，你也感受到了那股冲动啊？我也是，看到这些牌匾的瞬间，就有点蠢蠢欲动……"

　　"少啰唆，崔顺石来了！但他那身打扮是有什么毛病吗？"

　　马铃薯和槌子看见穿着七分长花裤的崔顺石，对他点了头。

"谢老板，什么风把你吹来了啊？"

面对崔顺石的提问，马铃薯用下巴指了下挖土机代替谢秉蔡回答：

"还能有什么事，就是来这附近扣押那辆挖土机，恰巧你手机也关机，出于担心就顺便过来看看你呗。"

崔顺石的手机是在救落水的赵恩妃时放在裤子后侧口袋里进水而产生故障的。

"那你白跑一趟了。我的手机掉进河里进水了，原本打算等明天桥梁恢复通行，回去再向你报告的。"

"是吗，那你挖到什么东西了吗？"

谢秉蔡没有看着崔顺石，而是盯着那些牌匾问他。

"我不是打电话告诉你了吗？没找到什么值钱的东西，房子和土地早被银行查封了，就连房屋和家当也全部被火烧毁……只剩下一辆连运作都有困难的破耕耘机和一只杂种狗，可惜那只狗也跑了。"

"他是怎么死的？怎么会连家当都被烧个精光？"

"我怎么知道？农村的现实不就是如此，本来日子就不好过，再加上IMF危机，还整天被债主讨债……"

"所以是纵火自杀？"

王周荣此时才从后头追上来。他卑微地笑着，对谢秉蔡等人鞠躬哈腰。

"你们是在开搜查会议吧？真的拜托各位了，我对申汉国没有任何敌意，也不是故意开车撞他、放火烧他家的，真的，请各位相信我。"

谢秉蔡瞬间眼睛一亮。

"是你杀了申汉国又放火烧了他家的？"

"什么？不不不！看来崔刑警还没跟您讲清楚……"

王周荣轮流看向谢秉蔡和崔顺石。崔顺石满脸尴尬，谢秉蔡则是一脸中大奖的表情。

"那个……"

崔顺石走到王周荣面前，想要对谢秉蔡说些什么，但是谢秉蔡直接举起手，制止了他。

"啊，等等！我想听他亲口说，既然他想要解释，那就听听好了。我会参考你的说辞，尽量从轻发落。你只要告诉我实情就好。"

"嗯，所以就是……整起事件都是因于泰雨里长而起，要是当初他在牛舍里发现申汉国的尸体时就直接报警，就不会有这么多人毁尸、焚尸、烧他的房子了……"

在王周荣没头没脑地说着期间，谢秉蔡一直望着远方，一边听他细数，一边不停点头。

"……总之大致就是这么回事，我当时真的是不得已才会那么做的。"

"哦，我知道了，的确有点冤枉。"

"是吧？刑警您也觉得我很冤吧？"

谢秉蔡回头看向崔顺石。他距离他们有些远，正准备拿起向马铃薯讨来的一根烟点火。

"这些都是崔刑警查出来的？"

"对。"

"喂！崔刑警！没白领薪水哦，干得不错！既然借钱的家伙死了，没办法还钱，那就理所当然要由杀死那家伙的人来代替还债喽！"

谢秉蔡对着崔顺石挤出一抹微笑，随即便对王周荣说：

"来，那就麻烦你回去把跟这次事件有关的人全都找来，只要是有一点点关联就带过来。我最受不了吵，所以记得安安静静地把人带过来。好！那就快点行动吧！啊，对了，记得把那把草叉也找出来，顺便一起拿给我。"

王周荣察觉到情况好像有点不太对劲，不时回头张望，并朝将者谷方向快步走去。

"喂，槌子！跟上去，好好看着那家伙。"

"是，大哥！"

槌子连忙跟了上去。谢秉蔡看着槌子宛如一头熊缓缓跑去的背影，过一会儿，便走去找崔顺石。

"还没找到真凶？"

崔顺石点点头。

"你应该没对我隐瞒什么吧？有什么事情是我需要知道的吗？"

"没有，刚才那家伙不是都跟你说了吗？"

崔顺石将烟蒂随手往旁边的地上一扔，再用脚踩灭。

"是啊，我们又不是刑警，管他真凶是谁，只要能拿到我们该拿的钱不就好了。总之，这些日子辛苦你啦！"

大约三十分钟后，王周荣戴着棉纱手套握着四爪草叉出现，还带着于泰雨、韩顿淑、杨式连、田秀芝、杨东男、朴光圭、朴达秀，一行人聚集到村镇会馆前。后方还有随身携带相机包的赵恩妃，她与村民们保持着一段距离，也跟了过来。

"确定都到齐了吗？"

"那个……萧八喜不在家，所以没过来，我猜她应该是出门了，等下我再去把她带来。"

"我需要一个可以安静说话的地方，哪里合适呢？"

谢秉蔡轮流看着满脸愁容的村民。

"村镇会馆如何？我们进去说话吧。"

所有人跟着里长走进了村镇会馆。

原本站在门口静静看着村民们一一走进会馆的谢秉蔡，在看到正跟着人群准备走进会馆的赵恩妃时，向一旁的崔顺石确认：

"这女的看起来一点也不像乡下人啊，是这个村里的人？"

"青阳报社记者。"

"和这起事件有关？"

崔顺石摇摇头。

谢秉蔡连忙上前阻挡了赵恩妃的去路。

"喂，小姐！你干吗进去啊？"

"要采访杀人案啊。"

赵恩妃看都没看崔顺石一眼，直接回答。

"我是有私人业务要找他们商量，和这起案件无关。你就别来搅局了，有什么要采访的等之后再说。"

"那也要等我采访完才知道是私事还是公事啊。"

"啧，这位小姐怎么听不懂人话。"

谢秉蔡举起手作势要打赵恩妃。

"老……老板，冷静。打记者没任何好处。这女的还是交给我处理吧。"

崔顺石一把抓住赵恩妃的手腕，将她拉往会馆外。

"放开我！"

"先出去，出去再说。"

崔顺石把赵恩妃带到会馆旁的角落。

"所以你根本不是刑警，而是给地下钱庄工作的？到现在还在演戏?"

赵恩妃用尖锐的嗓音咄咄逼问。

"那是因为……你自己一开始就误以为我还是刑警啊,我什么时候亲口说过自己是刑警了?"

"那你干吗要来调查这起案件?叫那些人来这里要做什么?地下钱庄的人把纯朴的乡下人通通叫来这里,到底有什么意图?"

"纯朴?我看他们一点也不纯朴。"

"所以你们到底想干吗?"

"我猜应该是想要向他们追讨申汉国生前欠的一笔债。"

"什么?这像话吗?"

"……"

"所以你是为了来找人还债而假扮成刑警调查案件?"

"……"

"天啊!我竟然会把你这种人渣当成救命恩人……所以也是为了跟我讨钱而跳河救我的喽?"

赵恩妃口中说出"人渣"这个词时,崔顺石皱了一下眉头。

"我不是说过吗,我从小就是被贱女人遗弃在雪地里自生自灭的婴儿,你怎么会对我这种人有所期待?"

"……"

"那些人作恶多端,你惹不起。他们不分男女老少都欺负,

290

不要多管闲事惹麻烦，还是乖乖待着，等桥梁开放通行以后赶快回去吧。"

赵恩妃双眼直瞪崔顺石。那双漂亮的眼眸里流露的满是轻蔑。

崔顺石转身，回避赵恩妃的视线，不发一语地走进了会馆内。

村民们在村镇会馆大通铺上席地而坐，每个人面前都放了一张借据和一支笔。

马铃薯和槌子站在会馆门口把守，谢秉蔡则是鞋都没脱就直接踩进通铺，手拿四爪草叉在大家面前来回踱步。

"来，大家只要把那些空格填一填就好，应该没人不识字吧？"谢秉蔡依序观察着每一个人，继续说道，"地址、身份证号，都要填写正确哦！然后在金额的地方填上五千万韩元。"所有人面面相觑，迟迟不敢动笔，"这到底是什么？为什么我们要借钱？"

"嗯，我看你们是在乡下生活久了，平时只会务农，所以理解能力都变差了吧。要是城里人，一眼就能看明白了。你们啊，现在不是要向我借钱，而是要还钱，所以得先填这张借据，因为就是你们把我的债务人申汉国杀了啊！我们再怎么厉害也不可能对死者追讨债务吧？自然得由害我们拿不到钱的各位来替他还喽！既然是你们杀死了我的客户，给我们造成巨大损失，那就只好向各位索赔了。这是天经地义的事，我说得没错吧？"

"那个，申汉国不是我们杀死的。"

"没关系，就算你们当中真的没人拿这把草叉插死申汉国好了，但那又怎样，还不都一样。我们是那种就算债务人身亡，也会把尸体拿去变卖的人，但是就连他的尸体也被你们这帮人烧毁了，不是吗？你们用这把草叉将他插死，然后再用货车撞他、用棍棒殴打，甚至还扔进水中电击，再次开车冲撞……而且还放火烧毁已经剩不了几毛钱的家当，害我们什么都没的捡，这样你们还有话可说？"

"申汉国到底借了多少钱？难道有三亿韩元？"

"哎呀，怎么这么蠢呢？如果我们说他借了多少，难道你们要去找死了的申汉国求证？我们也是大忙人，别再浪费时间了，让你写什么你就照着写，写好以后我就当作不知道你们对申汉国做了哪些事，睁一只眼闭一只眼。喂！崔刑警，你说是不是啊？"

谢秉蔡对着站在门口紧皱眉头的崔顺石大声问道。崔顺石避开村民们的视线，默默点了点头。

"有头脑的话就好好盘算一下吧。如果你们不帮申汉国还钱，就得去牢里蹲至少十年。与其那样，每个人帮他还五千万岂不是更划算？对于我们来说也是，与其让各位去坐牢浪费生命，不如在这自由的大韩民国好好工作赚钱，我们还能按时来一下利息，也会尽可能包庇各位。弟兄们说是不是啊？"

"大哥说得对！"

马铃薯和槌子立刻点头，大声回答。

"好！我的说明应该够清楚了，听懂了就照我说的写吧。如果有人还是认为去坐牢比较好的话就举手。"

这时，朴光圭直接高举右手。

"那个，能否依照犯罪轻重调整金额呢？我们家就算卖掉所有财产也没有五千万……"

刹那间，槌子直接冲了上来，穿着鞋子一脚朝朴光圭侧腰用力踹了过去。朴光圭整个人弹飞到一旁，他手扶侧腰，发出呻吟，似乎一时间难以呼吸。

"去你的，那是你家的事，你见过哪个罪犯因为家里没钱而被法院从轻量刑的吗？越没钱，刑责越重！懂吗？有钱没罪，没钱有罪，没听过吗？

"啊，对了！有件事忘了跟大家说，如果你们当中有人选择坐牢，其他人也就只能一起去吃牢饭。因为就算我通融你们，那个要去坐牢的也会把所有事情抖出来，其他人当然也得跟着一起坐牢，对吧？"

谢秉蔡看了一下手表。

"我给各位三分钟时间，你们可以讨论一下。要去坐牢，不，应该说，要集体去坐牢，等出来再还申汉国的债，还是不去坐牢只还债，你们自己决定喽！以我进出监狱的经验来看，其实牢饭不难吃，还行，只是大热天的那么多人挤在一个小房间里，紧挨着彼此睡觉比较难受而已。"

杨式连本来想举手发问，但他转头看了槌子一眼，还是急忙放下手直接开口：

"那个，就算刑警，不，债主大人你愿意睁一只眼闭一只眼，外头的赵恩妃记者也知道这件事的内幕……"

"什么？是要我们连那位和这件事无关的女记者也一并算在里面吗？不是啊，我们可是正当借钱出去、正当催讨债务的企业家，又不是帮忙处理麻烦事的小流氓。那是你们的事，你们自己看着办，不论是跪着向她求饶，还是默默杀人灭口；再不然就找出用草叉插死申汉国的真凶，拜托他顺便处理掉那女的也可以。来，计时三分钟了哦！"

谢秉蔡和小弟退回到门口。

谢秉蔡原本打算推开大门走到室外，却突然停下脚步，充满好奇地望向放在门口旁边层架上的玻璃瓶。是昨晚崔顺石和赵恩妃喝了大约三分之一后请田秀芝代为保管的酒，酒瓶里有各种药草和菌菇。

"这下怎么办呢？"

里长确认地下钱庄的人已经走到馆外后，环顾了一下在场所有人，放低音量问道。

"能怎么办呢，还有其他办法吗？只能先硬着头皮写了……"

"是啊，要是那帮人守口如瓶，让我们免于坐牢的话还算幸运，但要是我们填好借据后还是被送进监狱，那就在警方调查时表明自己是被胁迫签这张借据的。"

王周荣用更小的嗓音低声细语。

"可是就算没去吃牢饭，填了这张单子就得还他们五千万，我们怎么可能拿得出这笔钱？卖掉所有财产能有五千万吗？里长和王叔可能没问题，但我们是绝对拿不出这笔钱的，而且谁知道利息怎么算？那些人不是专门放高利贷的吗？"

杨东男提出了反对意见：

"你们是一家三口一共五千万，一个人只要负担两千万不到；我们一家只有两口，等于一个人要负担两千五百万；更别说萧八喜了，她一个人要拿出五千万。"

于泰雨为自己抱屈，也表示这件事情对每个人来说都不公平。

提到萧八喜，朴光圭连忙插话：

"就是啊，一个女人怎么还五千万啊？"

"所以我们要拒填借据，集体去坐牢？出来以后不是还要继续还申汉国欠的这笔债吗？而且要是现在不填，那帮人会放过我们吗？你们刚才不是也看到了，他们根本不分青红皂白，想打人就打人。"

"哎呀，东男他爸，我们惨了，这下真的完蛋了。到底为什么会被无端卷进这种莫名其妙的事里？哎哟喂呀……"

"啧，你别吵了！哭能解决问题吗？"

最终，会议以先填借据再视情况应变的结论告终。

"这是明智的选择。各位记得把所有空格处都填写完整，再在借款人姓名上用力按个手印就好。"

填写、盖印完毕，村民纷纷起身走出村镇会馆。

"你去哪里了啊？"

韩顿淑站在村镇会馆前，等待其他人走出来。她看见萧八喜牵着黄恩肇正朝这里走来，连忙上前问道。

"刚才去办了点事情……大家怎么都聚集在这里，有什么事吗？"

萧八喜望向村镇会馆内部问道。

"出大事了，一群地下钱庄的人从外地跑来……"

就在此时，萧八喜看见村镇会馆内的一名男子，便急忙拉着黄恩肇的手腕躲到了村镇会馆侧面。

"八喜！怎么了？"

然而她还是晚了一步，被长得像熊一样的槌子逮了个正着。他连忙冲了出来，一把抓住因为牵着黄恩肇而无法快步逃跑的萧八喜的后颈。

"这婊子原来躲在这里啊！"

"恩……恩肇就拜托您了！"

萧八喜松开了恩肇的小手，急忙把她交给了韩顿淑。

槌子准备强行拖萧八喜走进村镇会馆内，但被正好走出来的朴光圭挡住了去路。

"为什么这样对她？"

"滚！"

槌子一脚踹在朴光圭的腹部上，朴光圭被踢飞，重重摔在地上。

"光圭先生！你别插手这件事，别担心！"

"八喜小姐！八喜小姐！"

黄恩肇眼看朴光圭被槌子踢飞，立刻甩开韩顿淑的手，紧追在萧八喜身后跑进了村镇会馆。

谢秉蔡一看见被槌子拖进来的萧八喜便瞪大眼睛。

"咦？看看这是谁啊！萧多喜，好久不见啊！你跟那个画家跑了以后原来一直躲在这里啊？"

"八喜！八喜！"

黄恩肇一边喊着萧八喜的名字，一边跑了进来。

"什么？还改名、生孩子了啊？"

"是我外甥女，别动她。"

槌子将萧八喜推倒在地，再一把抱起朝他们冲来的黄恩肇。

"放开！放开我！你这像熊一样的浑蛋，还不快放开我！"

槌子直接用手捂住黄恩肇不停喊叫的嘴。

谢秉蔡走到萧八喜面前。

"喂，你以为可以躲到什么时候？我可是被你害得破产了。其他婊子还把你当申昌源[1]一样崇拜，也想要效仿你的伎俩，结果被我揍个半死，搞得我有多累你知道吗？过去这段时间利息涨了很多呢，你有没有存点钱啊？"

"先把那孩子送出去再说。"

萧八喜用下巴指向黄恩肇，但是谢秉蔡根本没把她说的话听进耳里。

"你应该也知道，这次就是送去所有岛里面最煎熬的岛了，不仅没电可用，就算有钱也没地方花的那种孤岛。你要是不想被卖到那种岛上整天接客的话，就该未雨绸缪多存点钱才对啊。"

"我把全……全部财产都给你。"

"啊，对了！你在这里的名字不是萧多喜而是萧八喜吧？听说你和这次的案件也有关联，那就……虽然我不知道你全部财产有多少，但可能还要再多个五千万哦！"

"什么意思？"

---

1 韩国历史上著名的窃贼，以越狱闻名。

"你就先在这张借据上按个手印吧，详细内容等回去再问那些村民。哦，不对，你这臭婊子只要逮到机会就会趁机逃跑。那你只能现在做决定了，要当场还这五千万呢，还是被卖去其他岛上？二选一吧。"

"我不会再逃跑了，也没有逃跑的理由，反正我老公已经得癌症死了，我选还钱吧，有话好好说。"

"哎呀，这是什么催泪的剧情？和一个首尔来的三流画家穷小子看对眼，赌上性命一起半夜私奔，结果来到这穷乡僻壤，才享受了短短几年的甜蜜时光，另一半竟然就先翘辫子了！这可怎么办啊，你的命未免也太坎坷了。他都没先买好保险吗？要是买了的话，至少还能让自己老婆免于被卖到孤岛上接客的命运。槌子啊！把这臭婊子绑在那边角落里，给我绑紧一点，别又让她跑了。"

"是，大哥！那这小鬼该如何处理？"

"这个嘛……怎么处理呢？她太小了，连卖都不好卖。"

"拜托你了，放走孩子吧，反正你也不会让她跟着我，拖着孩子的女人很难揽客。没有我，她就是个孤儿。这村子里的人都很善良，说不定还会帮忙送去孤儿院。"

"哈哈，他们善良？善良的人会一个接一个把尸体送去别人家？会一次又一次把人杀死？喂！先把那小鬼也给我绑起来，放在那臭婊子旁边，她跟申昌源一样神出鬼没，把孩子放旁边她就跑不掉了。"

"是！大哥！"

谢秉蔡把手里的那把四爪草叉扔在了会馆门口，拍了拍手，抖掉手上的灰尘。

"既然事情都告一段落了，真想去吃个烤肉，配着烧酒好好喝一杯。"

从村镇会馆走出的村民不约而同地聚集到距离会馆有点远的空地上，他们打算交换一下意见，想想有无对策。

"看来他们是不打算放萧八喜出来了。听他们说要把她卖去岛上什么的，感觉欠了不少钱。"

"应该是。怎么办才好呢？"

"都已经自顾不暇了，哪有那个闲工夫操心别人啊，还是先担心自己老婆吧！我们要是还不出那五千万，说不定也难逃被卖去岛上的命运，女人就被拖去接客，男人则被强迫劳动……"

"你以为谁都能卖啊？至少脸蛋要赏心悦目吧。"

"什么？你这人天天吃我做的饭却在我面前说这种话？那些屁话就等咱家穷得叮当响，只能你去七甲山上摘葛根，把十字镐木柄都用断了的时候再对着柿子树说吧！"

"哎哟，我只是开玩笑，开个玩笑而已，干吗这么小题大做？"

"我现在能不敏感吗？哎哟喂呀，我们这下真的惨了，彻底完蛋了！五千万，这么一大笔钱到底从哪里弄来啊？以后我们全家都只能去七甲山上摘葛根吃了……"

韩顿淑不停地怨天尤人。当她看到赵恩妃缓缓走来时，便立刻打住。

"各位在里面都说了些什么？"

于泰雨一脸来得正好的表情，连忙冲向前去迎接。

"他们说，要是我们替申汉国还清债务，就会帮我们隐瞒这起事件。崔刑警原来根本不是刑警，而是和他们同伙的。后来我们都答应了，所以只要把钱还清就没问题……赵记者你怎么看呢？"

"什么怎么看？"

"现在只剩你了，你愿意对我们犯的错睁一只眼闭一只眼吗？"

"对于各位犯的错，基于人情，我在某种程度上是能理解的。但是假如我真的睁一只眼闭一只眼，那杀死申汉国的真凶呢？你们打算怎么办？目前还没找出真正的凶手。凶手可能是外地人也可能是村民。如果日后抓到了真凶，各位能面对用草叉插死申汉国的杀人犯若无其事地过日子吗？我们总不能连杀人犯都包庇吧？"

"也……也是。"

崔顺石在村镇会馆前抽着烟，暗自偷听着大约三十米外赵恩妃和村民的对话。虽然声音不是很清楚，但是通过村民的表情和肢体动作，隐约猜得到大致的谈话内容。很明显，赵恩妃应该是拒绝了村民的请求。

村民接下来会怎么办？难道真会如谢秉蔡所言，把赵恩妃杀人灭口？

当然，与这次事件有关的村民不可能全部同意这么做，但是那群人里只要有一两个打算这么做，赵恩妃就会有生命危险。另外，谁也说不准真正杀死申汉国的双面人会不会就隐身在那群人当中。

"这女人，明明初次相遇就注定是一段孽缘，还彻底毁了我的人生……照理说我对她的厌恶程度应该仅次于把我扔在雪地里自生自灭的生母，她还用那种充满蔑视的眼光看我，为什么我还要担心她？为什么？"

就算想要出手相救也无计可施，毕竟对方已经表现出连正眼都不想瞧他、根本懒得搭理的态度，自己又怎么可能帮得了她？

"还是干脆对谢秉蔡说谎，激怒他一气之下把赵恩妃抓起来，直接放在萧八喜旁边一起囚禁比较安全？"

手机铃声一响，赵恩妃便从相机包里掏出手机，从人群中走了出去，接起电话。

"嗯，叔叔？"

"申汉国解剖结果出来了。"

"致死原因是什么？草叉？还是额头上的伤？"

"结果出人意料，竟然是农药中毒。"

"什么？死因是农药中毒？"

赵恩妃的嗓音很大，就连和她有段距离的村民都听得一清二楚，所有人立刻停止动作，将视线转移到赵恩妃身上。

"他喝了除草剂，那就是死因。"

"那背上的草叉伤痕呢？"

"那伤虽然也很严重，但是因为避开了心脏、肝脏等要害部位，并不是主因。"

村民们纷纷聚集到正在打电话的赵恩妃身旁，原本在远处观望的崔顺石似乎也感觉到情况不妙，一步步走向她。赵恩妃认为村民们也需要知道申汉国的解剖结果，刻意用所有人都能听得见的音量说话：

"溺水、车祸、过电、被殴打、被草叉刺、被火烧……现在还多了农药中毒……一具尸体怎么能同时有这么多死因？那有没有被毒蛇咬过的痕迹？有没有被美国金黄珊瑚蛇咬过？"

"这倒是没听说。"

"农药是在被草叉插到前喝下肚的，还是在插到后？"

"不知道。尸体损伤太严重，听说已经难以分辨伤痕产生的顺序，也不容易区分哪些伤是在生前发生，哪些是在死后造成的。不过至少在草叉伤痕上找到了活体反应，被草叉插到时确定还是活着的，但不知道是喝下农药前，还是在断气前一刻被插到……"

"唉，这到底是怎么回事？难道是有人一边灌农药一边用草叉攻击他，威胁要他去死吗？"

"谁知道呢？这辈子第一次遇见这么复杂的案件。"

不对，这样的推测不合理。叔叔因为没来过现场，所以可能不太清楚，申汉国被草叉插到的牛舍，并不适合用来威胁人喝农药。为什么偏要选在那里威胁他？况且农药的毒发时间与摄取量有关，不是喝下后马上就会毒发身亡，而是还需要一段时间，不是吗？申汉国到底喝了多少除草剂？

"听说他的胃里几乎没有发现食物，而是验出了洗洁精的成分，应该是喝下一定量农药后进行过洗胃。"

"什么？洗胃？"

"对，太诡异了，这就是一起悬案。"

听到这句话的瞬间，赵恩妃脑海里突然一闪而过火灾现场的画面。在申汉国烧到焦黑的屋里，卧室处有烧酒瓶及深褐色玻璃瓶熔化的碎片。当时她以为是啤酒瓶的碎片，如今回想起来，那很可能是农药瓶，毕竟一个乡下农夫烧酒和啤酒混着喝很奇怪。

"如果有任何最新消息，记得再随时打给我！谢谢叔叔。"

赵恩妃草草挂上了电话。

"你刚才说什么？我好像听到申汉国不是被草叉插死，而是喝农药死的？"

于泰雨里长问道。

"对，没错。朴光圭，我有事想问你。"

"怎么了？"

朴光圭像魂魄离体似的，六神无主地反问。他应该是突然得知暗恋对象萧八喜的过去，而且人现在还被地下钱庄的人绑架，内心正处于混乱状态。

"大家把洞岩上跳崖自尽的男尸误认成申汉国，用耕耘机载往申汉国家中放火烧尸时，你是不是为了捡打火机而把手伸进了火场，结果不小心烧到手，急忙冲去接水区灭火？"

"对。"

"你还记得当时申汉国家的接水区是什么状态吗？能否重新回想，详细地描述一下？"

"当时正下着雨，接水区的滤网有一堆呕吐物，导致排水不良。一旁还有盖子没盖好的洗洁精倾倒在地，整桶洗洁精都流了出来，水桶里有半桶左右的水，但我后来发现那是肥皂水。"

"对，应该是这样，现在总算能拼凑出一些画面了。如果重新推演当时的情况，申汉国应该是在卧室里喝下农药的，可是他没有在房间里、檐廊上、院子里呕吐，而是跑到接水区呕吐，已经喝了农药打算自杀的人为何要大费周章地跑去接水区呕吐呢？"

"难道他去接水区是为了喝下掺了洗洁精的自来水催吐？为了让自己活下来，所以进行洗胃？"

朴光圭说着自己的推论。

"对，应该是。那么就有两种可能：一种是有人胁迫申汉国喝下农药，也可能是熟人在他的食物里偷加农药，骗他喝下去。等犯人离开后，或申汉国发现了自己喝到农药，便急忙奔向接水区，洗完胃后连忙逃到里长家的牛舍。在身后追杀申汉国的真凶则用草叉插死了他，最终，申汉国就在牛舍里失去意识，因农药中毒而死……"

赵恩妃说完第一种假设后环顾了所有人，大家都露出在等待她继续说第二种假设的表情。

"第二种可能是申汉国自己喝下了农药。他可能是对自己的处境太过悲观，冲动之下决定自尽，但是出于某种理由，他活下去的意志被重新唤起，于是他奔向接水区，通过洗胃来催吐农药。为了寻求帮助，他跑到于泰雨里长家，结果在抵达牛舍的时候，被人用草叉插死……唉，这好像说不太通，原本铁了心要寻死的人，怎么突然又想活下去了？而且谁会用草叉插死一个打算寻短见的人呢？这说不通啊。"

"在我看来，应该两种假设都有可能成立。申汉国身亡的那天晚上，不正好是世足赛体育彩票的开奖日吗？如果申汉国喝下农药后发现自己中奖了呢？"崔顺石突然插话，"你们不是说过，准备放火烧毁他家时，在他房间里看到好几张彩票散落一地吗？"

没有人回应崔顺石的提问，大家甚至摆出一脸不想再见到他的表情，直接转过头去，不予理会。

"如果申汉国真的中奖了，现在那张彩票在哪里呢？"

赵恩妃质疑崔顺石。

"可能被凶手拿走了。有人得知申汉国中奖后，偷偷下毒或者强迫他喝下农药。申汉国发现自己误食农药后，连忙去洗胃，展开逃亡。凶手为了抢下那张中奖的彩票，一路尾随申汉国，最后用草叉直接从后方将他插死……这是我想的第一种假设。第二种假设是，申汉国自己喝下农药，但是喝完赫然发现原来自己中奖了，于是为了活命，连忙通过打电话等方式求救。这时得知申汉国中奖消息的人落井下石，不仅不帮他，反倒用草叉将他插死，再把彩票夺走，这也不无可能。此外，就算他没有对谁说出自己中奖的事，也可能已经有人知道他中奖了……"

"什么意思？他自己没说，别人怎么可能知道他中奖？"

"比如，贩卖彩票的老板就会知道他中奖，或者和他一起去买彩票的人也可能知道。因为如果自己手上那张彩票只差一个数字就能中奖，那么就能推测出买了前一张或后一张彩票的人是中奖者，自然而然就能想到比自己早一步或晚一步买彩票的那个人。但如果那个人刚好是自己认识的人呢？"

"如果是这样，那只要看村里谁中奖了，中奖的那个人绝对是杀死申汉国的凶手喽？"

赵恩妃话一说完，便轮流看向所有人。

的确有人符合崔顺石的推论，她们正是萧八喜和黄恩肇。黄恩肇先前说过，申汉国在镇上买彩票时，多买了一张送给她。

赵恩妃想找她们问个清楚，但是两人目前都被困在会馆里。

"啊，头好痛。我要先去换条裤子，收拾一下行李再出来。"

身穿七分花裤的崔顺石将村民们抛诸脑后，直直往将者谷方向走去。

赵恩妃用充满狐疑的眼神紧盯着朝萧八喜家走去的崔顺石。

"难道他是认为中奖彩票一定藏在萧八喜家，准备去人家家里翻箱倒柜？"

她用力摇了摇头，像是要把蚊虫甩开似的，努力抛开这样的想法。

"现在情况不一样了，要不要回去找他们商量看看能否降价呢？"

杨式连的妻子田秀芝轮流看向大家，询问在场所有人的意见。

"没用的。要是找到杀死申汉国的凶手另当别论，但是现在情况没有任何改变，变的只是草叉成了杀人的辅助工具，农药中毒才是主因，仅此而已。"

杨式连对妻子说道。

"可是提提看说不定有机会……"

"我可不去！只要一想到那些家伙的脸，我就全身发抖……"

这时，赵恩妃的手机铃声响起，是她弟弟打来的电话。

"喂！你打来得正是时候，我这边有几个很需要被关进去的小流氓。"

"流氓？你不会又打流氓了吧？"

"喂！我哪有打人啊！是一群放高利贷的流氓在村里欺负人。"

"哦，那种流氓直接向当地警局报案不就好了，你跟我说有什么用？你不是认识很多刑警吗？明明就是把警察局当自家厕所一样进出的记者，怎么……"

"你少啰唆，打来干吗？"

"你上次不是让我把崔顺石调查得更仔细一些……"

"啊！对，查到了什么新资料吗？"

"其实也没什么……"

"没关系，你说说看。"

这次为了进行更隐秘的通话，赵恩妃刻意从人群中走出来，把耳朵贴近手机听筒。

IMF危机之夜

崔顺石独自一人前往将者谷，脚步逐渐加快。

刚才听完赵恩妃的话，他的脑海突然闪过一个念头——那是悲喜交错的两种想法，他需要赶快去确认才行。

他一边走一边仔细观察从于泰雨家到萧八喜家一路上的排水沟。

被碾压过、没有盖子的空可乐瓶依旧在原处。

崔顺石跳进排水沟里，将可乐瓶捡了出来，快速查看瓶上的标签。标签上印有芝麻般细小的文字：

凡购买此款可乐的消费者，打开瓶盖就有机会立即抽中大奖——三十四坪新建公寓，地址：首尔江南区……

大奖是一间位于首尔江南区三星洞的三十四坪全新公寓，

市值相当于世足赛体育彩票的大奖金额。

崔顺石将鼻子凑到可乐瓶口轻嗅了一下，瓶里飘散着一股细微的恶臭味，那是农药的刺鼻气味。

这个空可乐瓶是申汉国在快断气的情况下，从自家跑到里长家时仍握在手中的物品，崔顺石相信，他之所以在奄奄一息的状态下仍不愿放弃这个东西，一定是有非常重要的原因。

他回想了一下自己的推论，更加确信自己想得没错。

"那么，印有房子图案的瓶盖现在在哪里？难道凶手在里长家的牛舍里用草叉插死申汉国后把瓶盖夺走了？还是申汉国活着的时候把它藏在了某处？或是他死后尸体被村民轮番丢给别人时遗落在了哪里？"

如今崔顺石能做的事情只有从里长家出发，沿着尸体被移动过的路径挨家挨户地绕一圈。所幸与这起事件有关的人尚未从村镇会馆返家。

崔顺石走进里长家牛舍，从里长说的有人翻越围栏爬出来的痕迹开始，到尸体被草叉插着趴倒在地的位置，以及发现没有瓶盖的空瓶位置等，全部仔细查看了一轮，却不见他一心想找的可乐瓶盖的踪影。

他向外瞥见堆在牛舍前的一大坨牛粪。可是如果瓶盖真的在那坨牛粪里，他也无法将手伸进去翻找。

崔顺石决定改天再来重新翻找。他打算先跳到下一阶段，按照尸体被抛弃的路径走一遍。然而就在此时，他在里长家的外院发现了一个红色的圆形物体，是可乐瓶盖！他用颤抖的手迅速捡起瓶盖，翻面查看。

"啊！"

瓶盖里清楚印着一栋房子的图案。崔顺石心跳加快，快到难以承受。

他连忙环顾四周，确认四下无人，用手紧紧包住瓶盖，以免被其他人发现。他总有一种不祥的预感，感觉有人会从背后拿着草叉突袭自己。

"既然如此，那凶手是……？"

他紧握住可乐瓶盖的手不停颤抖，同时，脑海里快速闪过几种情形。

"原来凶手是……"

虽然萧八喜极力劝阻，说鸡骨头是不能给狗吃的，但恩肇还是偷装了一袋，拎去了申汉国家，一心想把好吃的东西分享给平日很听她话的阿呆。

恩肇推开申汉国家的大门，走进屋内。申汉国激动的嗓音从播放着收音机的音乐间传了出来：

"哎呀！来找我也没用，我连买农药自杀的钱都没有！"

申汉国独自坐在房门敞开的卧室里一边喝着烧酒，一边打电话。虽然透过敞开的房门瞥见了一声不响就闯进他家的恩肇，但也只用仿佛见到邻居家的猫恰巧路过的眼神看了恩肇一眼，没有多做理会。可见电话里一定是在谈很严肃的事情。

被拴在厨房前的阿呆一看见恩肇，就不停摇尾巴，原地旋转。

"阿呆！快吃好吃的炸鸡。八喜今天赚了好多钱，特地买给我吃的！我为了拿给你吃，故意没把骨头啃干净，多留了一些肉给你，是不是很感谢我啊？"

阿呆仿佛在向恩肇道谢似的，更奋力地摇晃起尾巴。

当恩肇把塑料袋里的鸡骨头通通倒进阿呆的饭碗里时，阿呆直接冲上前，开始嘎吱嘎吱地啃起来。

"去他的，随便啦！要杀要剐，要肾脏、要眼珠都可以，通通拿去！"

申汉国骂完对方后，气呼呼地听对方说了好一阵子，最后终于忍不住啪的一声用力挂上电话。

"跟寄生虫一样的王八蛋！"

电话铃声再次响起，但申汉国没接，只是不停往自己的酒杯里倒满烧酒。

直到黄恩肇回家，申汉国一直独自默默喝着烧酒，没有配下酒菜。

明天那群浑蛋一定会跑来闹事，让他把钱吐出来。明明向他们借的本金是一千万韩元，但因为《利息限制法》被废除，再加上IMF危机期间利息暴涨，本金和积欠的浮动利率加起来，竟然要还五千万……这对于经济现况比当初借钱时还糟糕的申汉国来说，无疑是雪上加霜，甚至连当初借的本金一千万都还不出来。房子和农田很久以前就被银行扣押了，周围也完全没有能开口借钱的人。

申汉国摇晃了一下烧酒瓶，现在就连酒都快喝光了。

"他妈的，烂命一条！算了，也没什么值得留恋的，早死早超生……"

他早已厌倦了这样的人生，苟延残喘的生活，光想想就厌烦。

既然都要死，不如让刚才打电话来威胁说明天要找上门的那帮流氓发现一具冰冷的尸体，让他们惹祸上身。

就在这时，他的脑海中突然闪过一个念头，人生还有最后一线希望。他抬头望向挂在墙壁上的时钟，世足赛体育彩票即将开奖。

开奖方式是通过电视台和广播电台现场转播，但是村子位于山谷间，信号弱，接收不到电视信号，只能听广播。

"竟然又因为'说不定'的事而对人生产生留恋……"

尽管如此，他还是打开了收音机，转动旋钮，调到开奖电台的频道。

"亲爱的听众朋友们，大家好！世足赛体育彩票抽奖即将开始，让我们先来揭晓六等奖！"

申汉国急忙站起身，从挂在墙上的裤子口袋中掏出他买的十张彩票，直接摊放在房间地板上，并准备纸和笔。

"六等奖的数字终于揭晓！分别是五号、二号与八号！"

申汉国把六等奖的三个数字抄写在纸上，也将继续揭晓的五等奖、四等奖、三等奖、二等奖、一等奖、增开奖的中奖数字依序抄写下来。

中奖数字全部揭晓后，他立刻从一等奖数字开始核对确认。

果不其然，十张彩票一张也没中。以防万一，他重新核对了一次，还是没找到任何一张中奖，甚至连奖金一千韩元的六等奖都没中。十张彩票连一张六等奖都没中，几乎是被衰鬼附身了吧。

"我的人生不是一直如此吗？想着'说不定'，最后都会变成'果不其然'。唉，还是放下所有留恋吧！既然已经被名为'希望'的骗子诱骗了四十年，活得连条狗都不如，还有什么好留恋的……"

当最后一丝希望都化成纸屑后，申汉国摇摇晃晃地站起身。

他好不容易从檐廊上走到院子，抬头仰望着夜空，看见乌云渐渐密布，空隙间还能隐约看见三四颗星星。

"神啊！为什么要创造出我这样的人？"

得到的回答只有一片静默，还有自己急促的呼吸声在耳边缭绕。

申汉国直接穿过院子，阿呆摇晃着尾巴痴痴地望着他，他打开厕所旁的仓库门，步履蹒跚地走了进去。外面潮湿闷热，快下雨了，仓库里则凉快许多。

他沿着墙壁用手摸索电灯开关。钨丝灯照亮整个仓库的瞬间，明亮而不带一丝温暖。

在阴凉的寒气中，松木层板上整齐摆放着十几罐农药，杀虫剂、杀菌剂、除草剂……

申汉国踮起脚尖，努力控制住站不稳的双腿，拿起距离自己最近的一罐农药，查看瓶身上的文字说明。那是一罐杀菌剂，专门用来防治稻热病。他不免怀疑，杀菌剂对人体真的会造成致命性的伤害吗？于是他将那瓶农药放回原处，顺手取下一旁的杀虫剂，然而他再度将杀虫剂物归原处 —— 喝杀虫剂自杀，仿佛间接承认了自己是只无用的害虫。

他把胳膊再伸长，拿起一罐层架深处的除草剂。瓶身的触感冰冷，他想起里长曾经说过的话 —— 不论是意外还是自杀，许多人都因除草剂丧命。可见这款药剂的成分不只会使杂草枯死，也会对人体带来致命伤害。

自己不过是无名小卒，要是真的喝下除草剂自杀，也与杂草没什么区别。杂草的形象终究比寄生虫或害虫好一些。

"是啊，我打从娘胎出生，就是杂草中的杂草，不管被人怎么踩，也能死命向下扎根。但生命力如此顽强的杂草，竟也会选择走上绝路，可见人生是多么走投无路！"

他拿着除草剂准备走出仓库时，无意间发现了层架下方的展着剂。

展着剂是喷洒农药时混合使用的辅助剂，主要是为了让农药喷洒完毕后，即便下雨也不会稀释掉。申汉国心想，还是连展着剂也一起喝下才能死得比较彻底。

他一手拿着除草剂，一手拿着展着剂，走出仓库，再次穿过阿呆在摇晃尾巴的院子。

他跟跟跄跄地走进卧室，早已将胃里的东西通通吐了出来，坐在烧酒瓶前，打开除草剂的瓶盖，拿到嘴边。然而嘴巴只是碰到瓶口，还没尝到味道，他就因直蹿而上的农药味频频作呕。对于从小就在太阳底下干粗活、天天闻着刺鼻农药味过日子的他来说，这是人生中最厌恶的气味。

厌烦人生的味道！

要是烧酒还剩一些的话，还能和除草剂混着喝——此生第一次也是最后一次的美味调酒。可惜所有的烧酒都喝到见底了。

申汉国重心不稳地站起身，打开壁橱。壁橱里放着白天去市集买回来的一打六瓶1.5升装可乐。他取出其中一瓶，不知道是不是因为手里有汗，无论怎么拧都拧不开。

他将可乐瓶靠在侧腰，撩起上衣的衣角，包住瓶盖并重新用力扭转。瓶盖突然啪的一声弹开，从手中滑落，整瓶可乐就像倾倒的保龄球一样滚滑在地，不停冒着泡泡。

当他把可乐瓶捡起来重新摆正时，瓶中的可乐只剩不到一半。这样也好，要是瓶子里装满了可乐，还需要再另外找个碗来混合除草剂，这样正好方便。

他将除草剂和展着剂各倒半瓶进了只剩一半左右的可乐瓶里，瓶中重新装满了液体。

像啤酒一样冒着泡沫的液体朝瓶口直蹿。申汉国默默看了一会儿，便用双手捧着这瓶特殊口味的可乐，深吸一口气，屏住呼吸，缓缓将瓶口靠近嘴巴。他打算一饮而尽。

但他再次停下。因为从挂在可乐瓶口的瓶盖里，他看见了几个字：

谢谢惠顾！

瓶盖里写着：谢谢惠顾！

他看了一下可乐瓶标签上芝麻大小的文字内容，那是一段关于抽奖活动的说明文案。

当瓶盖内出现特定图案时，主办方就会赠送与图案相符的奖品，一等奖是一间位于首尔江南的三十四坪公寓，上面还写有公寓名称及地址。

首尔江南的公寓，那会值多少钱呢？至少得两三亿吧，也可能四亿以上，应该和世足赛体育彩票的一等奖金额差不多。

他把除草剂口味的可乐轻轻放下，脚步踉跄地从壁橱里搬出其余的可乐，放在地板上，一一打开瓶盖确认。

然而那些瓶盖里通通写着：谢谢惠顾！只有一个瓶盖里印有可乐瓶的图案，把它拿去商店兑换，就会免费得到一瓶可乐。

"拿着这个瓶盖去换一瓶新的可乐，说不定就能抽到一间房子……"

因为区区一个可乐瓶盖，仿佛又对人生产生了一丝留恋。然而他已经不再是那个容易被希望蒙骗的纯真少年了，毕竟已经被"说不定"的念头戏弄了这么多年，活得连条狗都不如，而且没有一次不是得到"果不其然"的结果。

他用大拇指和中指将印有可乐瓶图案的瓶盖弹飞到房间角落，重新拿起除草剂口味的可乐，深吸一口气，屏住呼吸，将那些液体通通送进了喉咙深处，想尽可能少尝到那令人作呕的味道。

申汉国瞬间喝下了半瓶左右便移开可乐瓶。从嘴巴、鼻子、喉咙、肚子里感受到的碳酸和气泡都令他无法忍受，要是强迫自己再多喝一些，很可能就会把喝下肚的全都吐出来。

光是喝掉半瓶就已经足够了。

"嗝！嗝！"

申汉国连打几个带有浓浓除草剂味道的嗝后，在离炕头较近的地方躺下，拉起棉被，盖住身体。身体暖了，药效才会快速发作，加快死亡速度，就能少感受一些痛苦。

随着身体逐渐变热，他感觉自己仿佛在炎炎夏日喝下温热米酒般，随时都想呕吐。他咬紧牙关，缩紧喉咙，努力忍耐。

在静静等待死亡降临期间，他回首过往，感到痛苦万分，恐惧感也如排山倒海般袭来。对现在的申汉国来说，思考本身就已经是莫大的痛苦。

为了让自己停止思考，他眼神锁定天花板上的一处花纹，双眼紧盯，那是大约五年前他亲自糊的壁纸。花纹没对齐，就像他的人生一样歪七扭八。他的人生从壁纸花纹开始无一不是参差不齐的。

"是啊，死得好，早就该死的。"

他感到一阵胃痛，用手压紧腹部，转身侧躺，不再去看那碍眼的壁纸。

但这次是被收音机里传来的摇滚乐吵得心烦意乱。

他好不容易坐起身，拖着屁股移动到角落，将收音机换台。当收音机里传出女歌手用甜美嗓音哼唱的歌曲时，他选定频道，重回炕头，再次用棉被包裹全身。然而，女歌手才唱了不到一分钟，便传出主持人和歌手的访谈声：

"那我们就继续与药师歌手周宣美来聊聊刚才没说完的话题喽！听说牛奶和药物不能一起服用，请问是为什么呢？"

"国外医疗机构研究指出，如果将药物搭配牛奶服用的话，牛奶里的成分会妨碍人体吸收药物，使药效降低。不论是感冒药还是其他药物，如果不想让药效降低的话，至少要在服用药物的前后三十分钟内尽量避免喝牛奶。"

"噢，原来如此，之前我还以为吃药会伤胃，所以吃完药还特地喝杯牛奶来保护胃，有时也会担心药物造成胃部不适而先喝牛奶，甚至用牛奶代替白开水吃药，难怪以前吃药感觉没那么有效……"

当主持人开始和嘉宾聊起这些医学常识时，申汉国很想坐起身再去换台，调到只播音乐的频道，但他嫌麻烦，一动也不动地躺在原地。

不一会儿，他从食道与胃部的疼痛间感受到一股强烈的口渴，再也无法忍耐。

"该不会喝下农药后再喝水，就像吃完药后喝牛奶一样，使药效降低吧？"

他摇摇晃晃地站起身，走向炕尾的冰箱，打开冰箱门，取出一升装的烧酒瓶，里头装的是麦茶。他将瓶盖扭开，准备直接用嘴巴对着瓶口喝，但是他突然停下了动作，将视线转移到手里握着的瓶盖。原来是一个红色的可乐瓶盖。看来是他当初用烧酒瓶装麦茶，但没有用金属材质的烧酒瓶盖封口，而是用了塑料材质的可乐瓶盖。

他翻开手里的可乐瓶盖，查看里面是否印有图案。

下一秒，手里拿着的麦茶掉落在地。一直以来被他用作水壶瓶盖的这枚可乐瓶盖里竟印着清楚的房子图案。

"中……中了！"

这绝不是因为农药中毒而产生的幻觉，是千真万确的房子图案。

"啊哈哈哈哈……"

他紧握瓶盖放声大笑，然而随即吐了一地。白色的呕吐物倾泻而出，飘散着浓浓的除草剂和酒精味，肠子宛如断裂般剧痛。

讽刺的是，明明一间足以让人生改头换面的三十四坪江南公寓就握在手中，他却已经喝下了农药。

他急忙拿起喝到剩半瓶左右的除草剂可乐——上面印有活动说明，拖着踉跄的步伐慌慌张张地冲出大门。

过去的人生受尽多少委屈，他不甘心就这样死掉，不，如今的他已经没有寻死的理由了。虽然不确定那间位于江南的三十四坪全新公寓值多少钱，但可以肯定的是，把那间房子卖掉绝对能偿还当初为了盖温室而欠下的债务，甚至还绰绰有余，用还清债务剩下的钱也能过上人人称羡的好日子。要是有了那笔钱，应该能在市里开一家小超市，还能娶妻生子。如果那间公寓值三亿韩元就好了，卖掉以后，就算一天花一百万，也能足足花上一整年；要是全部存进银行，光是利息就能吃一辈子，每月领三百万以上，等于每个月坐领大企业科长或部长级别的薪水。

他摇摇晃晃地冲到接水区，将左手拿着的除草剂可乐先扔在那里，同时又将握在右手的中奖瓶盖放进裤子口袋深处。为了节省时间，他直接把厨房的洗洁精拿起来，往装有半桶水的塑料桶里挤压。蜂蜜一样浓稠的液体从黄色瓶子里缓缓流出，沉入桶的底部，他直接将手伸进桶里快速搅拌，直到开始出现泡泡，他便把整张脸埋进桶里，大口大口地喝下肥皂水。

当他喝到肚子很胀的程度时，便用手指伸进喉咙里开始催吐。试过几次以后，还是吐不出来，只好急忙将脸埋进桶里，再一次大口喝水。

重复了几次呕吐、洗胃的过程后，他重新拿起刚刚扔在一旁、印有活动说明的可乐瓶，准备回房间打119求救，然而他停下了脚步。

与其打给119等待救护车来这乡下，再把他送去医院，不如直接从这里开车去医院比较快，至少能省下一半时间。就算救护车从青阳镇开来这里，再快也需要三十分钟，来回则需要一小时；青阳镇没有大医院，如果必须送往公州或大田、天安等地的大型医院，至少要花一个半小时，到时候就算遇见神医也回天乏术。他的生死取决于多快抵达医院。

他手里握着装有除草剂可乐的瓶子，在黑暗中摇摇晃晃朝于泰雨里长家奔跑而去。要是能搭里长家的小货车直接去医院，就能省下至少一半的时间，或者也可以途中请里长打119，在路上转搭救护车去医院。

平日申汉国闭着眼睛都能走到里长家，然而今天他却感觉这段路格外漫长。

酒醉又农药中毒的他为了加紧脚步，先是从田埂上摔落，头部又撞上电线杆。尽管如此，他还是紧紧握着可乐瓶，中途也不时查看口袋里的瓶盖是否还在。

好不容易抵达里长家门口，却发现小货车没有停放在外院，屋内也一片漆黑。

"里长？"

申汉国一脚踹开里长家的大门，直接闯进了内院。

"里长？拜托救救我啊！"

然而四周鸦雀无声，没有半点动静，看来里长夫妻俩应该是开着小货车出门了。

希望之光正在逐渐熄灭。

他匆匆忙忙走到大门外，看见里长家后方的牛舍还亮着灯，说不定里面有人。

他踉踉跄跄地跑到了牛舍。

"里……里长？"

那里也空无一人，除了几头眼睛眨呀眨的奶牛，不见半个人影。

他用力按住绞痛的腹部，准备离开。就在此时，他看见了奶牛饱满的乳房，瞬间想起刚才从收音机里听到的对话：

"药物和牛奶一起服用的话，药效会大幅降低！"

农药也是药，喝一些牛奶说不定能降低药效。目前已经没有其他抢救方法了，只能姑且一试。

他东倒西歪地走到牛舍入口处，一一拿起放在那里的不锈钢牛奶桶摇晃查看，可惜都是空桶。

里长是专门饲养奶牛、销售鲜奶的养牛户，申汉国知道他家里一定有剩下的牛奶，但是眼下他没法擅闯屋内，也没有多余的时间四处翻找。

他快要陷入昏迷，必须抓紧时间。

他锁定一头乳房看起来最为饱满的奶牛，打算走进牛棚，然而牛棚的门上锁无法进入，只能翻越高度及胸的围栏。

他先将手里拿着的可乐瓶放在围栏前，再后退几步，准备助跑翻越围栏。

奶牛被这个不速之客吓得退避三舍，申汉国大幅摆动双腿，不慎踢到原本倚放在围栏上的草叉，掉进牛棚内。

他好不容易翻进去，软弱无力的双腿努力维持平衡，举步维艰地朝锁定的奶牛臀部方向走去，然后像小牛一样趴在地上，举起一只手握住长长的乳头，费尽千辛万苦用嘴巴含住。就在他准备吸吮牛乳的瞬间，奶牛突然移动，他整张脸栽进了地上的牛粪堆里。

他急忙用手擦去眼睛周围的牛粪，重新起身。受到惊吓的奶牛开始在原地踏步，转换臀部方向，申汉国见状焦急地爬上前去一把抓住奶牛的尾巴，把脸直接埋进它的后腿之间，然而，饱受惊吓的奶牛突然用后腿对着他奋力踢了一脚。

啪！

申汉国的额头被奶牛后蹄踢个正着，头部和腰部瞬间向后仰，来不及尖叫就朝后方飞去。更倒霉的是，那个位置恰巧平放着刚才翻越围栏时弄倒的四爪草叉，爪尖正朝上。

"呃！"

在意识昏迷的状态下，还能清楚感受到草叉尖锐的爪子插入皮肉的刺痛感。

究竟过了多久才恢复意识的呢？

申汉国浑身沾满牛粪，带着插在背上的草叉，用尽全力尝试翻越围栏。然而，已经到了他的极限，从围栏上摔到地上的他再也没有力气站起身。但他还是用仅剩的力气伸手抓住近在眼前的可乐瓶，朝牛舍出入口方向爬去，不过，他爬行的速度越来越缓慢。

就在爬到出入口正前方时，他停下了一切动作。他手中握着那个可乐瓶，始终没有松开。

★

"原来杀死申汉国的凶手正是……"崔顺石感到一阵头晕目眩，"杀死申汉国的，原来是我。"

崔顺石发现害死申汉国的真凶正是自己，因为他是在接完自己打的恐吓电话后决定喝农药自尽的。

"原来是我害死他的……"

这是一件多么讽刺的事！恐吓了与自己人生经历十分相似的申汉国以后，逼他走上绝路，又意外捡到他人生中唯一的幸运——那枚可乐瓶盖。

但是崔顺石认为自己根本不必对申汉国感到抱歉，毕竟自己也不是故意害他，只是被当时的情况所逼……

其实对崔顺石来说，人生中初次听闻"中川里"这个地名时，就已极其厌恶。

十年前的某天，他出于好奇查看了自己的出生记录——"寒冬中在忠清南道青阳郡长坪面中川里的某处雪堆里发现"。每次只要听到中川里，他心中就会燃起一把无名火。或许也是因为如此，他听说申汉国住在中川里时，下意识地待他更为苛刻。住在这个村子的村民中，可能有当初从雪地里将他救起的人，也可能有将他置于雪地不顾死活的亲戚，无论前者还是后者，他都一样痛恨。要是按照当初将他遗弃的浑蛋父母之意，直接将他活活冻死，他就不用看见这肮脏龌龊的世界了，那该有多好。崔顺石一直都抱持着这样的想法。

如今情况发生一百八十度大转变。既然已经将价值三亿韩元的可乐瓶盖握在手中，那么总有一天，自己的诞生会成为一种祝福而非不幸。在大韩民国房价最高的地段首尔江南区，拥有一间三十四坪大的全新公寓，这是多少人梦寐以求的，如今他手中握着的正是人人羡慕的那份梦想。

崔顺石难得面露笑容，从将者谷一路走下来。遇见从村镇会馆走回家的村民时，每一位村民都对他露出极不友善的表情，他们走到路的另一边，避免与他擦身。他们这样刻意避开自己也好，毕竟以后都是老死不相往来的人。

崔顺石没有重回村镇会馆，而是走到河边坐下，从口袋里掏出那个价值三亿韩元的瓶盖，不停拿在手里把玩。他凝视着湍急泛黄的河水，默默看了好一阵子。他打算擦去所有过往，让自己的人生彻底改头换面。

三亿韩元确实是一笔可观的金额，足以幻想全新的人生，甚至还能还清当初向谢秉蔡借的那笔钱——被革职处分前，他把逮捕的儿童性侵犯殴打到半身不遂，为了躲避牢狱之灾，只好借钱与对方和解，目前还剩两千多万尚未还清。用这笔钱还完债还剩下大量现金，再也不必听命于谢秉蔡，也不用活得那么卑微。可以在大田选个环境清幽的好地方，开一间咖啡厅赚点生活费，享受被人称呼老板的滋味，悠闲地度过下半生。在孤儿院长大、在重案组当刑警、被革职后变成地下钱庄的人……这些全都会变成过往，从此以后他将过上内心坦然、舒适又富裕的人生。

最棒而非最糟的一天

崔顺石抵达村镇会馆时，听见里面传来不寻常的对话声：

"你这是要干吗？"

"快点把八喜小姐和恩肇放了！"

崔顺石走进会馆内，率先迎接他的是一股刺鼻的汽油味。

朴光圭正在馆内和谢秉蔡、槌子、马铃薯三人对峙。他一手拿着打火机，一手提着汽油桶。地板上洒满汽油，连朴光圭身上也都是汽油。

其他村民早已各自返家，只剩赵恩妃独自站在会馆门口来回踱步。

萧八喜非常恐惧，紧搂着黄恩肇，躲在角落。

"你是白痴吗？不要瞎忙活了，想带走萧多喜那贱女人，就应该带现金过来，而不是汽油桶。"

槌子站在会馆正中央，谢秉蔡在他身后语带讽刺地笑着说道。

"如果不想一起死在这里，就赶快把她们放了！"

"光圭先生，你不要冲动。他们都是凶神恶煞，你这样做也解决不了问题！"

萧八喜喊道。

"是啊，这样做是不能解决问题的，之后我们走法律途径解决吧！"

赵恩妃也对着朴光圭的背后呼喊。

"啊，真是吵死人了！"

谢秉蔡脸部扭曲，仿佛下一秒就会有所行动。

"喂，把打火机交出来！"

崔顺石走进会馆，朝朴光圭背后走去。朴光圭把他也当作敌人，移动到旁边。就在此时，站在他面前的槌子立刻抓住机会朝朴光圭踹了一脚。不同于他壮硕的体形，踢腿的动作倒显得迅速利落。

啪！

"呃啊！"

朴光圭直接被槌子踹飞到会馆门口，重摔在地。他连忙站起身，举起手里的打火机，然而，萧八喜和黄恩肇还在会馆内侧的角落，他无法轻举妄动。

朴光圭迅速抓起倚靠在门旁的四爪草叉，这时，槌子再次朝他踢了一脚，他则用手里握着的草叉用力朝槌子的大腿插了下去。

"啊！"

"呃！"

槌子被朴光圭的草叉插到，朴光圭则被槌子踢到，两人同时发出了哀号。

跌倒在地的朴光圭迅速站起身，重新握好草叉。被插到大腿的槌子则用双手按压住大腿，一跛一跛地向后退。

"这死兔崽子真不知好歹……"

谢秉蔡眼看小弟受伤挂彩，连忙冲了上来。朴光圭再次用草叉试图攻击谢秉蔡，但打偏了方向。谢秉蔡跳到半空中，大幅扭转身体踢了一脚，鞋底不偏不倚正好踢在朴光圭的脸上。

"啊——！"

伴随着萧八喜的尖叫声，朴光圭背部直接撞上墙壁，晕倒在地。

"这死兔崽子……"

谢秉蔡和槌子、马铃薯三人同时冲上去，对着朴光圭一阵猛踹。原本将身体蜷伏成圆形、双手抱头的朴光圭逐渐失去意识，四肢瘫软无力。谢秉蔡捡起四爪草叉，准备朝朴光圭的身体插下去。

"停！"

崔顺石冲过去想要制止谢秉蔡，但还是晚了一步。当他抓住谢秉蔡的手臂时，草叉刚好插进了朴光圭的大腿。啪！

"啊——！"

萧八喜和赵恩妃同时放声尖叫，失去意识的朴光圭则躺在地上一动不动。

"都让你住手了！"

崔顺石用力抓住了想要再次高举草叉的谢秉蔡的手臂。

"他妈的！插歪了，都是你害的！不过，我说你，现在是在命令我吗？"

"不是命令，是你太过分了。"

"过分？你刚来零犯罪村住几天就改邪归正了？以为自己还是刑警？"

"可以了。这人要是不懂人情世故还拖着跛脚去警察局告状的话，我们只会更麻烦。"

事实的确如此，手里已经握有三亿韩元准备重启人生的人，可不能在这个节骨眼卷入是非。朴光圭要是存心想搞谢秉蔡，崔顺石也难辞其咎，那他的发财梦就会连带受影响。

"我不如直接把他打死，埋进土里，这样他就彻底没机会找我麻烦了，反正这里还有一辆挖土机。"

谢秉蔡重新高举草叉。

崔顺石没有回应谢秉蔡，直接背对他蹲下，撕下朴光圭身穿的一片T恤布料，绑住他大腿上鲜血直流的伤口。

"赵记者，车在哪里？"

崔顺石做完紧急包扎后，将朴光圭背在身上，向赵恩妃问道。

"怎么？还打算送他回家？"

谢秉蔡对着崔顺石的后背语带调侃地问道。

"他要是得了破伤风死了的话，我们只会更麻烦。喂，槌子！你也记得找红药水擦一下。"

崔顺石背着朴光圭走出会馆，赵恩妃刚好开着她的车抵达门口。

"喂！快回来啊，我们马上就要离开村子了。"

谢秉蔡朝崔顺石背后喊道。

崔顺石先将副驾驶座的椅背向后放倒，再将朴光圭扛进去，然后自己坐进了后座。

"你知道他家在哪里吧？出发吧。"

赵恩妃开着Tico前往将者谷，她一路上都没说话，只是默默开车，从头到尾维持着冷漠的表情。

朴光圭恢复了意识，他睁开眼睛，表情痛苦地发出呻吟。也许是伤口太痛，他摸了一下用T恤布料简单包扎的大腿。

"你刚才被草叉插到了。"

赵恩妃转头看了一眼躺在副驾驶座的朴光圭，告知他。

"八喜小姐和恩肇呢？"

"……"

"不行，回村镇会馆！"

朴光圭一边试图坐起身，一边喊道。

"……"

"快掉头啊！"

"你这样做也解决不了任何问题！"

赵恩妃大声喊道。

"我今天必须把八喜小姐和恩肇救出来，然后点火自焚，和他们同归于尽，这样不就解决了？只要那些像寄生虫一样的浑蛋消失，八喜小姐就能重获自由，不是吗？"

朴光圭仿佛下一秒就要打开车门跳下去。他挥动着手臂，想要从倾倒的座椅上忍痛起身。崔顺石见状直接从后方压住他的上半身，使他不得不再次躺平。

"你这浑蛋怎么会在车上？"

朴光圭一看见崔顺石就气急败坏。

"乖乖躺好吧，太激动就无法止血了。"

"拿开你的脏手！放开，放开我！"

崔顺石把朴光圭不停挥动的双手交叉在胸前，紧紧压住，使他动弹不得。

赵恩妃按了一次喇叭，便将车子停在朴光圭家门口。

"放开，放开我！我要回去！快放手啊！"

"拜托你安分一点，想想你年迈的老父亲！你要是死了，谁来照顾他？"

赵恩妃终于忍不住对朴光圭大声喊道。

"爸爸……"

崔顺石连忙下车走到副驾驶座，搀扶朴光圭。

朴达秀听见汽车的喇叭声，从屋内探头查看外面的动静。当他看见大腿满是血的儿子站在门口时，吓得连拐杖都来不及拄就直接冲了出来。

"这到底怎么回事？"

"爸……呜呜……"

"他为了救八喜小姐，拿着汽油桶和草叉去对付那帮流氓，结果自己反而被刺伤了。"

"哎哟，我的天啊，你这小子！哎哟……来来来，快往这里……"

朴达秀指着他们家的檐廊说道。

"家里有绷带和消毒药水吗？"

"绷带和消毒药水？我们家没有……我赶快去借。"

朴达秀拄着放在檐廊边上的拐杖，慌慌张张地跑到了大门外。

"啊，还是我去借吧。老先生，请问您要去找谁借呢？"

赵恩妃跟着朴达秀跑到门外，不一会儿，便听见汽车发动的声音。

屋内只剩朴光圭和崔顺石两人，朴光圭终于安静下来。

崔顺石环视一圈屋内，从院子的晒衣绳上取下一条短裤，放在朴光圭身旁，再走进厨房里拿出一把厨用剪刀，帮朴光圭把伤口周围的裤子剪开，再把沾满血迹的裤子脱下来，换上刚才收下来的短裤。

"不用了，我自己来！"

朴光圭对崔顺石依旧抱有敌意。

"我也不想做这些，但还是速战速决吧。等赵记者回来再换裤子岂不是更丢脸？"

"……你是因为赵记者才帮我的吗？"

"……"

崔顺石没有否认，也没有承认。朴光圭可能对崔顺石产生了同病相怜之情，没有再顽强抵抗。

"真的拜托你了。"朴光圭对着正在剪裤子的崔顺石苦苦哀求，"真的没有办法救救八喜小姐吗？"

"……"

"她是个善良又可怜的女人，当初被抓去陌生的岛上受尽折磨，好不容易逃出来又失去了丈夫，还独自一人抚养年幼的外甥女……身世如此悲惨的人，为什么还要被卖到可怕的岛上？她可怜的外甥女恩肇又该怎么办？我趁这一两个月时间会想尽办法筹钱，就算卖肾也在所不惜，只要你帮我争取一些时间就好。拜托了，可以吗？"

"这不是我能决定的。"

"算我求你了。"

朴光圭频频鞠躬，拜托崔顺石。

"刚才在村镇会馆里的那个人才是老板，你却提着汽油桶去闹事，不是应该去下跪拜托他才对吗？"

"你以为我没试过吗？就是因为怎么拜托都没用，才会选择同归于尽啊。他让我现在马上拿出一亿……"

"什么？一亿韩元？"

"申汉国要还的五千万和八喜小姐的身价五千万……"

一个极度不合理的数字。申汉国向他们借的本金只有一千万韩元，就算按照他们的方式乱加利息，总共也不超过五千万，但是现在他们却抓住村民对申汉国抛尸、纵火烧屋的把柄进行勒索，让每户各签一张借据，分别交出五千万。当初萧八喜欠他们的钱明明也只剩一千万左右尚未还清，他们却要无赖，硬是让她还五千万韩元。

崔顺石帮朴光圭穿上短裤后过了不久，赵恩妃和朴达秀便返回家里。她手上拎着一个超大的急救箱。

"找到药了吗？"

"找到了。那边耙子峰上有一户人家的大女儿是首尔某家医院的助理护士，我看她简直可以开家药店了，不仅有消毒药水、止血剂，就连手术用的针线都有。"

赵恩妃的心情似乎比刚才好一些，可能是因为看见崔顺石帮助朴光圭，自己也借到了需要的药品。

她把急救箱放在檐廊上，从箱里取出各种药品和绷带，一字排开放在檐廊上。

"帮我准备一下消毒用的酒精棉花。"

崔顺石话一说完，赵恩妃便用镊子从袋子里夹出一些医用棉花，将其卷成球形，再放入瓶里蘸取酒精。

"怎么这么熟练？"

"在诊所里看多了，我爸是社区诊所的医生。"

"需要缝合伤口吗？"

"我爸是医生，我可不是。"

"又没让你缝，你不是常看你爸处理伤口吗？这种程度的伤口通常缝还是不缝？"

"医生当然都会选择缝合，可是你会缝吗？"

赵恩妃用充满担忧的眼神问道。

"我也见过很多次身中刀伤的刑警去急诊室缝合……"

崔顺石话一说完，便拿起类似钓鱼线的医用针线，准备帮朴光圭进行缝合。

"剪刀。"

赵恩妃把剪刀递给崔顺石，他迅速将伤口上残留的布料和包扎在伤口上的T恤布料剪下，朴光圭大腿上的四道直线伤口立刻血流如注。

崔顺石用赵恩妃递来的酒精棉涂抹了伤口部位，便夹起手术缝合针。

"为了帮你止血，我就先大概缝合一下。等桥梁开放后，你再去医院找医生重新缝一次。现在没有麻醉药，所以应该会很痛，忍一下啊。可以试着将注意力集中于你内心的痛苦，想想萧八喜小姐，肉体上的疼痛就没什么大不了了。"

话才刚说完，崔顺石就将手术缝合针刺进了朴光圭的大腿。

"啊！"

"比起你内心的痛，这应该还好吧？"

"嗯，还好，继续！"

缝合针穿过肌肤，经过伤口，从另一边穿出来，崔顺石用镊子夹住针，直直往上拉，将线拉紧、绑好，再剪掉多余的线，就这样不停重复动作。

朴光圭咬紧牙关，紧握拳头，额头上结满汗珠。崔顺石的额头也一直挂着汗水。

赵恩妃从晒衣绳上取下两条毛巾，一条用来帮朴光圭擦汗，另一条则用来帮崔顺石擦去额头上的汗水。

"我是担心你的汗水掉到伤口上。"

"我说什么了吗？"

每道伤口都长达两厘米左右，需要各缝三针。由于草叉是四爪的，用笨拙的手艺缝上十二针着实不易，因此崔顺石花了很长时间。

在崔顺石缝最后一道伤口时，赵恩妃来回看向崔顺石挂满汗珠的脸庞以及他那双正在进行缝合的手，然后她的视线停留在伤口部位，对朴达秀抛出一个敏感问题：

"老先生，请问您认识朴海寿吗？"

一瞬间，崔顺石的手指没控制好缝合针，针头朝稍偏的位置戳了下去。

"啊！"

"啊，抱歉。"

崔顺石抽出针头，重新往其他位置戳去。

"您不认识朴海寿吗？听说已经过世了？"

"朴海寿？朴海寿是我堂哥啊，你怎么知道他的？"

"他是您堂哥？"

"是啊，大概十年前过世的……"

"我听说三十多年前朴海寿先生在村子的某处雪堆里捡到一个被人遗弃的男婴，然后把他送去了孤儿院还是警察局，托人照顾，您听说过这件事吗？"

"哦，当然知道啦！怎么可能忘记？不过那都多久以前的事了，记者小姐你怎么会知道？"

"我是在准备采访资料的过程中发现的。"

"哦，那真的是好久以前的事了……"

"当时到底是怎么回事？"

"我最近记性不是很好，有时候会想不起人名，脑袋不好使了，不过我对那件事还是记忆犹新，因为实在太令人印象深刻……那应该是一九六五年前后的某个冬天。印象中那年冬天下了非常大的雪，当时这里刚修了一条路，但还没通公交车，又过了几年才通了一天两班公交车。不过就算是现在也不常有公交车停靠，有时候雨或雪下得太大，经常直接跳过我们这一站。"

崔顺石缝合伤口的动作变得缓慢许多。

"总之，那天是祭拜爷爷的日子，但偏偏在那天，家住加里庭的堂哥老婆得了盲肠炎，简直出了大事，要在暴风雪中穿过积满雪的道路到青阳镇上才能就医……啊，当时青阳连'邑[1]'都不是，还只是'面[2]'，而且当时医疗技术还不发达，盲肠炎是

1　韩国行政区划的一级，相当于中国的镇。——编者注

2　韩国行政区划的一级，相当于中国的乡。——编者注

足以要命的病。该怎么办呢？黄汉先生家有牛和推车，只好赶紧向他们借来使用，在推车上铺了一层厚厚的稻草，再铺上层层棉被，让大嫂躺在上面，靠着牛拉车往青阳镇出发。当时推车的主人黄汉先生带着我堂哥一起牵着牛、拖着那辆推车上路，也许是情况紧急，来不及联络我。"

朴达秀说的故事似乎是从堂哥那里听来的。

"那天我一如往常地清理了院子里的积雪，打扫完便带着老婆及年幼的光圭准备一同去加里庭大伯父家帮爷爷祭祀。当时祭祀是一件重要又盛大的事，我们经过现在的村镇会馆附近时，看见有个人从远处的雪地里焦急地跑了过来，怀里还抱着一个东西。"

"是婴儿吗？"

赵恩妃追问。

"没错，那个人就是我堂哥，他怀里抱着一个东西拼了命地往我这边跑来。仔细一看，他外套胸前的位置鼓鼓的，原来里面塞着一个小婴儿。后来我才发现，原来堂哥把外套里的衣服脱了，光着身体抱着孩子，外面只披着一件外套，就从长谷里跑了过来，他是想用自己的体温救活那个快要在雪地里冻死的男婴，也不晓得婴儿是死是活，连哭都不哭。"

"长谷里是在那上面啊，为什么没去找附近的住户求救？"

"他的确去了附近住户家里想暖暖身子，但是那孩子的情况不妙，不只是快要冻死的问题，就连身形也骨瘦如柴，一看就是没怎么吃东西、快要饿死的孩子。听说长谷里的某户人家还尝试用为祭祀预留的白米煮成米汤喂他喝，但那孩子完全吞不下去，他们担心要是强迫喂食，不小心让米汤流进气管里导致气管堵塞的话反而弄巧成拙……"

朴达秀说到一半停了下来，似乎是在回想当时的情况。

"后来呢？"

"后来他就拜托放牛人黄汉先生带自己患有盲肠炎的妻子先去医院，啊，他只能将大嫂委托给黄汉，因为那头老牛只听主人的话。一边是痛到无法走路的大嫂，一边是处在死亡边缘的婴儿，照理说堂哥应该去送大嫂才对，但堂哥认为拖着一头不受控的牛在分不清方向的雪地里徘徊，反而可能会耽误大嫂就医，因此，他只好选择自己来抢救婴儿，情况危急的妻子则交由放牛人黄汉先生帮忙送往医院。他用体温温暖婴儿，从长谷里一路跑到中川里，因为当时将者谷正好有个刚生完孩子的产妇，也就是英淑她妈，本来就住在那边那栋房子，二十年前搬去了京畿道光明市。当时英淑她妈生下来的孩子是第三代独子小留，可惜小留三岁那年得了痢疾还是什么病，不幸夭折了。当初就是为了让他留在人间久一些而给他取名为'小留'的，唉，真是令人心疼。我堂哥当时心想让这男婴去喝英淑她妈的奶说不定就能活下来，所以才会大老远跑来。"

崔顺石将要进行最后一个步骤——将缝合线打结，却怎么也绑不起来。

"后来呢？救活了吗？"

"当然了，你都不知道当时花了多大力气才救活他的。村民们个个都很热心：有人找了对冻伤有疗效的草药熬汤；有人则去采摘山茱萸、苍耳等帮他退烧；英淑她妈因为母乳不够多，抱怨自己亲生的都喂不饱了，怎么可能分给别家的婴儿喝，于是村民又在寒冷的冬天凿开冰面，想办法捉催乳的黑鱼煮给她吃……反正大伙闹哄哄的，好不容易才救了他一命。"

"听起来很劳师动众啊。"

"我倒还好，没做什么。堂哥比较辛苦，比起肉体上的辛苦，主要是逐渐对这孩子产生感情，后来要送走的时候心里特别难受，但是他们家经济条件不是很好，还能怎么办呢？照顾了三个月左右，等天气回暖转春时，只好把他送去了孤儿院，总不能一直拜托英淑她妈喂孩子吧。"

"原来如此。不过那孩子的生母为什么那么狠心，把他遗弃在雪地里自生自灭呢？"

"什么？谁说的？虽然不知道是谁告诉你的，但说这种话的人肯定会遭天谴！"

"啊？不不，我只是看到记录上这样写的……"

"不是，不是！绝对不是这么一回事！"

346

"那是怎么回事呢？"

"你知道我堂哥为什么要那么努力救活孩子吗？"

朴达秀停顿了一下，轮流看向在场所有人。崔顺石拿着针的手直接停在半空中，不停颤抖。

"那是因为，孩子的母亲为了救他，在雪地里被活活冻死了！"

"什么？"

"也不知道是因为大雪而分不清方向走错了路，还是本来就打算到这附近办事，反正从她的穿着来看，应该是一个外地人。她在路途中生病，全身无力地和孩子一起躺在雪地里，眼看两人就快冻死，她只能脱去身上的所有衣物，紧紧包裹住孩子，最后她是光着身子在雪地里冻死的。堂哥在雪地里看见的就是这样的画面。一看就知道，这位母亲不惜牺牲自己的性命也要救孩子。天下父母心不都是如此吗？光想到伟大的母爱就不禁悲从中来，在那凛冽严寒的雪地里……多冷啊……堂哥说既然他目睹了那份令人鼻酸的母爱，又怎能视而不见？同样身为母亲，大嫂应该也被那份母爱感动了，想要救活孩子，才会在自己生命危急的时刻，依旧选择让丈夫赶快去救那孩子吧。当时拍的照片我应该还留着……"

他走进卧室，过了一会儿便拿着一张老旧的黑白照片走了出来，递给赵恩妃。

"这是送走那孩子前，和村民们留下的唯一合照。越战负伤回来的赵正热先生带回了一台相机，这张照片就是他帮大家拍的。"

赵恩妃接过照片，注视了一会儿，然后小心翼翼地将照片轻放在崔顺石视线范围内的位置。

小小一张黑白照片里，一名表情沉痛的男子怀里紧搂着一个笑容灿烂的婴儿，仿佛抱着自己的亲生骨肉般。他的身旁站着一名貌似是妻子的女子，再过去是一个怀中同样抱着小婴儿的女子。照片中还有年轻时的朴达秀、年幼的朴光圭、其他三个不知是谁的小朋友以及两个站着的大人。

朴光圭的伤口只剩最后一两针没缝完，崔顺石的动作却停在那里，身体微微颤抖，额头上也滴下豆大的汗珠……那不是汗珠，而是泪水。

"我猜那孩子长大后一定是个杰出的人才。他母亲都那样舍命救他了，自然福大命大，一定会成为一个优秀的人，嗯！必须如此！那孩子现在应该也三十多岁了，不知道住在哪里，真想见见他。"

"呜呜，呜呜呜……"

低头不语的崔顺石身体不停抽动，紧闭的双唇间溢出了啜泣似的声音。

"啊？你怎么了？是想到了自己的母亲吗？我也是。每次只要一想起这件事，就会非常思念已逝的老母亲。早知道应该趁她在世的时候多孝敬她的，但她人都走了，现在再后悔也没用了……"

朴达秀把头转向一边，用手擦去了眼角的泪水。

"我帮你把最后剩的两针缝好吧。"

赵恩妃将手里握着的手帕递给崔顺石，并从他手中接过了缝合针。

"呜呜，呜呜呜……"

解铃还须系铃人

赵恩妃的车停在村镇会馆前。

崔顺石带着一脸做错事的表情从车上下来。

马铃薯已经坐在停放在村镇会馆前的挖土机上，启动了发动机，随时待命。

"崔经纪人来了！"

他一见到崔顺石，便朝村镇会馆门口喊道。

不一会儿，谢秉蔡和腿上绑着绷带、跛着脚的槌子拖着萧八喜从里面走了出来。

"八喜！八喜！"

黄恩肇跟在八喜身后追了出来。

"喂！你别过来！"

槌子推了黄恩肇一把，将村镇会馆的玻璃门关上。黄恩肇趴在门上，不停用拳头敲打玻璃，大声哭喊。

"八喜！八喜阿姨！"

槌子松开阻挡玻璃门的手，黄恩肇再度开门冲了出去。

"啊，真是的！怎么这么烦人！"

槌子用力抓住黄恩肇的手臂，粗鲁地将她扔在会馆里，连忙把玻璃门关上。

"恩肇！干吗对一个孩子这样？"

"都叫你别出来了！"

黄恩肇为了开门不停拍打玻璃门，没想到整片玻璃碎裂一地，她的手被玻璃割伤，鲜红的血液滴了下来，她哭得更加凄厉。

"恩肇！"

萧八喜甩开谢秉蔡的手，正想奔向黄恩肇，谢秉蔡直接往她的心口重击一拳。萧八喜双手扶着心口，跌坐在地，痛到呼吸困难。

"吵死了！让她闭嘴！"

"是，大哥！"

槌子握紧拳头，准备走向黄恩肇。就在这时，崔顺石走向槌子，一把抓住了他的手。

"哥，你想干吗？"

"那只是一个孩子，这么做太过分了吧？"

槌子看了谢秉蔡一眼。

"唉，这小子老毛病又犯了？到底有什么毛病？难道是因为同为孤儿，所以想袒护她吗？我看你可怜，所以借你钱、让你在我这儿工作，结果你还不知好歹，简直要骑到我头上来了。拜托你搞清楚，你现在已经不是什么刑警了，是老子底下的人！"

谢秉蔡走到崔顺石面前，赏了他一记耳光。槌子见状，理解了谢秉蔡的意思，直接甩掉崔顺石的手，朝正在号啕大哭的黄恩肇高举右手，准备打人。瞬间，崔顺石直接朝槌子的脸挥了一拳，身材壮硕的槌子一个踉跄摔倒在地，他用双手捂住自己的鼻子。

"我看你这小子是活得不耐烦了！"

谢秉蔡看见小弟被打，直接冲向崔顺石，朝他挥拳。然而崔顺石微微低头，躲过了拳头，并逮住机会直接往谢秉蔡脸部击出了一记上勾拳。

啪！

谢秉蔡同样用手捂住脸部，痛得在地上打滚。

"大……大哥！"

槌子看见谢秉蔡被打，迅速对崔顺石出拳回击。崔顺石又轻松闪过，并朝他脸部再度出拳。槌子瞬间鼻血喷溅。

马铃薯从挖土机上跳下来，捡起掉落在村镇会馆前的木棍，朝崔顺石扑了过去，木棍正好打在崔顺石的后脑勺上。他跌倒在地，马铃薯瞄准他的头，再度挥动木棍，但崔顺石翻了个身，躲开了攻击，再朝马铃薯的腹股沟狠踢一脚，然后连忙起身，往对方脸部连续出拳。马铃薯直接躺在地上，用手捂住嘴巴。过了一会儿，他从嘴巴里吐出了鲜血和断掉的牙齿。

谢秉蔡从地上站起身，捡起马铃薯遗落的木棍，朝崔顺石展开攻击。崔顺石迅速冲向谢秉蔡，用拳击中的扭抱姿势紧紧架住了他，再朝他侧腰下方猛烈出拳。

"呃！"

被打到要害部位的谢秉蔡跪坐在地。

崔顺石缓缓走到谢秉蔡身旁，试着用脚踢了踢他的腹部。

他又后退了几步，紧盯谢秉蔡，然后再度走上前，一把抓住谢秉蔡的头发，将他拖到村镇会馆前的长椅上坐下。

崔顺石对躺在地上的槌子和马铃薯招手，示意他们也来长椅上坐好。

槌子和马铃薯皱着脸从地上站起身，走到谢秉蔡旁边坐下。

"喂，你这混账东西崔顺石！你应该知道我们是什么人吧？给我走着瞧！"

谢秉蔡一边吐着嘴里的血，一边朝崔顺石咆哮。

"我当然知道，你们是跟垃圾一样的败类啊……"

"啧，说得好像你不是垃圾一样？明明一出生就被你妈当垃圾扔掉……"

崔顺石一听到这话，表情瞬间变得冷酷无情。害怕拳头再次挥来，槌子和马铃薯缩紧了身子。但崔顺石下一秒便转换了表情，挤出一抹微笑，令人意外。换作平常，他早就用拳头伺候了，凡是拿他身世嘲讽的人，至今没一个安然无恙的。

"是啊，我本来的确是个垃圾……这我承认。话说回来，你们赶快走吧，从此以后别出现在这村子了。"

"这在说什么屁话？"

"你们知道是谁杀死申汉国的吗？"

"你查出来了？"

崔顺石点头。

"谁？"

"我。"

"什么？"

"他是因为受到恐吓和威胁而自杀的。就是你们让我催他还钱，我才打电话过去威胁了他一下，结果他就喝了农药自尽了。"

"你说的是真的？哈，这种人就算没受到我们威胁，该死的终究也会死。"

"一个酒精成瘾的人为了戒酒，特地从镇上扛了一打可乐回家，那天要是我没打那通电话给他，你觉得他还会想在可乐里掺农药喝吗？"

"你的意思是，那个叫申汉国的家伙，本来想改喝可乐戒酒，迎接全新人生，但是因为债主不断打电话骚扰他，让他对现实感到极度悲观，于是在原本买回来戒酒喝的可乐里掺了农药服毒自尽了？是这个意思吧？哈哈哈！这真是太可笑了。"

"所以你打算怎么办？"

"什么怎么办？"

"既然是因我们的威胁自杀的，你还要去向村民追讨他生前欠的债吗？"

"那当然喽！他们不是都已经签好借据了吗？只要我们走漏一点风声，这些人就得吃上好几年牢饭。站在他们的立场，应该也是还钱比较轻松吧？"

"那害死申汉国的我们呢？我们的罪要怎么处理？"

"我们哪有什么罪，不就是行使了几次身为债主向债务人催缴的权力吗，那算什么罪？这些村民可不一样，他们抛尸、毁尸、纵火……这些都是要在牢里蹲好几年的重罪。"

"那萧八喜呢？你打算怎么处置？"

"当然要把她卖去出价最高的地方啊！这是我们公司的惯例，你应该很清楚。怎么，看人家长得漂亮你想收留啊？还是你愿意出价把她买走？"

"好啊，那我就跟你买吧。这村里的人要还你的钱，还有萧八喜的身价，加起来一共是多少？"

"啊？你认真的？你在这村里挖到金矿了？"

"不是我要付钱，是申汉国因为把债留给村民而感到抱歉，在走上黄泉路之前，说要帮村民把债还清再走。萧八喜要帮申汉国还的那五千万和她自己的身价五千万、里长家的五千万、池塘户杨式连家的五千万、餐厅老板王周荣家的五千万、朴光圭家的五千万，加起来刚好三亿。好吧！就用这个一笔勾销吧。啊，还有我自己欠你的债也包含在内。"

崔顺石从口袋里掏出可乐瓶盖，递给了谢秉蔡。

看见可乐瓶盖，谢秉蔡摆出"你在跟我开玩笑吗"的不屑表情，扑哧笑了出来。

崔顺石将可乐瓶盖拿得更近一些，凑近他眼前。

"来，你仔细看看，瓶盖里印着什么图案？"

谢秉蔡终于看见可乐瓶盖里印有房子的图案，他顿时睁大眼睛。

"这是什么？"

"房子啊，首尔江南区三十四坪的公寓！"

"真的吗？"

"欸，你以为所有人都跟你一样卑鄙无耻啊？"

崔顺石打开赵恩妃的车门，从后座拿出一个没有瓶盖的可乐瓶，递给了谢秉蔡。

"那上面不是写了送一间江南公寓吗？这么大的可乐公司，

你觉得会骗消费者吗？来，现在把村民写的借据通通还给我。"

"这要是假的，你和这个村的人都会死在我手上！"

"唉，你这人……到底要我说几次是真的，怎么这么不相信人呢？你知道原本已经喝下农药一心求死的申汉国为什么突然拼命求生吗？就是因为他发现了这个瓶盖。"

听完这句话后，谢秉蔡终于对马铃薯点头示意。

马铃薯再次回到挖土机上，从公文包里拿出了村民填写的借据交给崔顺石。

崔顺石取出仅剩的一根香烟，叼在嘴上，用打火机点燃。随后，他用打火机烧毁了所有借据。

当借据被火烧到难以用手拿的程度时，崔顺石将那沓纸抛向空中，剩余部分在空中燃烧完，化成灰烬掉落在地。他用脚踩了几下，彻底变成黑色粉末。

"从现在起，合约彻底终止，再也别来这个村了。"

"知道了，我也很讨厌这种标榜零犯罪的村子。"

地下钱庄的三人坐上了挖土机，往还在淹水的桥梁方向移动。

"那瓶自酿的酒，味道还挺奇特的。"

马铃薯一边咂嘴，一边沿着蜿蜒曲折的道路转动货车的方向盘，后面还拉着一辆从债务人那里没收的挖土机，所以开下坡时要格外小心。

"事情都圆满落幕了，大白天还喝了点酒，是不是心情很好？"

谢秉蔡坐在副驾驶座的窗边，不停把玩着手里的可乐瓶盖，开心地傻笑。

"是，大哥，心情实在太好了，哈哈哈！好像酒里掺了什么东西一样，好兴奋啊，哈哈！"

"我也觉得那瓶酒味道不错，就是有点烈。大哥，喝了这酒以后，被草叉插到的伤口竟然完全不痛了，麻醉效果相当好。这酒到底是用哪些药草酿成的呢？"

坐在副驾驶座中间位置的槌子一边甩头一边说道，似乎是想要甩开浓浓的睡意，手里还抱着那瓶从中川里村镇会馆顺手牵羊的酒。从会馆出来前，三人早已将酒喝得差不多，没剩几口了。

"不过崔顺石那家伙怎么突然变了个人似的？"

"就是啊，难道真的看上萧八喜了？我还想过要不要扒光那贱女人的衣服……她长得倒是挺有韵味的……"

"我看应该不是萧八喜，他是喜欢那个赵记者吧。"

"是吗？那他为什么要把可乐瓶盖给我们？"

"对啊，为什么？"

山路下方出现了一座横跨河川的桥梁。

"你们看前面那座桥，既然要盖，怎么不多花点钱盖成对角线？这什么呀这是，要足足转上一个直角弯才能开上桥，而且连个护栏都没有。"

"前面那座桥至少还高一些，不像中川里那座桥直接被水淹没，还无法通行呢！"

"哈哈，也是。欸！在这种地方开车还是开慢一点比较好。呃啊——！有蛇！"

谢秉蔡突然将两条腿抬到半空中喊道。

原本踩下刹车准备转弯的马铃薯，被谢秉蔡这么一喊，急忙看了脚下一眼。一条看上去就带有剧毒，身体呈现红、黑、黄色条纹，色泽纹路都十分鲜艳的巨型毒蛇，竟缠绕在刹车踏板上，盯着马铃薯的下半身频频吐芯。

青阳警察局审讯室里，聚集着中川里里长夫妇于泰雨和韩顿淑，住在最高处的萧八喜和黄恩肇，池塘户夫妇田秀芝和杨式连以及儿子杨东男，餐厅老板王周荣，还有朴光圭和老父亲朴达秀，所有人都以忐忑不安的神情坐在位子上。

刚刚上班的两名刑警走进审讯室，在桌子上摊开了《青阳新闻》日报，报纸头版上刊登着斗大的新闻标题——《【特报】零犯罪村杀人事件》，是赵恩妃记者撰写的新闻。

"大家都起得很早嘛！"

"只有早上六点五十分的公交车可以到镇上来。"

"各位应该心知肚明，为什么我叫大家来这里一趟吧？关于此次案件，通过这篇特别报道，我们已经掌握了大致情况，但我还想确认一下报道是否正确无误，所以才会请各位以证人的身份出席。"

"好的，有什么问题您请问吧。"

"从中川里返回大田的路上，在鹊川里桥上因车祸身亡的三名地下钱庄从业者，曾借给申汉国先生一千万韩元，之前光利息就要回了两千万，后来因IMF危机取消了《利息限制法》，更是套用了超乎想象的杀人利率向他催讨五千万。最后因申汉国拿不出钱，便用草叉插他、强灌他喝农药、用棍棒殴打，再将他扔进水里进行拷问，最后甚至用车子碾死他，用尽各种残忍手段杀害他，然后畏惧东窗事发，将尸体移到洞岩下，试图伪装成自杀案件，还为了达到销毁犯罪痕迹而往其住处泼洒汽油烧毁。事实真的是新闻里写的那样吗？"

大家看向彼此，点头承认。

"有谁目睹了其中的过程吗？"

黄恩肇高举小手。

"好吧，小朋友，你说说你都看见了什么？"

"我看到申汉国被那些坏蛋威胁。我原本是去他家给小狗阿呆送鸡骨头吃，结果看见他对着电话另一头说：'随便啦！要杀要剐、要肾、要眼珠都可以，通通拿去！'"

"原来你看见了啊，我确认过申汉国的通话记录了，那通电话的确是从谢秉蔡的办公室打出去的，过去他们也有许多通话记录。"

"嗯，干得好！"

"什么？"

面对黄恩肇的称赞，刑警感到有点荒谬，尴尬地哈哈干笑了两声。

"欸，你这小家伙说话怎么这么没大没小啊？"

"笨蛋！我就是不大不小的年纪，所以说话也没大没小啊。"

"哎呀，不要理她，这孩子她爸是美国人，所以才会这样说话。黄恩肇，她的英文名叫En Jo Hwang，村里的人都叫她En Jo Hwang或者喵喵，哈哈。"

于泰雨里长似乎比刚进来时放松了一些，说着尴尬的笑话。

"还有其他目击者吗？"

"我也看到了。"

里长再次举手发言。

"当时大半夜的，申汉国应该是为了躲避那些讨债的人，逃到我们家的牛舍里躲了起来。我听到动静走出来查看，看见那帮人拿着我家的草叉，要去刺浑身沾满牛粪的申汉国，并将他强行拖走。那把草叉已经被刑警们带了回去，拿去检验的话应该能查出那帮人的指纹。"

"是的，那把草叉木柄上的确验出了谢秉蔡和那个叫槌子的家伙的指纹。铁爪和木柄的连接处也验出了和申汉国相同血型的血迹。我们已经将血迹送到国立科学搜查研究院，目前正在进行基因比对。"

"他们还用那把草叉刺过朴光圭……"

"嗯，我知道。"

"我也看见了。"

萧八喜举起右手。

"申汉国被那帮人追赶，往我们家的方向逃跑，我探头到大门外查看时，那群人还抢走了我家的棍棒，死命殴打已经失去意识的申汉国。他们还用我家的手推车将申汉国载走，不知道要带他去哪里，吓死我了。他们还威胁我，要是我敢报警，就会神不知鬼不觉地把我和恩肇杀人灭口。所以申汉国家着火后，看到刑警来到现场时，我一直很想揭发却开不了口。如今那三个家伙都死了，我才敢说出实情。"

"没错，我也被他们威胁了。"

"我也是。"

"好可怕。"

大家你一言我一语地补充。

"我记得他们当时毒打申汉国的那根棍棒也被警方收走了。"

萧八喜再次向刑警说道。

"棍棒？哦！你是指从村镇会馆前收走的那根木棍吗？"

"对！就是那根。"

"在那上面也验出了谢秉蔡和马铃薯江镇规两人的指纹。"

"我也看见了。"

池塘户杨式连说道。

"那帮人推着萧八喜家的手推车来到我们家养殖塘，我看到他们好像在做什么事情，但是他们不准我们从家里出来。当时我们十分害怕，所以看得不是很清楚，直到他们离开后，我们走出房屋查看，才发现养殖塘里的鱼竟然都死了，漂在水面。我确定，是他们拉了我家的电线对养殖塘动了手脚，被他们害得这个月电费一定很多，可恶的流氓！"

"听说王周荣你是被他们劫了车？"

刑警向王周荣问道。这位刑警偶尔会去他的餐厅吃饭。

"对，也不知道这群人偷我的车干什么，那是我刚买不久的雅尊。第二天发现车子竟然撞上了河边的石头，被遗弃在那里。"

"我们调查了那辆车，发现有冲撞申汉国的痕迹，后备厢里也发现了疑似是申汉国的血液与头发，他们应该是打算将申汉国的死伪装成坠崖身亡，用你的车运尸体，搬至洞岩下。至于车子为什么会撞上河边的石头，我们猜测应该是为了毁灭撞死申汉国的痕迹而故意将车撞毁，预计明天就能拿到车内血迹的鉴定结果。"

"哦，原来如此，这些人还真是行事缜密，太可怕了。就算把车修好我也不敢开了……还是直接报废处理算了。"

"那……请问两位看到过什么吗？"

刑警向朴光圭和朴达秀问道。朴光圭犹豫了一会儿，开口回答：

"其实我当时没看得很清楚，但是如今回想起来，应该就是那些人。我在深夜里看到过他们提着一根巨大扫把似的东西，往申汉国家走去。总之是三个人同行。申汉国的狗不停吼叫，过没多久，他家就失火了。"

"那根扫把似的东西是什么？"

"现在回想起来应该是尸体。不是说有一个大田人留了封遗书在家就失踪了吗？听说在失火的申汉国家找到了他的骨骸。"

"这些人为什么要把那具自杀者的尸体搬到申汉国家烧毁呢？"

"想一下就知道为什么了。"朴达秀紧接着说道，"他们用各种手段将申汉国杀害后，为了伪装成坠崖身亡事故，将申汉国的尸体搬到洞岩下。但当他们抵达现场时，发现已经有一个男人死在那里，一定错愕不已。试想，非亲非故的两个人竟然在同一天选在这偏僻乡下的同一地点自杀，天下有这么巧的事吗？自然是把申汉国留在那里，把大田人的尸体想方设法销毁，于是他们就将大田人的尸体搬去了申汉国家，再泼汽油放火。新闻报道难道没写这段内容吗？"

"啊，写了写了，我已经读过了，但是因为部分内容是记者个人揣测，无法确定可信度。如今听了各位目击者和受害者的陈述后，我个人也认为只能这样解释如此复杂的案情了。既然报社记者和目击者的陈述全部一致，那我参考新闻报道来写调查报告就可以了，哈哈。"

提问的刑警结束了谈话，一旁的另一名刑警又追问了几个问题。

"可是根据中川里的一个村民透露，这群地下钱庄的人除谢秉蔡、槌子和马铃薯三人以外，还另有一个，请问各位知道那个人是谁吗？"

朴达秀再次出面回答：

"哎呀，他才不是地下钱庄的。看见有人落水时，他不顾自己的安危跳进河里救人，还替我们向那群地下钱庄的人打抱不平……那个人来自大田，因为对一个女人失望透顶，心中产生无法排解的伤痛，本来是要来村里的洞岩自杀的。但是后来他回心转意，下定决心要认真生活，就默默回去了。他后来才知道，原来是自己对那个女人有很深误会……总之，他是打从出生起就不可能去地下钱庄的人，你们说是不是？"

"是啊，没错！"

所有人纷纷点头，对朴达秀的这番话表示赞同。

"不过话说回来，那三个地下钱庄的人究竟怎么发生车祸的？"

"听说他们从鹊川里抢走了一辆挖土机，用货车运走时酒驾，结果货车不幸从桥上坠落，被挖土机压死了。要是没有那辆挖土机，说不定还有机会逃过死劫，大概是坏事做太多，遭了天谴吧。"

"这个我们知道，但是村里连个杂货铺都没有，他们哪儿来的酒呢？是谁送给他们的吗？"

"谁会送他们酒啊？八成是那群跟土匪没两样的家伙自己偷的吧。"

"好吧，我了解了。等会儿就要举行零犯罪村赠匾仪式了，大家应该都会参加吧？"

"当然，我们得赶紧走了，不然就赶不上回去的公交车了……"

★

　　星期六，结束了上午课程的两名小学二年级学生正背着书包一前一后地走在回家的路上。他们走走停停，捡拾地上的金属饮料瓶盖，放进手上拎着的黑色塑料袋里，就连街道边和水沟里的垃圾堆也不放过，仔细翻找着各式各样的瓶盖。原来是老师给他们留了作业，要他们每人捡三十个瓶盖回来，用来装饰学校新建的水泥围墙。

　　背着红色书包的孩子发现一个被车轮压扁的饮料瓶盖，急忙捡起来数数看瓶盖上有几个锯齿。

　　"一、二、三、四、五、六……二十二、二十三！哇！新纪录耶！这个瓶盖的锯齿竟然比一般的多两个！来，快把额头靠过来！"

　　背着橘色书包的孩子接过了背着红色书包的孩子递给他的瓶盖，重新数了一次，然后皱起眉头、闭上眼睛，接着，背着红色书包的孩子便凑了过去，用手指弹了他的额头两下。

　　"啊！啊！我刚刚明明没有这么用力弹你。哼！给我走着瞧！"

　　两个孩子一路盯着地面走，走到了鹊川里水泥桥。

　　"听说之前有三个人掉到这座桥下死掉了。"

"第一个发现的人还是我爸爸呢！"

"小心闹鬼，快走吧。"

孩子们害怕得拔腿狂奔，快速通过了那座桥。

当背着橘色书包的孩子跑到和桥连成直角弯的道路上时，他在路边捡到了一个塑料的红色可乐瓶盖，拿起来，开始数瓶盖侧边密密麻麻的线条。

"一、二、三、四……"

"喂！那个不算啦！它又不是金属的。"

"什么时候说过只能算金属瓶盖的锯齿了？"

"总之，那个不算！等等，那是什么图案？"

"什么？"

背着橘色书包的孩子看了一下手中的瓶盖，内侧印着一个房子的图案。

"这是什么？"

背着橘色书包的孩子思索了一会儿，便笑开怀地说道：

"啊！我知道了！这应该是家庭装可乐。我在镇上吃炸鸡的时候看到过，炸鸡店的可乐瓶上写着大大的'营业用'三个字。所以印着这种房子图案的可乐瓶盖，应该就是家庭装可乐的意思吧？我猜，营业用可乐的瓶盖里应该印着炸鸡店的图案。"

"哦，原来如此！总之那个不是金属的，所以不算哦！"

"好啦，好啦，真小气！"

背着橘色书包的孩子将手中的可乐瓶盖朝滚滚河水用力抛掷，便沿着道路跑了过去，继续寻找金属瓶盖。

★

挂在中川里村镇会馆屋檐上写着"贺！零犯罪村赠匾仪式"的布条，被初夏的徐徐微风吹得啪啦啪啦作响，随风飘扬。

布条下的贵宾席坐着约十位贵宾。他们胸前插着鲜花，背对村镇会馆而坐，主要有道知事、郡守、附近检察支厅的支厅长、警察局局长、面长、里长等。站在他们面前的是这项仪式的主办人——大田地方检察厅的厅长。他正手持麦克风，对着坐着简易折叠椅的村民致辞：

"零犯罪村是由检察厅选定，每年一月一日起至十二月三十一日止，所有村民，包括在外地的村民，从未有过被检察官提起公诉、缓刑起诉、保留公诉、起诉中止、声请家庭保护、声请少年保护、不起诉处分等决定的犯罪记录，并进行颁奖的一种制度。此处青阳郡长坪面中川里在过去一整年没有发生任何与村民有关的犯罪案件，再加上今年到目前为止，也从未发生过任何犯罪案件。中川里宛如一座乐园，由一群无须法律约束也能够自律的人聚集在一起生活……"

包括赵恩妃在内的几名记者，不停用相机对着现场按下快门。

中川里的村民个个身穿干净整洁的外出服，一脸严肃地坐在台下位子上静静聆听厅长的致辞。朴光圭下半身穿着短裤，手臂和大腿处还绑着绷带，另外几个人也不遑多让，手部、脸部贴着创可贴或绑着绷带。里长夫人韩顿淑虽然花了好长时间吹整她那头被火燎过的鬈发，但仍被风吹得凌乱不堪。

坐在萧八喜膝盖上的黄恩肇似乎觉得仪式太无聊，连打了好几个哈欠。

"大韩民国所有地区截至前年，创下最多次零犯罪纪录的地方是位于江原道非军事区附近的木所里，但去年该村一名村民因驾驶耕耘机时没有遵守交通规则而发生了一起车祸，所以中川里追平了该村的纪录。要是今年年底前都没人犯罪，明年中川里就会创下有史以来拿到最多零犯罪村牌匾的新纪录。接下来就请各位村民继续坚守遵法守法的信念，期盼各位可以再创纪录。再次向各位说声恭喜，致辞就到此结束。"

"等等！"

于泰雨里长从位子上突然站起身，走向厅长，从他手中接过了麦克风。

"我想要借此机会向各位宣布一件事，这是村里的人都知道的事，要特别向在座特地远道而来的贵宾及记者朋友们公布。昨晚我与全体村民开完会后决定，自明年起，我们中川里将拒绝，不，是中川里将婉拒零犯罪村这个奖项。"

来宾和记者们露出了十分惊讶的表情。

"什么？今年是最后一年吗？今年创了平纪录，明年就有机会创下新纪录了，确定不挑战新纪录吗？请问理由是什么呢？"

现场仿佛成了记者会，一名记者连忙举手发问。

"嗯……也没什么特别的理由，就只是……唉，许多人表示生活在零犯罪村压力太大了。这是全村人集体商量后得出的结论，但这并不代表接下来就会故意犯罪，而是就算明年一样没有任何犯罪纪录，也想要婉拒赠匾仪式。我说得没错吧，各位？"

"没错，住在零犯罪村里实在太累了！凡事都要谨慎行事，喝酒也不能喝得尽兴，还要担心其他人犯罪而互相监视、唠叨别人、听别人唠叨……多累啊！"

坐在第一排的王周荣大声附和。

"不仅如此，因为挂着一串一串零犯罪村牌匾，路过的地下钱庄人员和小偷都觉得我们村好欺负……"

坐在王周荣旁边的杨式连也喊道。

"不是都说'水至清则无鱼'吗？在地上吐口水、喝醉酒要个酒疯、无伤大雅的小打小闹多少也得有一些，大家才能自在地过日子啊！不然每次喝完酒回家，在路上都快尿裤子了，却只能经过一根根路旁的电线杆，一路憋回家才能尿，多累啊！

各位说是不是？"

"没错！没错！"

村民们你一言我一语地附和着。

"好了，请各位冷静。那我们现在就开始进行中川里的最后一次零犯罪村赠匾仪式！"

里长提高音量，控制住吵闹的现场。

来宾和村民依照工作人员的引导从位子上起身，走到村镇会馆前像黄花鱼一样捆成串的零犯罪村牌匾前，分成两排并肩而站。新颁发的零犯罪村牌匾上盖着一条白布，工作人员拿了两根长长的绳子连在白布上，所有人用手抓住那两根绳子。

"来，喊'三、二、一'的时候，所有人一起拉！我们有请道知事来帮大家倒数。"

"三、二、一！"

大家一起用力拉绳子的时候，白布被掀开，露出了宛如孩子纯真面孔般的全新零犯罪村牌匾。

相机快门声和民众鼓掌声热烈响起。

"好的，接下来要进行合影留念！"

一脸宛如刚从战场上杀敌回来、面带奇妙表情的村民，在第十六块零犯罪村牌匾前一字排开站好。

用新车撞上石头的王周荣，将心爱的卡车开进黄泥河水里的于泰雨，把养了三年的牛卖掉换来的钱扔进火堆里的萧八喜，整只手被火烧伤、大腿也被刺伤的朴光圭，被狗咬的杨东男，一头鬈发被火燎过的韩顿淑，从耕耘机拖车上摔下来腰椎间盘突出复发的杨式连……

虽然在这短短两天时间，中川里将者谷的人在零犯罪村这片战场上全员负伤，不过至少从每个人的表情看来，结局是美好的。

"来，看这边！"

咔嚓！

尾声

一九九八年，举办完最后一次零犯罪村赠匾仪式，好几台相机在眼前不停按下快门的画面至今记忆犹新。

一名女巡警看着一张张老旧泛黄的照片，将手放于胸前，习惯性地摸着自己的名牌——黄恩肇。

不知从何时起，每次感到孤单或忧郁时，黄恩肇就会特地来中川里村镇会馆一趟，宛如看自己的出生照一样，目不转睛地看着崔顺石叔叔的黑白照。

虽然那是在她韩国年龄七岁、美国年龄五岁时遭遇的事情，但是那起零犯罪村杀人案依旧给她的人生带来了极大影响。要是没有那起事件，恩肇很可能也会像崔顺石一样，一辈子怨恨抛弃她的父亲、想要带她一起寻短见的母亲；然而正因为那起事件，她开始理解原来真相往往比肉眼所见的复杂许多。

当年母亲喂年幼的她服下大量安眠药那天，其实已经把家里仅剩的财产——母亲最珍惜的金戒指拿去卖掉了；为了买比萨和蛋糕给恩肇吃，在她懵懂无知地吃得津津有味时，母亲努力维持开朗的表情；在准备长眠前，将恩肇紧紧拥在怀中，哭到泣不成声。那时从母亲眼里流下的泪水，大概是比生她时还要痛苦百倍的血泪。

自己在雪地里光着身体冻死也要想方设法救儿子的崔顺石母亲，只能带着无人照顾的年幼女儿一起走上黄泉路的黄恩肇母亲，虽然两位母亲最后做的决定迥然不同，但在受人赞许或指责之前，黄恩肇相信，促使她们做出那些决定的心境是相似的。

她走出了中川里村镇会馆，仰望天空，露出微笑。温暖的阳光耀眼夺目，中川里的蓝天白云不论何时欣赏，都像极了萧八喜阿姨充满爱意的眼神，温暖又深情。

现在，是该去和萧八喜阿姨和朴光圭姨夫见面的时间了。

-完-

更 好 的 阅 读

磨铁图书旗下子品牌

特约监制　潘　良　于　北

产品经理　胡马丽花

责任编辑　党敏博

特约编辑　朱韵鸽

版权支持　冷　婷　李　想

营销支持　金　颖　于　双　黑　皮

封面设计　别境lab

官方微博：@文治图书

官方豆瓣：文治图书

联系我们：wenzhibooks@xiron.net.cn